LA DISPARITION DES ENFANTS GREYSTONE

e=dxf A=1 abc? 3

3. LES MESSAGERS

Titre original : *Greystone Secrets #3 : The Messengers*
Ouvrage originellement publié par HarperCollins, New York

Pour l'édition française :
© Éditions Milan, 2021
1, rond-point du Général-Eisenhower
31101 Toulouse Cedex 9, France.

Correction : Josselin Rieu
Mise en pages : Petits Papiers
Illustration de couverture : Tom Clohosy Cole

Dépôt légal : septembre 2021
ISBN : 978-2-4080-0425-5

editionsmilan.com

Certifié PEFC
Ce produit est issu de forêts gérées durablement et de sources contrôlées
PEFC
PEFC/18-31-226
www.pefc-france.org

MARGARET PETERSON HADDIX

e=dxf A=1

LA DISPARITION DES ENFANTS GREYSTONE

abc? 3

3. LES MESSAGERS

Traduit de l'anglais (États-Unis)
par Leslie Damant-Jeandel

milan

Pour ceux qui cherchent la vérité, où qu'ils soient.

Chapitre 1 : Finn

Maman fit entrer lentement la voiture dans le garage. Les Greystone étaient enfin de retour chez eux.

Mais personne ne bougea jusqu'à ce que maman dise :

– Allez vite chercher ce qu'il vous faut et on repart tout de suite.

Chess et Emma, le grand frère et la grande sœur de Finn, jaillirent du véhicule et foncèrent en direction de la porte qui donnait sur la cuisine. Finn, lui, secoua la tête.

– Moi, j'ai besoin de rien !

Il plongea vers le siège avant, attrapa la main de maman et la serra fort.

– Par contre, je vais t'aider, *toi*, à rassembler tes affaires.

– Oh, Finn…

Elle afficha un sourire hésitant.

– Va donc récupérer tes jouets préférés. Ou des jeux. Il se passera peut-être un certain temps avant qu'on puisse revenir ici…

Elle baissa les yeux vers la main de Finn au creux de la sienne et ajouta dans un souffle :

– Si on revient un jour.

Un mois auparavant, maman n'aurait jamais dit une chose pareille. Elle aurait prétexté que tout allait bien. C'est d'ailleurs ce qu'elle avait fait juste avant de disparaître. À ce moment-là, elle n'avait prévenu ni Finn, ni Emma, ni même Chess qu'elle était en grand danger. Elle était partie, soi-disant pour un simple « déplacement professionnel ».

Un mois auparavant, elle aurait sûrement traité Finn, Emma et Chess comme s'ils avaient moins de huit, dix et douze ans.

Depuis, Finn trouvait qu'ils avaient tous beaucoup mûri.

– Des jouets et des jeux ? s'étonna-t-il, comme s'il ne connaissait pas ces mots.

Voyant les coins de la bouche de maman trembler, il changea de tactique :

– Si on reste chez Mme Morales, elle pourra nous prêter tous les anciens jouets et jeux de Natalie. Il y en a une tonne. Même en passant notre vie à jouer, on n'en verrait jamais le bout !

Il se rapprocha et chuchota :

– Ils sont hyper riches, tu sais ?

Cette fois, le sourire de maman parut plus naturel.

– Et généreux, précisa-t-elle.

– Allez, viens, l'encouragea Finn.

Il se pencha au-dessus d'elle et ouvrit la portière côté conducteur. Ils descendirent. Quand ils entrèrent ensemble dans la maison, Chess remontait du sous-sol.

– Rien à signaler, rapporta-t-il. Emma a vérifié à l'étage et moi en bas. Il n'y a personne.

Maman plaqua une main sur sa bouche. Son visage déjà pâle en temps normal devint blanc comme de la craie.

– C'est moi qui aurais dû vérifier, se sermonna-t-elle. J'aurais dû vous laisser tous les trois dans la voiture jusqu'à ce que je sois sûre qu'il n'y ait pas de danger…

Le danger est partout. Voilà ce qui aurait pu être marqué sur le front de Chess. Mais il tapota le bras de maman et répéta :

– Il n'y a personne.

Il était à l'âge où il donnait l'impression de prendre cinq centimètres en une nuit. C'était ce qui avait dû se passer la nuit dernière, car il dépassait largement maman, maintenant. Ses bras et ses jambes étaient encore plus filiformes qu'avant ; à croire que son corps entier avait été étiré comme de la guimauve.

– Mais n'importe qui pourrait surgir à tout moment, s'inquiéta maman. S'ils utilisent notre maison comme passage…

Elle parlait des méchants. Finn, Emma et Chess ne le savaient que depuis un mois mais, avec leur mère, ils avaient fui un endroit terrible quand Finn n'était encore qu'un bébé. Cet endroit était un reflet du monde qu'il avait connu presque toute sa vie. Là-bas, beaucoup de gens avaient un double plus triste, plus méchant – ou disons plus désespéré. Pour y survivre, certaines personnes allaient jusqu'à faire semblant d'être méchantes alors qu'en fait, elles étaient gentilles.

Finn aimait se dire que toute sa famille avait pu s'échapper du monde mauvais quand il était bébé, sauf qu'il savait que ce n'était pas tout à fait exact.

Car son père était mort dans l'autre monde. On l'avait assassiné.

Et pouvait-on affirmer que les Greystone (et leur amie Natalie) avaient réussi à s'enfuir, si des méchants avaient trouvé le moyen de les suivre ?

– Les choses vont finir par rentrer dans l'ordre, dit Finn à maman pour la rassurer. On fera tout pour que les méchants ne nous embêtent plus jamais. Qu'ils n'embêtent plus jamais personne ! Même dans l'autre monde !

Maman lui ébouriffa les cheveux – un geste qu'elle faisait souvent. Finn aurait pu fermer les yeux, effacer le dernier mois de sa vie et se revoir tel qu'il était avant : un petit garçon farceur, souvent bavard en classe, dont le problème le plus grave était ses épis indomptables (qu'on ébouriffe ses cheveux ou pas).

Cependant, il garda les yeux ouverts et dévisagea sa mère.

– Mon petit Finn, tu es tellement courageux, chuchota-t-elle. Qui l'aurait cru ?

Elle se tourna vers Chess.

– Quant à Emma et toi…

– Maman, on ferait mieux de ne pas traîner, l'interrompit Chess avec douceur. J'ai juste un carton à récupérer là-haut et je serai prêt. Je ne crois pas qu'Emma ait besoin de grand-chose.

Maman redressa les épaules.

– Dans ce cas, dit-elle, Finn et moi allons chercher ce qu'il me faut dans le Gouffre.

Le « Gouffre sans fin » était le surnom que les enfants Greystone donnaient au bureau de leur mère, au sous-sol, parce qu'on s'y ennuyait profondément. Finalement, la pièce s'était révélée moins ennuyeuse qu'il y paraissait.

Finn espéra que ni maman ni Chess ne remarqueraient ses efforts pour ne pas frissonner à l'idée d'emprunter l'escalier.

Après avoir descendu quelques marches, maman huma l'air, grimaça et se mit à rire.

– Vous deviez être tous trop occupés à me sauver pour nettoyer la litière de Rocket, on dirait, fit-elle remarquer.

– C'était pas mon tour, se justifia Finn. Je te le jure !

Un instant, il lui parut normal et sensé de protester contre les corvées ménagères. Mais Rocket, le chat des Greystone, était toujours gardé par M. Mayhew, le père de Natalie, et personne ne savait quand auraient lieu les retrouvailles.

Arrivé en bas, la première chose que Finn repéra fut les petites voitures qu'Emma avait lâchées là une semaine auparavant, quand Chess et elle avaient eu la mauvaise surprise de voir que le levier qui leur avait permis d'accéder à l'autre monde avait disparu.

Il n'y aura pas de mauvaises surprises aujourd'hui, se rassura Finn. *Tu vois bien : c'est notre salle de jeux habituelle, et par là, c'est le Gouffre de maman, tout à fait normal...*

Soudain, il dut cesser de prétendre que tout était normal, car la porte dérobée qui menait à la pièce cachée derrière le Gouffre était grande ouverte. Maman alluma le plafonnier et franchit la porte pour observer les étagères chargées de nourriture en conserve et de boîtes à chaussures pleines de billets. Les étagères du fond étaient cassées et s'affaissaient – le seul signe qu'il y avait eu un tunnel derrière. Un tunnel qui conduisait à l'autre monde.

Maman ramassa une boîte de thon qu'elle fit distraitement rouler entre ses mains.

– Moi qui me croyais parfaitement préparée, murmura-t-elle.

Finn attrapa une des boîtes à chaussures.

– On devrait prendre l'argent, suggéra-t-il.

Il ouvrit la boîte. Elle était vide.

– La police l'a déjà récupéré comme pièce à conviction, indiqua maman. M. Mayhew m'a tout expliqué. Il faut que j'aille le réclamer au commissariat, mais... je n'en ai pas encore l'énergie. Pour ça, il faudra peut-être que je mente, tu sais.

– Parce que la police n'est pas au courant, pour l'autre monde, raisonna Finn à voix haute. Ils ne savent pas que tu étais retenue prisonnière là-bas. Ils ne doivent *jamais* apprendre l'existence de l'autre monde.

Face à tant de solennité, maman faillit glousser. C'était presque comme si elle redevenait comme avant toute cette histoire.

– Tu imagines, si je leur disais la vérité ? demanda-t-elle. Jamais ils ne me croiraient !

– Je vous assure, monsieur l'agent ! poursuivit Finn, comme si sa mère lui avait demandé de jouer la comédie. Il vaut mieux que vous ne tombiez pas sur votre jumeau maléfique !

Le sourire de maman s'effaça.

– Finn… N'oublie pas que nous venons nous-mêmes de l'autre monde, lui rappela-t-elle tout bas, sans cesser de tripoter la boîte de thon. Ne t'imagine pas que tout est blanc dans un monde et noir dans l'autre. J'ai envie de croire que, d'où on vient, chacun a le pouvoir de…

Elle s'interrompit lorsqu'un tintement résonna dans la maison. C'était la sonnette de l'entrée.

– Maman ? appela Chess du rez-de-chaussée. Je ne sais pas qui…

Maman remonta l'escalier quatre à quatre, Finn sur les talons.

Puis Finn entendit Emma hurler d'encore plus loin :

– Non, maman ! Je vois qui c'est ! N'ouvre pas !

Chapitre 2 : Emma, quelques minutes plus tôt

Dans sa chambre, Emma venait juste de saisir le livre *Codes et messages cryptés pour les enfants* lorsqu'elle entendit une voiture passer dans la rue. Le cœur battant, elle se précipita à la fenêtre.

Un 4 × 4 couleur rouille se garait dans l'allée de la maison voisine.

Ce n'étaient que les Han qui ramenaient leur fils Ian d'un match. Une trace de boue barrait le visage du garçon, et le maillot vert de son équipe était taché de sueur.

Tout est normal, se rassura Emma. *Rien d'extraordinaire.*

Elle était quasiment sûre que Ian avait foot tous les samedis. Malgré tout, il fallut un moment à son cœur pour ralentir.

Voilà qui n'est pas tout à fait… scientifique de ma part, songea-t-elle.

Si elle avait dessiné un graphique de sa vie sous forme de camembert, la majeure partie aurait pu être étiquetée « normale » ou « ordinaire ». Voire « heureuse et amusante ». Seule une mince portion (représentant le mois passé) aurait été qualifiée de « bizarre et effrayante ».

Il était donc logique que presque tout ce qu'Emma voyait autour d'elle fasse partie de l'ordinaire et du normal.

Oups, se dit-elle. *J'ai oublié de compter mes deux premières années, durant lesquelles nous vivions tous dans l'autre monde. Ça aussi, c'était bizarre et effrayant. Seulement, je n'en avais pas conscience.*

Pourtant, au cours de ses dix années d'existence, n'y avait-il pas eu des choses étranges en arrière-plan ? Si Emma avait cru que tout était ordinaire et normal, c'était parce qu'elle ignorait tout de l'existence du monde parallèle et des secrets de maman.

Il n'empêche qu'il ne faudrait pas opposer les étiquettes « heureuse et amusante » et « bizarre et effrayante », rectifia-t-elle. *Car ces mots ne sont pas des contraires.*

Le moment le plus heureux de sa vie avait été celui où ils avaient sauvé leur mère dans l'autre monde. Malgré son inquiétude et sa peur, Emma avait pris plaisir à décrypter les messages codés que maman leur avait laissés. Grâce à ces indices, lors de leurs incursions dans l'autre monde, les enfants Greystone et leur amie Natalie avaient pu sauver non seulement leur mère, mais aussi celle de Natalie, ainsi qu'un homme nommé Joe Deweesee et trois enfants qui étaient presque des doubles d'Emma, Chess et Finn. Ces trois enfants, les Gustano, avaient été enlevés par des gens de l'autre monde qui les avaient pris pour les Greystone. La mère des Gustano était bien la réplique exacte de maman dans ce monde-ci, mais leur père n'avait rien à voir avec celui des Greystone. Du coup, les enfants n'étaient pas des doubles parfaits, contrairement à leurs mères.

Et les Gustano étaient bien originaires de ce monde-ci, où tout était normal, ordinaire et sensé. Tandis que les Greystone, eux, étaient…

… coincés entre les deux ?

Emma décida qu'il était trop compliqué d'essayer de trouver les termes justes – ou de mettre sa vie en graphique. Elle préférait avoir des réponses claires et logiques avec les maths et les sciences.

Elle préférait que la vie ait un sens.

Elle regarda le livre qu'elle tenait, *Codes et messages cryptés pour les enfants*. Elle s'était dit qu'il valait mieux l'emporter chez Mme Morales. Au cas où il y aurait encore des codes à déchiffrer pendant que sa famille et celle de Natalie réfléchiraient à la suite des événements. Mais après toutes les épreuves qu'Emma avait traversées, elle décréta que ce livre était pour les bébés. Personne ne lui enverrait de message rédigé avec du jus de citron ou des mots en miroir.

Elle reposa l'ouvrage sur son étagère. En fait, elle n'avait besoin de rien de particulier dans sa chambre. Le mois dernier, les trois enfants Greystone avaient d'abord logé chez la mère de Natalie, puis chez son père. Emma avait donc déjà bien assez de vêtements là-bas.

Elle fit quand même coulisser la porte de son placard, puis repoussa les boîtes de Lego et les schémas froissés des diverses inventions qu'un jour, elle fabriquerait peut-être. Au fond, elle exhuma le petit coffre-fort en plastique qu'elle avait supplié de recevoir à Noël, une année. Elle fit tourner le bouton de la combinaison vers la droite, puis vers la gauche avant de l'orienter de nouveau vers la droite. La porte du coffre s'ouvrit.

Le contenu se résumait à une vieille calculatrice qui avait appartenu à sa mère quand elle était petite, et à un bout de papier sur lequel étaient griffonnées des colonnes de chiffres. Aux yeux d'Emma, ces chiffres avaient été jetés sur cette feuille au hasard. Ils n'avaient aucun sens particulier. Mais c'était son père qui les avait écrits. Et même si, à la mort de celui-ci, Emma n'avait que deux ans, elle se souvenait d'avoir tenu ce bout de papier dans son poing et demandé à maman : « Papa ? Papa qu'a fait ? »

Et maman répondait toujours : « Oui. Ce sont les calculs de ton père. »

Cette simple réponse avait-elle déclenché la passion d'Emma pour les maths, et ce dès son plus jeune âge ?

Elle entendit une autre voiture passer un peu trop lentement dans la rue. Elle se raidit, aux aguets.

Arrête ! se réprimanda-t-elle. *La rue, c'est l'espace public. Toutes sortes de véhicules ont le droit d'y circuler. Ça n'a rien à voir avec nous. Ni avec l'autre monde…*

Elle repoussa son épaisse masse de cheveux et s'obligea à se focaliser sur la feuille noircie de formules. Sa famille et elle avaient déjà bien assez de sujets de préoccupation. N'était-ce pas un peu bête et sentimental de sa part de vouloir emporter ce bout de papier ?

À l'extérieur, le moteur de la voiture s'arrêta. Elle semblait… toute proche.

Frustrée, Emma frappa le sol du pied : elle ne pouvait pas s'empêcher d'écouter ce qui se passait dehors ! Elle s'efforça d'observer ses chaussures : ses baskets rouges préférées. Elle se souvint de la joie qu'elle avait ressentie en les achetant lors d'une virée shopping avec maman, quelques mois auparavant. Emma avait l'impression d'avoir beaucoup changé depuis. Avant, elle n'aurait eu aucun mal à se concentrer sur des chiffres. Avant, elle ignorait tout de l'autre monde et du danger qu'il représentait.

Avant, elle pensait que le bonheur était simple comme une paire de baskets rouges.

Clac ! Clac ! Pas de doute : c'étaient bel et bien des claquements de portières. Emma analysa ces bruits. C'était plus fort qu'elle. Avait-on fermé simultanément une troisième et une quatrième portière ? Chaque *clac !* avait-il été doublé ?

N'y tenant plus, elle retourna à la fenêtre.

Une voiture brun clair qu'Emma ne reconnut pas était garée dans l'allée des Greystone. Toutefois, ça ne voulait rien dire, car depuis que maman était revenue de l'autre monde, les gens n'arrêtaient pas de téléphoner et de déposer des fleurs, des cartes de félicitations et même des cadeaux. Les amis des Greystone ne connaissaient pas la vérité, mais ils étaient très soulagés de voir que les choses avaient fini par rentrer dans l'ordre et que la longue épreuve traversée par la famille était terminée.

Du moins, c'était ce que la plupart de leurs proches croyaient. Joe Deweese et la famille de Natalie, eux, savaient qu'il n'en était rien.

Emma entendit des pas. La voiture était près du garage. Emma avait mis trop de temps à regarder par la fenêtre. Du coup, la ou les personnes qui se trouvaient dans le véhicule étaient déjà sur le trottoir menant au porche de l'entrée. Et Emma ne voyait pas le trottoir, puisque le porche lui bloquait la vue. Après avoir ouvert la fenêtre d'un geste brusque, elle dut se pencher au-dehors.

Là encore, elle n'alla pas assez vite. Elle n'eut qu'une brève vision de la dernière personne qui avançait sous le porche.

Non, ç'avait été trop rapide pour appeler ça une vision. C'était plutôt une impression. L'idée d'une personne, plutôt qu'un aperçu.

Malgré tout, Emma la reconnut immédiatement : sa démarche, sa posture, sa façon de balancer les bras, sa mâchoire crispée à la perspective de devoir s'acquitter d'une tâche pénible. Emma n'avait encore jamais rencontré cette femme ; pourtant, elle savait parfaitement qui c'était : Mme Gustano. Le double de maman dans ce monde-ci.

Oh, non. Oh, non…

Jusque-là, ils s'étaient surtout inquiétés de voir réapparaître des gens dangereux venant de l'autre monde. Comment se faisait-il qu'aucun Greystone n'ait pensé que certaines personnes de ce monde-ci pouvaient également représenter une grave menace ?

Emma rentra la tête à l'intérieur, referma brutalement la fenêtre et descendit l'escalier en courant.

Chapitre 3 : Chess

Chess ouvrit la porte d'entrée.

Il fallait bien que quelqu'un le fasse, puisque Emma était trop occupée à se précipiter vers le sous-sol en hurlant à maman :

– Reste en bas ! Ne monte pas !

Et Chess voulait protéger Finn. Quant à maman…

Maintenant, je dois la protéger, elle aussi.

Par conséquent, Chess était seul, agrippé d'une main à la porte d'entrée, lorsqu'il se retrouva face à une femme et trois enfants regroupés sous le porche.

C'était comme voir des fantômes.

La dernière fois que Chess avait vu Rocky, Emma et Finn Gustano, ils criaient, entre le rire et les larmes : « On a échappé à nos ravisseurs ! On est libres ! » Ils étaient alors entourés d'un cortège de policiers qui drapaient des couvertures de survie sur leurs épaules et leur distribuaient du chocolat chaud dans des gobelets en plastique.

Ils leur avaient fait des checks, aussi. Les policiers avaient fait beaucoup de checks aux Gustano.

Et voilà que les trois enfants Gustano se tenaient sous le porche des Greystone, dans un silence méfiant. On pouvait même dire qu'ils avaient carrément l'air hostiles. Chess s'en trouva désarçonné, surtout que ces trois enfants leur ressemblaient énormément. Ce n'étaient pas des doubles parfaits – pas comme Natalie et l'Autre-Natalie. Les Gustano n'avaient pas tout à fait la même couleur de cheveux ni la même taille que les Greystone. L'un avait un nez légèrement plus gros, l'autre une bouche un peu plus petite, comme si quelqu'un s'était amusé à modifier des photos avec une application. Malgré tout, les trois Gustano et les trois Greystone auraient tout aussi bien pu être cousins. Des cousins dont les mères auraient été de vraies jumelles, peut-être. Les épaules de Finn Gustano tombaient précisément comme celles de Finn Greystone lorsqu'il était triste ou inquiet (ce qui n'était pour ainsi dire jamais arrivé avant ce dernier mois). Le menton d'Emma Gustano était projeté en avant de la même manière que celui d'Emma Greystone quand elle observait attentivement ce qui l'entourait.

Et puis il y avait Rocky Gustano. Lui aussi s'appelait Rochester, mais il n'avait pas le même diminutif que Chess. Rocky avait passé un bras protecteur autour de son petit frère et de sa petite sœur, d'une manière que Chess reconnut immédiatement.

Non, non, non! aurait-il voulu hurler à la famille rassemblée devant lui. *Vous, vous avez eu droit à une fin heureuse ! Totalement heureuse ! Tandis que nous… nous pataugeons toujours. Qu'est-ce que vous faites là ? Pourquoi risquer de remettre le bazar dans votre vie ?*

Mais tout ce qu'il prononça fut un timide :

– Oui ?

Rocky s'avança d'un pas et, dans un geste protecteur, tendit le bras devant son frère et sa sœur.

– On veut la vérité, Chess, déclara-t-il. Tu nous as dit ce qu'il fallait raconter aux policiers pour qu'on puisse rentrer chez nous. Ça nous a suffi, il y a trois semaines. Mais maintenant… il faut qu'on sache pourquoi on a été kidnappés. Pourquoi nous. Pourquoi on s'est retrouvés dans le sous-sol d'une maison de l'Ohio, alors qu'on n'avait quasiment jamais mis les pieds hors de l'Arizona. Pourquoi tout était si bizarre. Pourquoi…

– S'il te plaît.

Cette supplique venait de Mme Gustano. Sans trop savoir comment, Chess avait jusqu'à présent réussi à éviter de la regarder. Car c'était le double de maman, sauf que ce n'était pas maman. Mme Gustano avait le visage plus bronzé et plus marqué, ce qui n'avait rien d'étonnant vu qu'elle vivait en Arizona. Elle avait les cheveux courts tandis que maman se faisait souvent une queue-de-cheval négligée. Sa mère à lui avait tendance à annuler à la dernière minute ses rendez-vous chez le coiffeur à cause d'un « imprévu ».

Pour la première fois, Chess se dit que ces « imprévus » fréquents avaient sans doute un rapport avec le monde parallèle.

Il jeta un coup d'œil par-dessus son épaule : personne. Tant mieux.

– Je comprends pourquoi vous pensez vouloir connaître la vérité, répondit Chess prudemment.

Il rapprocha la porte de son épaule afin que les Gustano ne puissent pas voir si quelqu'un remontait l'escalier. Non : si *maman* remontait l'escalier.

Pas question que Mme Gustano sache à quel point elle et maman étaient semblables.

– Ce n'est pas quelque chose que nous pensons, nuança Emma Gustano en rejetant la tête en arrière, tout comme le ferait la sœur de Chess.

– On est obligés d'aller voir des psys et des assistantes sociales, maintenant, gazouilla Finn Gustano. Et ils disent tous que pour « guérir », il faut qu'on comprenne ce qui nous est arrivé. Un peu comme si on mettait un pansement, quoi !

– Comme si on retirait un pansement sur un bobo, plutôt, rectifia Rocky.

Était-il le Gustano qui ressemblait le moins aux Greystone ? Rocky avait l'air du genre à retirer le pansement d'un seul coup, aussi vite que possible.

Chess, lui, préférait y aller en douceur et avoir mal sur un millimètre de peau après l'autre.

– D'accord, concéda-t-il faiblement. Mais parfois, connaître la vérité… ça ne suffit pas. Parfois, ça n'entraîne que des questions supplémentaires. Et davantage de… danger.

Mme Gustano attira ses enfants à elle, comme une poule rassemblerait ses poussins sous ses ailes. Un geste que Chess reconnut aussi.

– On ne peut pas rester dans l'ignorance, Chess, insista-t-elle de sa voix si familière. Pas quand la police accuse mon mari d'être impliqué dans l'enlèvement. Pas quand elle affirme avoir des preuves à charge.

Chess sentit le battant lui échapper des doigts. Soudain, maman était derrière lui, son regard planté dans celui de son double. Chess entendit Mme Gustano lâcher une exclamation de surprise.

– Qu'est-ce que vous venez de dire ? demanda maman à Mme Gustano d'un ton autoritaire. Des preuves ? C'est impossible !

Chapitre 4 : Finn

Finn se faufila entre sa mère et l'encadrement de la porte. Emma, maman et lui s'étaient discrètement cachés dans la cuisine pour écouter la conversation. Il pensait qu'ils allaient y rester jusqu'à ce que Chess ait renvoyé les Gustano.

Mais lorsque maman avait entendu les mots « preuves à charge », elle s'était ruée sur la porte d'entrée.

Forcément, Finn et Emma l'avaient suivie. Sa sœur avait pourtant tenté de la dissuader en chuchotant : « Non ! Maman, arrête… Ce n'est pas une bonne idée… Elle va te voir… »

Aux yeux de Finn, peu importait ce que maman faisait, du moment qu'il pouvait rester collé à elle.

Et voilà que les deux mamans et les deux fratries se dévisageaient de part et d'autre de l'entrée.

– Kate Greystone, dit Mme Gustano.

Pour Finn, on aurait dit un shérif lançant un défi à son ennemi juré dans un vieux western. Il n'aurait pas été surpris qu'elle ajoute : « Cette ville n'est pas assez grande pour nous deux. »

– Je suis désolée, répliqua maman. Pour tout ce qui vous est arrivé.

Mme Gustano émit un rire éraillé.

– La police affirmait que nous nous ressemblions beaucoup, vous et moi, mais je croyais qu'ils exagéraient, expliqua-t-elle. Je pensais qu'ils avaient une imagination débordante, car ils se basaient sur des photos floues prises au moment de votre… disparition. J'étais persuadée qu'ils se trompaient quand ils affirmaient que nos empreintes digitales étaient quasiment identiques. Même les vrais jumeaux n'ont pas les mêmes empreintes ! Mais maintenant que je vous vois… Je ne comprends même pas comment c'est possible !

L'Autre-Finn tira sur le bras de sa mère et chuchota d'une manière qu'il voulait sûrement discrète :

– Avec une perruque et un peu de maquillage, cette dame serait exactement comme toi, maman. C'est ta sœur jumelle ? Tu en avais une sans le savoir ?

Maman regarda derrière les Gustano, comme pour évaluer les dangers potentiels. Au bout du pâté de maisons, trois filles sautaient à la corde tandis qu'un petit garçon dessinait à la craie sur le trottoir. Un homme tondait son carré de gazon et une femme jardinait. Finn connaissait tous les enfants (Harper, Paisley, Emilia et Sebastian), et il était presque sûr que sa mère connaissait les adultes.

Malgré tout, quand cette dernière ramena son regard sur les Gustano, elle parla à voix basse, comme si elle craignait d'être entendue :

– Peut-être que vous feriez mieux d'entrer, pour qu'on discute en privé.

Elle ouvrit grand le battant et écarta Chess, Emma et Finn pour laisser passer les visiteurs.

– Vous comprendrez sans doute que nous ne tenons pas spécialement à revenir dans la maison où mes enfants ont été retenus prisonniers, répliqua Mme Gustano. Sans vouloir vous offenser.

Son visage avait la même expression que maman quand elle disait à Finn que, cette fois, il était vraiment temps qu'il aille au lit, que non, il ne pouvait pas reprendre de la glace, ou qu'il devait impérativement commencer ses devoirs. Et lorsqu'elle avait ajouté « sans vouloir vous offenser », on aurait presque cru qu'elle dégainait un pistolet.

En vérité, elle aurait pu dire : « Je défendrai mes enfants quoi qu'il arrive. Je veillerai à ce que plus personne ne leur fasse de mal ni ne les effraie. Et je me fiche de l'effet que ça peut vous faire. »

C'était exactement le ton que prenait maman lorsqu'elle voulait protéger Chess, Emma et Finn.

Mais Mme Gustano avait tort.

– Vous croyez que vos enfants étaient prisonniers ici ? explosa Finn.

Comme il était presque nez à nez avec l'Autre-Finn, c'est à lui qu'il s'adressa directement :

– Je sais que vous ne pouviez pas tout raconter à la police, mais vous n'avez pas dit à votre mère ce qui s'était réellement passé ? Qu'on ne vous avait amenés ici qu'au moment de votre sauvetage, et que les méchants qui vous ont enlevés n'ont jamais mis les pieds dans cette maison ?

L'Autre-Finn donna un petit coup de pied dans la barre de seuil.

– Les adultes nous répètent que nos souvenirs sont confus, marmonna-t-il. Parce que vous nous avez demandé de mentir dès le début. Du coup, ils ne nous croient plus.

– Finn, chéri, ce n'est pas tout à fait exact…

Mme Gustano tapota le dos de son fils d'une manière extrêmement familière.

– C'est juste que… cet enlèvement a été traumatisant, pour vous. Parfois, quand quelque chose de grave se produit, les gens, que ce soient des adultes ou des enfants, ne mémorisent pas les choses comme ils le feraient dans une situation… normale.

Elle jeta de nouveau un regard noir à maman.

– Mes enfants et moi refusons d'entrer là où nous pourrions être piégés avec des inconnus. Je suis certaine que vous comprenez. Nous ne discuterons pas tant que nous ne serons pas sûrs d'être en sécurité.

– Pourtant, c'est vous qui êtes venus ici, objecta Emma, comme si elle leur montrait une preuve scientifique. C'est vous qui avez sonné chez nous. C'est vous qui avez pris ce risque !

– Oui, eh bien…

La voix de Mme Gustano ressemblait encore plus à celle de maman ces derniers jours : aussi hésitante, perdue et inquiète.

– Moi aussi j'ai peur de me retrouver piégée, dit maman.

Rien d'étonnant à cela, elle aussi avait été emprisonnée dans l'autre monde. Pendant des semaines, elle s'était sentie désespérée et seule. En captivité.

– Alors discutons dehors, dans un lieu public, proposa Mme Gustano. Quelque part où chacun sera libre de partir dès qu'il le souhaitera. Un parc, peut-être ?

– Non, trancha maman. N'importe qui pourrait nous espionner.

À présent, on aurait dit que les deux mamans étaient lancées dans un combat de regards, l'une mettant l'autre au défi de cligner des yeux.

Le silence s'éternisa.

Ah, ces adultes ! Ils sont vraiment ridicules, parfois.

Finn s'adressa directement à l'Autre-Finn.

– Tu as faim ? s'enquit-il. Il y a un restaurant en centre-ville, *La Pendule à coucou*. Les cheeseburgers sont super. Il y a même des salles où on peut organiser des fêtes d'anniversaire. On pourrait aller là-bas et manger un morceau pendant que nos mamans s'expliquent !

– C'est vrai que j'ai faim, confirma l'Autre-Finn avec un petit sourire. J'ai toujours faim.

– Oui… ça pourrait faire l'affaire, approuva maman.

Mme Gustano acquiesça.

Finn aurait voulu sautiller sur place et rire devant tant de simplicité. Il leva la tête vers Mme Gustano.

– Je parie que ces « preuves » contre M. Gustano ne sont qu'une erreur monumentale et qu'il n'y a aucune inquiétude à avoir, la rassura Finn.

Mme Gustano haussa un sourcil à son intention. À cet instant, peu importait qu'elle ait les cheveux plus courts ou la peau plus bronzée que maman. Cette dernière avait la même expression quand elle voulait dire : « Tu crois ? Hélas, je n'en suis pas si sûre ! »

– La police affirme avoir trouvé les empreintes de mon mari dans votre sous-sol, déclara Mme Gustano. Pourtant, il jure qu'il n'est jamais venu ici. Mais je ne crois pas que ce soit une erreur. Je pense qu'on les a déposées là. Et je compte bien lever les soupçons qui pèsent sur mon époux. Les enfants et moi allons prouver son innocence !

Chapitre 5 : Emma

– Je suis convaincue qu'il n'est pas coupable, dit Emma à Mme Gustano. Si la police a trouvé des empreintes, ça doit être celles de son double dans…

– Emma, l'interrompit maman d'un ton sévère.

Elle l'attira contre elle, si près qu'Emma dut se taire sous peine de se retrouver étouffée par le tee-shirt de maman.

– Pas ici. Attendons d'être à *La Pendule à coucou* pour tout raconter aux Gustano.

La fillette s'écarta et leva les yeux vers sa mère. Celle-ci allait-elle vraiment mettre les Gustano dans la confidence ? Ou bien comptait-elle embellir la vérité et en dire juste assez pour qu'ils cessent de la questionner ?

Emma jeta un coup d'œil à la dérobée à l'Autre-Emma. Celle-ci marmonnait en fronçant les sourcils :

– Un double ? Comment papa pourrait-il avoir un double ? Il n'a pas de frère jumeau ! De toute façon, les jumeaux n'ont pas les mêmes empreintes digitales. En plus…

Emma aurait pu jurer que, dans la tête de l'autre fille, les idées fusaient aussi rapidement et frénétiquement que dans la sienne. Emma avait beau en savoir beaucoup sur l'autre monde, elle avait encore un million de questions restées sans réponses.

Que faisait l'autre version de M. Gustano dans notre sous-sol ? Fait-il partie des méchants de l'autre monde qui vont et viennent en secret en passant par notre maison ? Dans quel but ?

Son cœur se remit à battre trop vite.

– Bon, *La Pendule à coucou*, répéta Mme Gustano en sortant son téléphone, qu'elle commença à tapoter. Je vais entrer ça dans le GPS et…

Maman lui arracha son portable et le remit dans son sac à main. Emma ne l'avait jamais vue se montrer aussi grossière.

– N'utilisez pas votre GPS, ordonna maman. Je vais vous indiquer où ça se trouve. Et désactivez la géolocalisation. Non, éteignez carrément votre téléphone, ça vaut mieux.

Emma s'attendait à ce que Mme Gustano refuse. Après tout, elle avait toutes les raisons de se méfier de maman. Elle croyait sans doute que garder son portable allumé empêcherait un nouvel enlèvement.

Pourtant, Mme Gustano regarda maman dans les yeux avant d'acquiescer lentement.

– Je vois, dit-elle.

Les deux femmes se souriaient presque.

Étrange, songea Emma.

Cela lui rappela combien Natalie et sa réplique, l'Autre-Natalie, avaient paru totalement synchronisées dans l'autre monde. L'une finissait les phrases de l'autre, et elles s'étaient comportées comme si elles se connaissaient depuis toujours, alors qu'elles venaient de se rencontrer. D'après Finn, elles se ressemblaient encore plus que des vraies jumelles.

Est-ce que tous les doubles s'accordent parfaitement lorsqu'ils sont ensemble ? s'interrogea Emma.

C'était peut-être ce qui se produisait pour toutes les personnes qui avaient une réplique exacte dans les deux mondes, si elles tombaient l'une sur l'autre. Mais si ces deux mondes existaient, c'était parce que les gens avaient fait des choix différents, engendrant des conséquences différentes. Un double d'un des mondes pouvait-il contrôler l'autre ?

Lequel des deux mondes était le plus puissant ?

Emma se souvint que des gens du monde mauvais avaient empoisonné la grand-mère de Natalie.

Mais nous aussi, nous sommes du monde mauvais. Pourtant, nous voulons faire le bien…

Il valait peut-être mieux qu'Emma s'en tienne aux différences et similitudes entre les Greystone et les Gustano.

Elle essaya de poser sur l'Autre-Emma un regard aussi perçant que celui de maman sur Mme Gustano. L'autre fille n'avait pas seulement le visage un peu plus rond et les traits un peu plus doux que ceux d'Emma.

Apparemment, elle se coiffait aussi plus soigneusement ; elle avait un regard encore plus affolé et semblait encore plus perplexe qu'Emma face au tournant qu'avait pris leur vie ce dernier mois.

De même, l'Autre-Emma paraissait ne pas se rendre compte qu'Emma la dévisageait intensément. Elle ne se tourna pas tout de suite pour la regarder elle aussi. Ça n'avait rien à voir avec l'attitude de Natalie envers l'Autre-Natalie lorsqu'elles étaient ensemble, ni avec celle des mamans.

Ça doit forcément prouver… quelque chose.

L'Autre-Emma et elle n'étaient pas tout à fait des répliques ; sur le plan génétique, elles n'étaient pas exactement les mêmes. On pouvait en conclure que la fusion des esprits ne s'appliquait qu'aux doubles parfaits, comme leurs mères.

– OK, on vous retrouve là-bas dans un quart d'heure, déclara Mme Gustano en se retournant pour partir.

Emma réalisa qu'elle n'avait pas entendu le reste de la conversation où les deux mères avaient parlé logistique.

Après que maman eut refermé la porte d'entrée, Emma vit par la fenêtre les Gustano retourner à leur voiture. Elle suivit maman et ses frères jusqu'au garage. Avec un temps de retard, elle s'aperçut qu'elle tenait toujours le petit coffre-fort en plastique et le bout de papier sur lequel son père avait griffonné des chiffres. Lorsqu'elle grimpa dans la voiture, elle remit la feuille dans le coffre, le verrouilla et le cala sous le siège avant. Il buta contre un objet dur, rectangulaire, rangé dans un épais étui de batte de base-ball. Emma tâta l'étui et comprit aussitôt : son contenu n'avait rien à voir avec le sport.

– Maman, tu as apporté le levier ? demanda-t-elle, stupéfaite. Tu l'as avec toi depuis le début ?

Le levier était la clé qui leur permettait de passer d'un monde à l'autre. Les enfants Greystone l'avaient trouvé sur le mur de la pièce secrète, dans leur sous-sol. Ils l'avaient arraché pour refermer le tunnel alors qu'ils étaient poursuivis par des agents de police et des gardes de l'autre monde. Il leur avait fallu deux semaines pour comprendre que le levier pouvait également être utilisé ailleurs.

Maman se mordit la lèvre et s'appuya contre la portière ouverte.

– C'était une erreur de le laisser dans la voiture, regretta-t-elle. J'aurais dû me l'attacher dans le dos ; le garder en permanence sur moi…

– Parce que tu crois qu'on pourrait en avoir besoin à tout moment ? s'enquit Chess d'une voix tout aussi désemparée.

– Non, répondit-elle. Ne t'en fais pas pour ça. C'est juste que je ne veux pas que nos ennemis le trouvent. J'ignore où je pourrais le cacher sans risque…

Toute la famille grimpa dans le véhicule. Maman appuya sur le bouton d'ouverture de la porte du garage, ce qui rappela à Emma que c'était Chess qui avait pensé à la fermer, tout à l'heure.

Maman est secouée, songea-t-elle. *Il faut vraiment qu'on fasse attention à elle.*

La voiture des Gustano attendait dans la rue. Apparemment, ils allaient se contenter de suivre les Greystone.

Ils restèrent tous silencieux pendant qu'ils roulaient vers le centre-ville. Toutefois, le paysage familier rassura Emma. C'était une belle journée de printemps ; les fleurs s'épanouissaient dans les jardins alentour. Lorsqu'ils arrivèrent dans les rues commerçantes, à la vue de tous les panneaux aux messages positifs (« Bienvenue ! », « Votre librairie fête ses trente-cinq ans d'existence ! », « Venez goûter nos nouveaux parfums de glace ! »), elle songea aux profondes différences entre ce monde-ci et l'autre. Là-bas, toutes les maisons étaient protégées derrière des clôtures, des murs ou d'épaisses haies menaçantes. Au-delà des quartiers résidentiels se dressaient des immeubles froids en verre et en acier, et partout flottaient des bannières bleu et orange. Emma n'avait même pas compris ce que celles-ci représentaient. Leur simple vue suffisait à l'effrayer.

Une fois sur le parking de *La Pendule à coucou*, maman prit l'étui contenant le levier et le glissa sur son épaule.

– Laisse-moi le porter, maman, proposa Chess. Ça fera comme si j'avais entraînement plus tard.

– Quoi, je ne suis pas crédible en joueuse de base-ball ? le défia maman avec une tentative de blague.

Que ce soit toi ou Chess, pensa Emma, *ça fait bizarre d'emporter ça au restaurant.*

Mais elle se garda bien de le dire à voix haute.

Ils entrèrent dans *La Pendule à coucou*, rejoints par les Gustano.

– Oooh ! s'émerveilla Finn Gustano.

Emma ne put s'empêcher de sourire. Les gens avaient toujours cette réaction quand ils venaient ici pour la première fois. Sur l'immense mur du fond se trouvait une gigantesque pendule à coucou, avec des aiguilles plus grandes que Chess.

– Attends de voir le coucou sortir ! s'exclama Finn.

– Une table pour huit, à l'intérieur, dans une salle séparée, s'il vous plaît, dit maman à l'accueil.

– Vous n'aurez pas à attendre, répliqua l'hôtesse. Avec ce temps, tout le monde veut manger dehors.

Elle mena les deux familles vers une salle déserte avec une paroi vitrée, près de l'horloge du fond. Si près qu'Emma distinguait les expressions réjouies des énormes sculptures sur le côté. Chiots, chatons, poissons rouges, tortues, pingouins… Tous ces animaux en bois formaient une joyeuse parade à côté des chiffres qui marquaient les heures.

Chacun reçut un menu au moment de s'asseoir. Sitôt l'hôtesse partie, maman se tourna vers Mme Gustano.

– Vous ne portez pas de micro qui enregistrera tout ce que je dirai pour le FBI, n'est-ce pas ?

– Bien sûr que non ! se défendit Mme Gustano. Croyez-moi, la police n'approuvait pas l'idée que les enfants et moi venions vous rencontrer en personne.

– Ce qui ne vous a pas empêchés de le faire, commenta maman dans un murmure. Et… vous leur avez sûrement promis que vous alliez suivre leurs conseils.

Pour dissuader toute mauvaise intention éventuelle, il aurait été plus malin de la part de Mme Gustano de rétorquer : « Voyons, évidemment que la police sait où nous sommes ! Toutes les autorités sont au courant ! » Pourtant, elle continuait à fixer maman sans rien dire.

– OK, j'ai compris, reprit maman.

C'était comme si elles pouvaient communiquer sans avoir besoin de se parler.

L'esprit en ébullition, Emma jeta un autre coup d'œil vers les créatures sculptées sur la pendule. Elle était très souvent venue dans ce restaurant, mais c'était la première fois qu'elle était assise dans cette salle.

Par conséquent, elle n'avait jamais remarqué que les sculptures en bois sur l'horloge géante ne représentaient pas que des animaux… Et l'une d'elles lui sembla particulièrement familière…

Tout à coup, elle sut où elle l'avait déjà vue. Elle se leva d'un bond et faillit renverser sa chaise.

– Je… Je dois aller aux toilettes ! annonça-t-elle. Chess, Finn… vous n'avez pas dit dans la voiture que vous deviez y aller, vous aussi ?

– Euh non, moi, ça v… commença Finn.

Mais Chess croisa le regard d'Emma.

– Tu as raison, confirma-t-il. C'est une bonne idée d'y passer avant qu'on commande.

Il tira son petit frère de sa chaise. Celui-ci cligna des yeux deux fois, sans toutefois protester.

Quant à Emma, elle s'empressa de se retourner vers la porte pour cacher son sourire : même si Chess, Finn et elle n'étaient pas des répliques, eux aussi étaient parfois capables de communiquer par télépathie.

Emma se précipita sur la porte de la salle privée pour s'approcher des mystérieuses sculptures de la pendule. Ses frères la suivaient de près.

Ils savaient qu'elle avait besoin d'eux.

Chapitre 6 : Chess

– Là ! dit Emma en désignant un ange sculpté sur la façade de l'horloge, un peu à droite du chiffre cinq. Ça ne vous rappelle rien ?

Aussitôt projeté dans de terrifiants souvenirs, Chess fut pris de vertige. Il laissa Finn répondre dans un souffle :

– Le bureau de la juge !

La juge Morales était l'autre version de la mère de Natalie. Pendant presque tout le temps qu'ils avaient passé dans l'autre monde, les enfants Greystone et Natalie avaient eu très peur de cette femme, la prenant pour l'une des plus méchantes personnes de ce terrible endroit.

La pire ennemie de maman.

Ce n'est que dans les quelques minutes précédant leur fuite de l'autre monde qu'ils avaient compris qu'elle était une sorte d'agent double. Elle faisait semblant d'être méchante alors qu'elle travaillait dans l'ombre pour sauver les gens.

Un des secrets de la juge était la possibilité, depuis son bureau, d'espionner les gens à distance. Les boutons qui permettaient d'afficher les images filmées par les caméras cachées étaient dissimulés dans les sculptures qui se trouvaient sous son bureau : celles qui représentaient des anges et des agneaux – pas les loups ni les démons effrayants qui semblaient constituer l'essentiel des sculptures que les enfants Greystone et Natalie avaient vues dans le monde parallèle.

L'ange sculpté sur la façade de la pendule géante ressemblait trait pour trait aux anges taillés dans la face cachée du bureau de la juge.

– Ça ne veut rien dire, chuchota Chess à Emma. L'artisan qui a travaillé sur le bureau de la juge dans l'autre monde a simplement un double dans ce monde-ci, qui a sculpté cette horloge.

– Non. Observe de plus près, insista sa sœur. Cet ange n'est pas du tout dans le même style que le reste de la pendule. Regarde les découpes, et le sourire… On dirait de l'art. Pas…

Pas des sculptures tout droit sorties d'un dessin animé, dans un restaurant où les petits fêtent leur anniversaire, songea Chess.

– Alors qu'est-ce qui se passe quand on appuie sur l'aile de l'ange ? demanda Finn en tendant la main.

– Fais attention !

Chess chassa la main de son frère, car la manœuvre lui paraissait dangereuse. Appuyer sur l'aile dans l'autre monde avait eu une conséquence positive, mais les deux mondes étaient pratiquement inversés, comme un reflet dans un miroir. Alors, commettraient-ils une erreur en appuyant sur cette aile, ici ?

Emma jeta un coup d'œil en arrière, comme pour s'assurer que maman et les Gustano n'avaient pas remarqué que les trois enfants Greystone n'étaient pas allés jusqu'aux toilettes. Ou peut-être qu'elle vérifiait que personne d'autre ne les regardait.

– Chess… il faudrait vraiment qu'on essaie, dit-elle tout bas. Juste au cas où.

– Bon, d'accord, concéda Chess. Mais laissez-moi faire.

Et si un couteau tombait de l'horloge et le blessait ? Et si un nouveau tunnel s'ouvrait sur l'autre monde ? Et si ça faisait basculer la pendule sur eux ? Ou bien…

Chess frissonna et s'interdit d'être aussi paranoïaque. D'un geste ferme, il appuya sur l'aile de l'ange.

Au début, rien ne se produisit. Puis l'ange ouvrit la bouche et un petit disque rond et métallique s'en échappa.

Une pièce.

Chess la rattrapa d'une main.

– C'est quoi ? Fais-moi voir ! s'écria Finn.

Chess ouvrit le poing et présenta sa paume à son frère et à sa sœur. La pièce luisait, nichée contre sa ligne de vie. C'était une pièce, mais pas d'une monnaie qu'il connaissait. Avec cette couleur cuivrée, il était difficile de distinguer les lettres gravées sur le bord.

Non, ce n'était pas la seule raison pour laquelle il était difficile de déchiffrer les inscriptions.

– C'est un code, souffla Emma d'un ton empreint de respect. Un de plus !

Chapitre 7 : Finn

– Mince, ce ne sont pas des lettres de l'alphabet ! se plaignit Finn.

– Pas de *notre* alphabet, nuança Emma.

Soudain, elle posa la main sur la pièce dans la paume de Chess et repoussa brusquement le bras de son frère sur le côté.

– Qu'est-ce que vous regardez comme ça ? demanda une voix derrière eux.

C'était Rocky Gustano.

Un peu plus petit que Chess, il semblait pourtant projeter une ombre plus grande. Plus menaçante.

C'est juste parce que tu connais Chess et que tu sais qu'il est toujours gentil, se raisonna Finn. *Peut-être que Finn et Emma Gustano trouvent que Chess fait peur.*

– Rien du tout, répondit Emma d'un ton qui prouvait qu'elle mentait.

– Vous ne savez pas où sont les toilettes ? s'étonna Rocky. Ou bien vous vous êtes perdus ?

– Non, on s'est simplement arrêtés pour… admirer la pendule, prétexta Chess d'une petite voix.

Finn aimait son frère et sa sœur plus que n'importe qui – à part maman. Mais ils étaient les pires acteurs du monde.

– En fait, on a inventé un jeu, expliqua-t-il. Chaque fois qu'on vient, on choisit un animal et on compte combien de fois il apparaît sur l'horloge. Aujourd'hui, on compte les singes.

Rocky jeta un rapide coup d'œil à la pendule.

– Il y en a trente-deux, répliqua-t-il.

Emma émit un hoquet de stupeur.

– Comment tu as fait pour compter aussi vite ?

Rocky leva les yeux au ciel.

– Je vous fais marcher, soupira-t-il en repoussant la mèche de cheveux noirs qui lui tombait devant les yeux.

Tiens, pensa Finn. *Rocky sait mentir, lui.*

Tout à coup, les traits de ce dernier s'adoucirent.

– Vous jouez encore à ce genre de jeux ? s'étonna-t-il. À votre âge ? Après tout ce qui s'est passé quand on était… là-bas ?

Tandis que Finn se demandait s'il devait être vexé par la question « à votre âge ? », Emma répondit : « Parfois, on fait semblant » et Chess dit : « Pas trop. » À l'évidence, ils ne cherchaient plus à jouer la comédie.

– Aucun de vous n'avait besoin d'aller aux toilettes, c'est ça ? devina Rocky.

– Non, reconnut Finn. Il fallait qu'on parle.

– Et ta mère, elle tient le coup ? demanda Chess à Rocky.

Ce dernier ricana.

– Elle va mieux que notre père, en tout cas, marmonna-t-il.

Ça faisait parfois un drôle d'effet à Finn de se rappeler que les autres enfants avaient deux parents dans leur vie ; deux adultes (voire trois ou quatre) qui comptaient énormément pour eux.

Mais en présence des Gustano, cette impression était encore plus troublante. Avec eux, son cerveau allait et venait sans cesse entre : *Ils nous ressemblent tellement !* et : *Ils sont complètement différents.*

Plus qu'avec n'importe qui d'autre, Finn trouvait injuste que les Gustano aient toujours leur père, et pas lui, Emma et Chess.

– Laissons tomber les toilettes, déclara Emma. Retournons écouter ce que disent nos mères.

De retour dans la salle, Finn se blottit contre maman. C'est tout juste s'il ne grimpa pas sur ses genoux. C'est exactement ce qu'avait fait Finn Gustano avec la sienne.

– Justement, j'essaie de vous aider, insistait maman. Toutefois certaines informations… Certains faits… Difficile de savoir ce que je peux vous révéler sans risque. Et ce que vous supporterez d'entendre.

– Écoutez, répliqua Mme Gustano, mes enfants ont été kidnappés. Pendant une semaine entière, je ne savais pas où ils étaient. À présent, mon mari se retrouve accusé d'être à l'origine de tout ça. J'ai déjà l'impression de vivre un cauchemar !

– Il pourrait arriver pire, dit maman, presque comme si elle s'étouffait.

Finn observa son visage. Des larmes tremblaient dans ses cils alors qu'elle fixait Mme Gustano.

– Vous devriez vous réjouir… Votre famille est réunie. Pour l'instant votre mari est toujours en vie… Contrairement au mien.

– Vous menacez ma mère ? demanda Rocky en reculant sa chaise, comme prêt à se battre. Mon père ?

– Bien sûr que non, répondit maman. J'essaie de sauver votre famille. Du coup, je dois vous mettre tous en garde. Je veux juste vous rendre service.

– Que voulez-vous que je fasse ? s'enquit Mme Gustano d'une voix étranglée. Que feriez-vous à ma place ?

– Je sauterais sur l'offre que je m'apprête à vous faire, répondit maman. À votre place, je prendrais mes enfants et mon mari, et je partirais. Je peux vous mettre en contact avec quelqu'un qui vous aidera. Ce serait… comme un programme de protection des témoins. Changez de nom, déménagez, commencez une nouvelle vie… C'est le seul moyen d'assurer votre sécurité.

– Quoi ? s'inquiéta Emma Gustano en déglutissant. Vous voulez dire que…

– Mais moi, j'aime mon nom ! gémit Finn Gustano.

Sa mère le réconforta d'un tapotement sur le bras puis observa le visage de maman, comme pour le graver dans sa mémoire.

– C'est ce que vous avez fait, n'est-ce pas ? demanda-t-elle à maman. Vous avez fui. Je ne comprends toujours pas ce qui nous lie, vous et moi, ni pourquoi nous nous ressemblons tant. Ni ce que vous avez fait pour déclencher la colère de vos ennemis, quels qu'ils soient. La mafia ? Des trafiquants de drogue ? Je suppose que vos enfants et vous avez pris la fuite... Avez-vous volé une partie de mon identité ? Est-ce comme ça que je me suis retrouvée impliquée ?

Maman voulut protester, mais Mme Gustano l'arrêta d'un geste de la main et poursuivit :

– Dans tous les cas, à quoi ça vous a avancée ? Vous avez l'air aussi épuisée et tourmentée que moi. Votre petit garçon est recroquevillé contre vous, aussi triste que le mien. Quant à vos aînés...

Finn n'attendit pas d'entendre ce qu'elle avait à dire à propos d'Emma et de Chess. Il se leva et cria à son intention :

– C'est pas la faute de maman ! Elle a pas juste pris la fuite ! Elle a continué à aider l'autre monde ! Et Emma, Chess et moi, on veut combattre les méchants de l'autre monde, nous aussi ! D'ailleurs, vous aussi, vous devriez nous aider !

– Finn... chuchota maman. Ne...

Mais Rocky se leva à son tour, raide comme un piquet.

– L'autre monde ? répéta-t-il. Vous ne mentiez pas, alors ? Et il y a un moyen de rectifier les choses ? De combattre les gens qui nous ont enlevés ?

Il se tourna vers Finn.

– Si c'est le cas, je suis partant !

Chapitre 8 : Emma

Emma entendit Mme Gustano s'écrier dans un hoquet :

– Rocky, non ! Tu ne sais même pas dans quoi tu t'embarques…

Sa voix semblait être en stéréo.

Ah, OK, pensa Emma. *C'est parce que maman et elle ont dit exactement la même chose en même temps. Et moi, je suis assise entre elles deux.*

– Est-ce qu'on va encore devoir affronter les méchants… dans cet endroit mauvais… pour innocenter papa ? voulut savoir l'Autre-Emma en fronçant le nez. Ça fait peur… Mais c'est toujours moins pénible que de se cacher et se faire passer pour quelqu'un d'autre. Et être perpétuellement terrifiée. Du coup, moi aussi, je suis partante !

– Moi aussi ! pépia Finn Gustano avant de regarder autour de lui pour comprendre sur quoi portait la conversation.

Visiblement, aucun des deux Finn n'aimait rester sur la touche.

Est-ce qu'on savait dans quoi on s'embarquait, quand on a accepté d'améliorer l'autre monde ? se demanda Emma.

Elle pensa à la mystérieuse pièce que Chess avait glissée dans la poche de son short, et à toutes les questions qu'elle n'avait pas encore eu l'occasion de poser à maman.

La porte de la salle vitrée s'ouvrit, faisant sursauter les deux familles.

– Désolée ! Je voulais voir si vous étiez prêts à commander. Si je vous dérange, je peux repasser.

Ce n'était que la serveuse, une ado coiffée d'un serre-tête orné d'yeux mobiles. Elle portait le tee-shirt officiel du restaurant, sur lequel un coucou cinglé surgissait d'une pendule en braillant : *COUCOU! COUCOU!* sur un fond de spirales bizarres. Ce logo faisait toujours rire Emma. Mais ce jour-là, elle se dit que si elle se laissait aller, ses gloussements risquaient de finir en un rire hystérique.

Aussitôt, Maman et Mme Gustano enfilèrent chacune leur habit de mère normale.

– Non, c'est bon, nous sommes prêts, dit maman à la serveuse. Finn, à toi l'honneur.

Emma resta concentrée juste le temps de commander des bâtonnets de poisson. Elle continuait à scruter les sculptures de l'horloge. Les animaux n'étaient pas taillés dans le même style que l'ange, mais peut-être que si elle appuyait dessus, d'autres indices seraient éjectés.

La pièce que Chess avait trouvée avait-elle réellement un lien avec le monde parallèle ? N'était-ce qu'une simple coïncidence si cet ange ressemblait à celui qu'ils avaient vu là-bas ?

Emma se souvint que la façade du restaurant était également ornée de sculptures. Par chance, elle était assise en bout de table. Il lui suffit donc de décaler légèrement sa chaise pour avoir vue sur le parking. Non, pas d'ange sur la devanture. Le cou tendu, Emma balaya le parking du regard, tentant de voir un peu plus loin, là où maman s'était garée.

Puis elle oublia les sculptures.

Que faisait cet homme près de leur voiture, à scruter la plaque d'immatriculation ?

Comme il lui tournait le dos, Emma put seulement voir qu'il portait un jean et un coupe-vent de couleur foncée, capuche relevée. Alors qu'il faisait beau et chaud. Pourquoi ?

Parce qu'il a quelque chose à cacher, réalisa Emma.

Sous ses yeux, l'individu s'écarta du véhicule. Puis il se rapprocha du patio et se posta derrière un arbre pour observer les tables bondées de la terrasse du restaurant, à travers les branches.

Il ne fait rien de mal, se raisonna Emma. *Il a peut-être rendez-vous avec quelqu'un et il le cherche. Il a peut-être cru que c'était la voiture de son ami…*

L'homme se faufila vers la baie vitrée du restaurant la plus proche et plaqua son visage contre la paroi, les mains de chaque côté des yeux. Se protégeait-il seulement du soleil, ou cherchait-il encore à dissimuler son visage ?

L'individu se dirigea vers la baie suivante.

Emma jeta un coup d'œil en arrière pour s'assurer que la serveuse était repartie. Puis elle se leva et alla vers la fenêtre la plus proche.

– Emma ? l'appela Chess. Un problème ?

– Rien, sans doute, marmonna-t-elle. Je regarde juste…

– Emma, chérie, commença maman. Est-ce que tu… ?

De la main, Emma leur fit signe d'attendre. Puis elle se tourna vers maman et pressa un doigt sur ses lèvres : elle avait vu l'homme tourner la tête et plaquer son oreille contre la vitre, comme pour écouter ce qui se passait à l'intérieur.

Il se comportait vraiment bizarrement.

À voir la tête de maman, elle devait trouver qu'Emma aussi avait une attitude bizarre. Dans leur vie normale d'avant, Emma aurait compris rien qu'à son air qu'elle devrait s'attendre à une petite discussion sur les bonnes manières à table. Mais elle savait ce que pensait maman, à présent : *S'il te plaît, les Gustano sont déjà assez terrifiés comme ça, n'en rajoute pas !*

Emma regarda à nouveau dehors. L'homme marchait toujours dans les parterres de fleurs du restaurant, entre les buissons, collant son oreille à chaque baie vitrée. Lorsqu'il arriva près de l'arbrisseau le plus proche d'Emma, elle n'y tint plus. Elle souleva le loquet, ouvrit la fenêtre et empoigna le coupe-vent de l'individu.

– Qu'est-ce que vous fabriquez ? demanda-t-elle d'un ton autoritaire en secouant les épaules de l'inconnu. Qui est-ce que vous espionnez ?

L'homme se pétrifia. Pour la première fois, Emma vit son visage ébahi.

Elle le relâcha.

– Joe ?

Chapitre 9 : Chess

Ça alors, songea Chess. *Emma est sacrément courageuse.*

L'estomac retourné, il tremblait dans ses baskets alors que tout ce qu'il faisait, c'était rester assis à table.

Pendant ce temps, Emma tirait dans la salle un inconnu bizarre par la fenêtre ouverte. Non, ce n'était pas un inconnu. C'était Joe Deweese, l'homme qui les avait aidés dans l'autre monde. Comme maman, Joe était venu secrètement dans ce monde-ci il y avait longtemps, mais il essayait quand même d'aider les gens qui continuaient à souffrir dans le monde parallèle. Puis, après l'enlèvement des Gustano, Joe et maman y étaient retournés pour les sauver, mais ils avaient fini par y être piégés à leur tour.

Jusqu'à un mois auparavant, maman et Joe avaient un pacte : ils n'étaient pas censés se rencontrer et ne devaient communiquer que par messages codés. Ils avaient travaillé ensemble pendant des années. Pourtant, durant tout ce temps, Joe n'avait même pas vu à quoi maman ressemblait.

Sa présence ici était donc très étrange.

C'était un homme de grande taille. Après être entré par la fenêtre et s'être redressé de toute sa hauteur, il garda sa capuche relevée – essentiellement pour que les Gustano ne voient pas son visage.

Malgré tout, Chess remarqua que des gouttes de sueur coulaient sur sa peau noire.

Il ne faisait quand même pas si chaud, dehors.

– Qu'est-ce qui se passe ? demanda Emma. Pourquoi vous écoutez les gens dans ce restaurant ? Et pourquoi vous n'utilisez pas un de vos gadgets au lieu de rester planté là, où tout le monde peut vous voir ?

Joe était un génie de l'électronique.

– Une urgence, marmonna-t-il.

Son regard se posa sur maman, mais il sembla d'abord voir Mme Gustano.

– Ah, dit-il.

Il haussa les épaules et ôta sa capuche.

– D'abord, comment tu savais que j'étais ici ? l'interrogea maman.

– J'ai piraté l'imagerie satellite et géolocalisé ta voiture… répondit Joe. Kate, c'était facile.

Maman blêmit, apparemment à deux doigts de s'évanouir.

– Si facile que c'est à la portée de n'importe qui ? s'inquiéta-t-elle d'une voix faible.

Elle veut parler des gens de l'autre monde, pensa Chess.

– Est-ce qu'on doit aller ailleurs ? s'affola-t-il en se levant d'un bond. À pied ?

Il ne voyait pas où se réfugier. La seule idée qu'il avait en tête, c'était de creuser un trou dans la terre et de s'y cacher.

Pourtant tous leurs problèmes avaient commencé sous terre, avec le tunnel qui reliait les deux mondes.

Joe jeta un rapide coup d'œil vers le parking, derrière lui.

– Je pense qu'on ne craint rien, ici, répliqua-t-il. Pour l'instant. J'ai mis en place des mesures de sécurité.

Il observa Emma avant de poursuivre :

– J'ai installé des micros sur tout le périmètre. Je serai alerté si un visiteur… importun… nous approche à moins de trente mètres.

Chess devina que par « importun », il fallait comprendre « de l'autre monde ».

– Alors, c'est quoi, l'urgence ? voulut savoir Rocky.

Joe grimaça et fit un brusque signe de tête. Un signal secret destiné à maman ?

– Kate, je peux te parler ? En privé ?

Ne voyait-il pas que maman était sur le point de s'effondrer ?

D'ailleurs, Joe lui-même semblait chancelant.

Chess s'interposa entre eux.

– On est tous dans le même bateau, dit-il. S'il y a une urgence… nous, les plus jeunes, on doit aussi savoir ce qui se passe.

– Tous les plus jeunes, insista Rocky en se postant aux côtés de Chess.

Rocky ne ressemblait pas à Chess, et Chess ne ressemblait pas à Rocky. Pourtant, à cet instant, on aurait dit qu'ils étaient dans la même équipe.

Joe fronça les sourcils.

– Eh bien, en fait… ça vous concerne, les enfants Gustano, souffla-t-il.

Mme Gustano serra l'Autre-Finn si fort contre elle qu'il poussa un petit cri.

– Quoi ? Qu'est-ce qu'il y a ? demanda-t-elle.

L'air affaibli, Joe s'appuya contre le mur. Il ne regarda pas Mme Gustano dans les yeux. Au lieu de quoi, il se focalisa sur Rocky, l'Autre-Emma et l'Autre-Finn et demanda :

– Saviez-vous que vous aviez été enlevés pour servir de cobayes lors d'une expérience scientifique ?

Chapitre 10 : Finn

– Quoi, comme des cochons d'Inde, vous voulez dire ? demanda Finn pour se rendre utile, puisque visiblement tout le monde restait pétrifié.

– La police m'a certifié qu'aucun mal n'avait été fait à mes enfants, s'indigna Mme Gustano d'une voix qui aurait pu changer de l'eau bouillante en glace. Rocky, Emma, Finn... Vous m'avez tous les trois assuré que vous aviez été bien traités pendant votre captivité. Que vous n'aviez pas eu mal, disons. Que vous aviez seulement eu très, très peur et que...

– La peur, répéta Emma, comme si elle pouvait déposer ce mot sur une lame pour l'examiner au microscope.

Ça lui arrivait régulièrement. Elle serait sans doute chercheuse, plus tard, et découvrirait sûrement tout ce qu'il y aurait à savoir sur tout.

– Évidemment qu'ils avaient peur ! intervint Chess. Ils avaient été kidnappés ; ils ne savaient pas où ils étaient ni comment s'échapper. Nous aussi, on était terrifiés tout le temps qu'on a passé dans l'autre monde, alors qu'on n'avait qu'une vague idée de ce qui était arrivé. Et qu'on leur venait en aide. On avait un peu de...

– ... pouvoir, finit Rocky à sa place. De contrôle.

Emma effleura les doigts de Rocky. Finn ne savait pas trop si elle essayait de lui faire un check ou de lui serrer la main. En tout cas, on aurait dit qu'elle l'accueillait dans son équipe.

– Tu as compris, s'émerveilla-t-elle.

Joe fronça un peu plus les sourcils.

– Est-ce que vous vous souvenez d'odeurs bizarres, les petits Gustano ? demanda-t-il.

– Une odeur de feu... répondit l'Autre-Emma en contemplant le plafond d'un air pensif, comme si ça pouvait l'aider. Pas un feu de cheminée douillet, qui fait qu'on se réjouit d'être à l'intérieur. Plutôt une odeur qui donnait des haut-le-cœur. Comme du caoutchouc brûlé, ou des ordures calcinées.

– Des ordures pourries en train de brûler, précisa l'Autre-Finn. Et une odeur de rat mort, peut-être, aussi. Des rats, des souris, des araignées et des serpents morts...

– Oui, c'est ça ! s'exclama Finn. Je vois très bien ce que tu veux dire ! Pouah !

– On a tous senti cette odeur quand on était au tribunal du peuple pour le procès de maman, leur rappela Emma. Là-bas, tout le monde était obligé de... je ne sais pas... mariner dans ces odeurs épouvantables. À cause de ça, tout le monde était effrayé et en colère. Mais on en a parlé, Joe, et vous étiez d'accord avec ma théorie : les responsables du procès utilisaient ces odeurs pour contrôler la foule. Car les dirigeants de l'autre monde ne veulent pas que les gens pensent par eux-mêmes, ni qu'ils prennent de décisions seuls.

– Plus on respirait cet air puant, plus on avait peur et on se sentait faibles, sans défense, dit Finn aux Gustano. Ça vous a fait cet effet-là, à vous aussi ?

– Difficile de ressentir encore plus ces émotions quand on est déjà en train d'y patauger, marmonna l'Autre-Emma.

– De quoi vous souvenez-vous, avant d'être entrés dans le tribunal ? demanda Joe, toujours concentré sur les Gustano.

Dans ses yeux, il avait la même lueur qu'Emma quand elle parlait de ses expériences scientifiques. Elle signifiait : « Mon cerveau tourne à plein régime, là. »

– Entre votre enlèvement et votre arrivée au tribunal, poursuivit Joe. Avez-vous senti une odeur inhabituelle ?

– Celle de la barbe à papa, répondit l'Autre-Finn. Mais qui serait restée trop longtemps à la chaleur et commencerait à brûler.

– La même odeur que le désodorisant qu'ils utilisent à l'école quand quelqu'un a vomi, ajouta l'Autre-Emma.

– Tu veux parler du produit qui ne marche jamais ? s'enquit Finn. Celui qui rend l'odeur de vomi encore pire ?

– Exactement, confirma l'Autre-Emma.

– Les chaussures de sport, dit Rocky. Vous savez, quand elles sont neuves, au début ça sent super bon…

– Et après, quand on a bien transpiré dedans, ça schlingue ! compléta l'Autre-Emma. Et maman nous oblige à les laisser dehors pour éviter que ça embaume toute la maison…

– Qui m'en voudrait ? demanda Mme Gustano.

Pendant un instant, on aurait cru que pouvoir continuer à parler de baskets puantes et de rien d'autre aurait soulagé tout le monde.

Mais, malheureusement, il restait beaucoup d'autres sujets à aborder.

– Vous affirmez donc que, tout le temps où vous étiez avec vos ravisseurs, vous avez senti un mélange d'odeurs, à la fois bonnes et mauvaises, résuma Emma. Ou un parfum agréable gâché par une odeur affreuse, contre laquelle on ne peut rien malgré tous les efforts qu'on fait pour la masquer.

– Et ces odeurs, c'était censé être de la science ? s'étonna l'Autre-Finn.

– Nous avons intercepté des messages et les avons décodés, expliqua Joe. Ils venaient des membres du gouvernement du monde mauvais. Ils demandaient aux ravisseurs de tester les réactions des enfants Gustano lorsqu'ils étaient soumis à toutes sortes d'odeurs, comme celles-là. Les Gustano étaient particulièrement visés, car…

Il regarda de nouveau maman, comme s'il ne voulait pas que les autres entendent ce qu'il s'apprêtait à dire.

Peut-être même avait-il commencé à penser en code pour être compris d'elle seule.

Finn aurait voulu sauter sur les genoux de sa mère et planter sa figure juste devant son nez, pour lui obstruer la vue. Peut-être que, comme ça, Joe s'adresserait de nouveau à tout le monde.

Mais pile à ce moment-là, Joe porta une main à son oreille.

– Quoi, répète ? Moins vite ! ordonna-t-il, la mâchoire crispée.

Il ne parlait plus à maman. Finn ne s'y connaissait pas aussi bien qu'Emma en gadgets électroniques, mais même lui savait que Joe devait porter une minuscule oreillette, et sûrement un micro encore plus petit, caché quelque part dans ses vêtements. Et c'était dans ce micro qu'il parlait.

– Je ne comprends rien à ce que tu racontes. Le périmètre a-t-il été franchi ?

Joe recula d'un pas chancelant.

– C'est une attaque ? Vous êtes en danger ?

Finn n'entendit pas la réponse. Il ne sut pas non plus si Joe l'avait lui-même entendue.

Sitôt après avoir prononcé le mot « danger », Joe sauta par la fenêtre ouverte et traversa le parking en courant.

Chapitre 11 : Emma

Bien sûr qu'Emma suivit Joe. Il aurait peut-être besoin d'aide pour faire face à la menace vers laquelle il s'élançait, quelle qu'elle soit.

Elle devait absolument savoir ce qui l'avait fait décamper.

Tandis que Joe avait enjambé la fenêtre sans difficulté, Emma s'engagea en passant les bras d'abord et se retrouva à moitié dehors. Elle allait devoir se réceptionner avec une roulade. Elle rentra donc la tête comme elle l'avait appris en cours de gym puis, une fois sur la pelouse, elle se releva rapidement.

– Attendez ! cria-t-elle à l'intention de Joe.

– Non ! Reste… lança-t-il.

Emma n'entendit pas la suite : derrière elle, tout le monde hurlait plus fort que lui.

Chess braillait :

– Emma, sois prudente !

Finn s'égosillait :

– Où tu vas ?

La voix de maman s'élevait par-dessus tout ça.

– Emma ! Moi aussi, j'arrive ! Attendez, il faut qu'on laisse du liquide, sinon ils vont croire qu'on est partis sans payer…

Emma eut envie de rire : elle reconnaissait bien là sa mère ! Même en cas d'urgence, elle ne voulait pas se mettre en tort !

Joe traversa le parking à grandes foulées et distança Emma, ses jambes étant deux fois plus longues que celles de la fillette. Cette dernière jeta quand même un coup d'œil en arrière : maman, Chess et Finn couraient dans sa direction. Ils étaient suivis des quatre Gustano. Mme Gustano était encore en train d'enjamber la fenêtre tout en criant à quelqu'un (probablement à la serveuse perplexe) :

– On revient dans une minute ! Enfin, je crois ! Quoi qu'il en soit, l'argent est sur la table !

Quand Emma se retourna pour regarder Joe, il était déjà sur le trottoir d'en face. Il courut jusqu'à un van noir qui n'avait des vitres qu'à l'avant.

Typiquement le genre de camionnette que des kidnappeurs utiliseraient, songea Emma. *Car on ne peut pas voir ce qu'il y a à l'intérieur.*

Elle aurait voulu héler Joe, lui dire de rester prudent, mais sa famille et les Gustano se faisaient déjà assez remarquer comme ça. Elle décida plutôt de s'intéresser à la plaque d'immatriculation.

Celle-ci était toute noire.

D'un geste brusque, Joe ouvrit les portières à l'arrière du van. Au moment de traverser la rue, Emma se souvint à peine qu'il fallait regarder à gauche et à droite. Heureusement, il n'y avait pas de circulation. Elle rejoignit Joe à toute vitesse.

Il observait l'arrière du van, tellement rempli de matériel électronique qu'Emma mit un certain temps à voir qu'une fille était assise au milieu de tout cet équipement. La fille avait un casque audio sur les oreilles, et trois autres paires d'écouteurs pendaient à son cou, comme des colliers. Elle aussi braillait dans un micro :

– J'ai dit que c'était pas ce genre d'urgence !

Cette fille ressemblait tant à Joe qu'ils étaient forcément de la même famille.

Emma se souvint de sa première rencontre avec lui, lorsqu'il avait expliqué pourquoi il n'avait pas pu venir secourir maman plus tôt dans l'autre monde : *J'ai des enfants, moi aussi. Des enfants que je tente de protéger.*

Était-ce la fille de Joe ?

La deuxième chose qui frappa Emma fut l'odeur pestilentielle qui s'échappait du van. C'était si épouvantable qu'elle en avait presque la nausée.

– Ne respire plus ! aboya-t-elle à l'intention de l'inconnue.

Puis elle se tourna vers Joe :

– Vous croyez que c'est une attaque ? Est-ce que quelqu'un de l'autre monde est venu pour… ? Non, ce n'est pas une odeur qui me déprime ou me fait perdre espoir. C'est nouveau, c'est autre chose… Ça vient d'une source non identifiée…

– Je sais d'où vient l'odeur ! cria la fille en réponse à Emma.

Elle se baissa. Emma s'attendait à ce que la fille lui présente une boule puante ou n'importe quel autre objet aussi répugnant. Au lieu de quoi, elle souleva…

Un bébé.

Un adorable bébé, vêtu d'une robe en dentelle jaune, un gros ruban assorti noué autour de ses boucles brunes.

Un adorable bébé qui puait horriblement.

– Tu as utilisé le code d'urgence parce que Kafi a fait dans sa couche ? demanda Joe, effaré. Tu as oublié la consigne « discrétion maximale » ? Et moi, j'ai traversé tout le parking en courant, suivi par…

Il se retourna et vit Mme Gustano et l'Autre-Finn qui s'apprêtaient à traverser à leur tour.

– … huit personnes ?

– On est à court de couches ! Et de lingettes, rétorqua la fille en agitant le bébé, comme si ça l'amusait de répandre la mauvaise odeur. Alors, papa, si tu veux rester enfermé dans un espace clos, sans respirer, à surveiller le moindre mouvement à un kilomètre à la ronde pendant que Kafi te casse les oreilles parce qu'elle pleure, fais-toi plaisir. J'échange volontiers ma place ! Je pense pouvoir annoncer les mauvaises nouvelles aussi bien que toi.

– Quelles mauvaises nouvelles ? s'enquit Emma.

– Tu veux parler des odeurs testées sur les enfants Gustano ? intervint Finn de sa voix flûtée. Joe nous a mis au courant. On a fait le tour des mauvaises nouvelles.

La fille qui tenait le bébé haussa les sourcils et fixa son père.

Puis elle lui demanda :

– Tu ne leur as pas parlé du reste ?

Chapitre 12 : Chess

Joe jetait de brefs coups d'œil aux alentours, comme si le danger rôdait partout. La mâchoire crispée, il dit à la fille :

– Non. Le reste n'est que spéculation et théories vaseuses. Il nous faut plus de données. Et un endroit sécurisé où parler. Mais… tu as raison. Occupons-nous d'abord de cette couche.

Après quoi, maman et Mme Gustano exigèrent que tout le monde retourne au restaurant. Joe et ses filles se joignirent au groupe. Il procéda à une présentation express : Kona avait onze ans et Kafi fêterait son premier anniversaire dans une semaine.

Quand Chess était petit, il était allé à un pique-nique organisé par l'entreprise d'un ami de ses parents. Tous les adultes bavardaient joyeusement : « Qui veut encore du pop-corn ? » « La course de relais va commencer ! » Mais en fond sonore, Chess entendait des murmures de conversations à propos de la chute du prix des actions et de promotions manquées. En réalité, personne n'avait l'air véritablement épanoui.

Maman, Mme Gustano et Joe se comportaient exactement comme les adultes de ce pique-nique. Quand ils revinrent à leur table, Chess s'installa à côté de sa mère. Il aurait voulu lui demander : *Qu'est-ce qui se passe ? Joe et toi préféreriez parler en privé, c'est ça ? Ou… Joe, toi et moi ? Une fois qu'il aura acheté des couches ?* Mais maman disait à Mme Gustano, tout en servant à manger à Kona et Kafi :

– Oh, oui, j'ai demandé qu'on nous apporte du ketchup pour les frites…

Finn et l'Autre-Finn animaient la tablée en mordant dans leurs bâtonnets pour leur donner toutes sortes de formes. Apparemment, ça ne dérangeait personne que le « dinosaure » de l'un et la « fusée » de l'autre soient quasiment identiques. Quant à la petite Kafi, elle provoqua l'hilarité générale lorsque, au milieu d'un silence, elle se mit à rugir :

– Acore !

Avant d'ajouter, une seconde plus tard :

– Sipeuplé ?

Chess trouvait qu'il y avait un peu trop de monde autour de lui. Il aurait voulu pouvoir discuter discrètement avec Emma de la pièce provenant de l'ange sculpté. Sa sœur étant assise à l'autre bout de la table, difficile de la lui glisser furtivement.

Il ne pouvait même pas capter son regard, car Emma avait les yeux perdus dans le vague.

Le reste de la soirée se déroula de la même manière. Les adultes convinrent que les Gustano, Joe et ses filles passeraient la nuit chez Mme Morales, avec les Greystone. Mme Morales pouvait loger tout le monde si les enfants de chaque famille dormaient dans la même pièce que leur parent. Après quoi, il fallut se mettre à la recherche d'oreillers, de sacs de couchage et de matelas gonflables, si bien que Chess n'eut même pas l'occasion de discuter avec Natalie.

Quand les plus jeunes seront couchés, pensa-t-il. *À ce moment-là, peut-être…*

Il s'imagina participant à une réunion au sommet avec les parents et Natalie (OK, et peut-être Rocky). Alors, les adultes laisseraient tomber leurs histoires de ketchup et de bâtonnets de poisson pour dire à Chess, Natalie et Rocky : « Vous trois êtes assez grands pour tout savoir… »

Quand vint l'heure du coucher, maman s'adressa enfin en privé à Chess, mais elle se contenta de chuchoter :

– Je voudrais que tu veilles à ce qu'Emma et Finn restent au lit et ne viennent pas nous espionner… On a tous besoin de dormir si on veut surmonter ce qui nous attend dans les prochains jours.

Chess n'eut même pas le temps de lui parler de leur trouvaille du restaurant avant que Mme Morales appelle maman dans le couloir pour lui poser une question sur la grand-mère de Natalie, toujours hospitalisée.

Sauf que ce n'est pas vraiment la grand-mère de Natalie. C'est celle de l'Autre-Natalie, du monde parallèle…

Chess regarda Emma sombrer dans le sommeil alors qu'elle tripotait la pièce mystérieuse, marmonnant des hypothèses. Il écouta Finn s'endormir, en se demandant dans quelle mesure l'Autre-Finn et lui se ressemblaient : moitié-moitié ? Plus ? Moins ? Chess attendit que la respiration de son frère et de sa sœur soit lente et régulière pour avoir la certitude qu'ils étaient dans les bras de Morphée. Combien de temps devait-il encore patienter avant de se lever pour rejoindre maman ? Ou devait-il simplement attendre son retour ?

Même s'il ne dormit pas complètement, il dut finir par s'assoupir. Car soudain il sursauta. Avait-il entendu un bruit de pas discrets dans le couloir ? Ou une respiration autre que celles d'Emma et de Finn ?

Chess se redressa dans son lit, aux aguets. Tout était calme, à présent. Sur la table de chevet, le réveil indiquait minuit. Et le couchage d'à côté était toujours vide.

Sa mère n'était donc pas encore revenue. Ce n'était pas elle qui avait marché sur la pointe des pieds.

– Emma ? chuchota Chess en regardant les sacs de couchage étendus à côté du sien.

Emma et Finn formaient tous les deux une masse informe. Ni l'un, ni l'autre ne remuèrent.

Chess soupira et sortit de son lit. Il alla furtivement vers la porte de la chambre et gagna le couloir. Devant la porte de Natalie, il hésita une seconde. Il aurait aimé pouvoir lui parler. Puis il se souvint qu'elle avait laissé sa chambre aux Gustano, et il ne savait pas où elle dormait, cette nuit-là.

Il se dirigea vers l'escalier. Comme il ne connaissait pas la maison de Natalie aussi bien que la sienne, il ignorait quelles marches risquaient de grincer. Il descendit donc lentement et s'arrêta sur chacune d'elles, tendant l'oreille. Toute la maison était plongée dans le noir et le silence. Il ne savait pas si c'était une nuit sans lune ou si Mme Morales avait obstrué les fenêtres pour empêcher toute lumière extérieure d'entrer.

Puis, à mi-hauteur de l'escalier, son pied nu effleura quelque chose.

Ou plutôt quelqu'un.

Un… bras ?

Chess ouvrit la bouche pour chuchoter : *Qui est là ?* Mais il n'eut même pas le temps de poser la question : une main se plaqua aussitôt sur ses lèvres.

– Pas un bruit ! ordonna-t-on tout bas dans son oreille.

Une voix de fille, songea Chess avec frénésie. *Ce n'est ni Emma, ni Natalie, ni l'Autre-Emma…*

C'était Kona.

Chess repoussa sa main et chuchota à son tour :

– Qu'est-ce que tu fais debout, en pleine nuit, dans cet escalier ?

Puis, repensant au fait qu'il avait d'abord touché son bras avant qu'elle l'empêche de parler, il rectifia :

– Qu’est-ce que tu fais *assise* dans cet escalier ? Tu veux provoquer un accident ?

Kona tira sur sa manche, l’incitant à s’asseoir près d’elle.

– On est moins visible assis, souffla-t-elle. Allez, tiens-moi compagnie ! Fais le guet avec moi.

– Le guet ? répéta Chess. Tu rigoles ? On n’y voit rien !

Kona glissa quelque chose sur la tête de Chess. L’obscurité autour de lui se teinta d’une étrange lueur verte. Désormais, il distinguait la forme des meubles du salon, en bas. Il renversa la tête en arrière et vit le lustre accroché au plafond. Il regarda de nouveau Kona, qui portait une sorte de masque sur les yeux et le front.

– Oh… Des lunettes de vision nocturne, comprit-il. Est-ce que tu… comment on dit, déjà ?… surveilles encore le « périmètre » ? Tu fais le guet pour ton père ?

– Non, je le fais pour moi, répliqua Kona.

Chess ne sut pas trop quoi répondre. Pas seulement parce qu’il était assis dans le noir, avec des lunettes de vision nocturne, en compagnie d’une fille qu’il venait à peine de rencontrer. De toute façon, il savait rarement quoi dire aux filles. Il lui avait fallu deux incursions dans l’autre monde et sept personnes à secourir au total (ou huit, selon la manière dont on comptait) pour être à l’aise en parlant à Natalie – quelqu’un que non seulement il connaissait bien, mais qui en plus lui plaisait énormément.

Kona, elle, était un vrai mystère.

– Tu es Chess, c'est ça ? lui souffla-t-elle. Pas Rocky ? L'aîné des Greystone, pas des Gustano ?

– Euh, oui.

Peut-être que les lunettes de Kona ne fonctionnaient pas aussi bien que les siennes. Les deux garçons ne se ressemblaient pas du tout. Chess était grand, maigre et maladroit, tandis que Rocky était plus petit et plus costaud. Rocky avait la démarche d'un rugbyman. Comme s'il pouvait plaquer au sol qui il voulait.

Alors qu'en voyant Chess, on savait tout de suite qu'il était plutôt du genre à se faire plaquer.

Mais avant ce soir, Kona n'avait jamais vu les Greystone ni les Gustano, alors c'était peut-être normal qu'elle les confonde.

– Bon, et c'est quoi, les blagues ? demanda-t-elle.

– Les blagues ?

Chess n'était pas sûr de comprendre. Kona lui donna un petit coup amical dans l'épaule.

– Oh, tu dois en avoir, avec ton prénom ! Moi, je connais ça. Je te laisse imaginer les surnoms que certains camarades m'ont trouvés, à l'école. Du coup, j'aime bien entendre les histoires de ceux qui ont des noms peu courants. On est solidaires, en quelque sorte. On peut lutter ensemble contre les remarques idiotes de gens mesquins.

– Ah. Oui, dit Chess. Je vois. Ça ne me serait pas venu à l'idée de me moquer de ton prénom. Moi, j'ai dû avoir de la chance : personne ne m'a jamais fait aucune remarque.

Chess faillit lui expliquer que les autres avaient tendance à l'ignorer plutôt qu'à se moquer de lui, mais ç'aurait été vraiment pathétique.

Pourtant, ça ne l'embêtait pas tant que ça d'être un peu transparent.

Soudain, Kona se raidit à côté de lui.

– Tiens, souffla-t-elle. Tu devrais écouter ça, toi aussi.

Elle enfonça quelque chose dans l'oreille de Chess. Une oreillette. Puis Chess entendit Joe s'exclamer :

« On doit résoudre le problème ! »

– Tu espionnes ton père ? Et pas seulement lui… mais tous les adultes ?

Il s'était corrigé, car il venait d'entendre la voix de maman qui disait :

« Joe, on y travaille. Peut-être que nous avons déjà les données nécessaires et qu'il faut juste qu'on… réfléchisse. »

Et si c'était Mme Gustano, plutôt ? Chess était perturbé à l'idée de ne pas savoir différencier la voix de cette femme de celle de sa propre mère.

– Ils sont réunis dans la même pièce, chuchota Kona en montrant la porte du bureau insonorisé de Mme Morales. Tous les adultes. Et la fille de Mme Morales. Natalie, c'est ça ?

Chess se rappela avoir imaginé les adultes, Natalie et lui débattant ensemble, cherchant des solutions sans les plus jeunes. À l'évidence, c'était ce qui se passait en ce moment. Mais sans lui.

À treize ans, Natalie avait le droit de rester avec les adultes. Par contre, Chess était traité de la même manière que le bébé et les deux Finn, âgés de huit ans. Bon, il y avait aussi les deux Emma qui avaient dix ans, Kona qui en avait onze, et Rocky qui en avait douze, comme lui. Mais quand même.

La limite d'âge pour décider qui devait être tenu informé ou pas n'aurait pas dû se situer entre Natalie et lui.

Chess ne se mettait pas souvent en colère, mais là, il était carrément furieux.

Et il était aussi fâché contre Natalie que contre les adultes. Pourquoi n'avait-elle pas dit que lui aussi méritait d'être tenu au courant ?

Dans l'oreillette, Natalie déclara :

« Je vous ai déjà raconté comment je me sentais dans l'autre monde. Vous devriez poser la question à Chess, Emma ou Finn si vous voulez davantage d'informations. De données, comme vous dites. »

Oh.

Natalie le soutenait bien, en fin de compte. De même qu'elle soutenait Emma et Finn.

La colère de Chess reflua si vite qu'il se sentit faiblir et dut se rattraper pour ne pas basculer dans l'escalier.

– Je vais aller frapper à cette porte, annonça-t-il. On va y aller tous les deux. Car toi aussi, Kona, tu devrais être dans ce bureau. Ils voudront écouter ce que j'ai à dire, et toi, tu pourras… tu pourras…

Kona posa la main sur le bras de Chess.

– Attends. Tu n'as pas entendu ce qu'ils ont raconté tout à l'heure, à propos de…

Elle s'interrompit, sans doute pour écouter son père.

« On ne peut pas prévenir les enfants qu'ils sont particulièrement visés tant qu'on ne sait pas comment les protéger.

– On ne t'aurait pas autorisée à entrer, Natalie, si tu n'avais pas forcé le passage », renchérit tristement Mme Morales.

Finalement, Natalie avait précédé Chess en imposant sa présence auprès des adultes.

Plutôt que de se lever pour se diriger d'un pas décidé vers le bureau, Chess se tourna vers Kona et répéta d'une petite voix :

– Particulièrement visés ?

En guise de réponse, Kona secoua la tête.

Dans le bureau, maman continuait :

« On sait que si les Gustano ont été enlevés, c'est parce que les ravisseurs voulaient me piéger, moi. Ils croyaient que les enfants Gustano étaient les miens. Peut-être que ces expériences scientifiques n'étaient… qu'une opportunité. Qu'elles n'avaient pas d'importance.

– Les espions qui nous ont transmis ces informations ont été catégoriques, objecta Joe. Les ravisseurs avaient un groupe témoin. Ils voulaient savoir comment les enfants Gustano réagiraient à la manipulation mentale. S'ils obtiendraient les mêmes résultats pour des enfants n'ayant connu que l'autre monde. Le fait qu'ils veuillent savoir cela… Que le contrôle de la pensée ait fonctionné sur les petits Gustano… On peut en conclure que ce monde-ci n'est plus sûr. Pour aucun de nos enfants. Pour aucun d'entre nous. »

Ce monde-ci, l'autre monde… pensa Chess. Il avait le tournis.

Il se pencha de nouveau vers Kona et demanda :

– Et toi ? D'où tu viens ? Je veux dire… à l'origine ? Tu es la fille de Joe, donc tu dois être…

– Tu sais que ça ne se fait pas, de demander à quelqu'un comme moi quelles sont ses origines ? s'offusqua Kona. Parce que mon père est noir et que ma mère est d'origine asiatique, et que…

– Oh, non ! regretta Chess. Excuse-moi !

Il était horrifié que sa question ait paru si grossière.

– Je ne parlais pas de…

Kona lui tapota la jambe.

– Je te pardonne, le taquina-t-elle. Pour cette fois. Mais c'est drôle… Toute ma vie, j'ai su que j'étais métisse. Pourtant, ce n'est que pendant le trajet pour venir ici que j'ai appris que je venais carrément de deux mondes différents. Mon père est de l'autre monde. Ma mère est de celui-ci. Alors je suis quoi, moi ?

– Toi, tu es… toi, répondit Chess sans grande conviction.

Il sentit un étrange pincement de jalousie. Depuis qu'il avait découvert que sa famille et lui venaient de l'autre monde (et que c'était un endroit vraiment horrible), il aurait souhaité que quelqu'un apparaisse et dise : « Oups ! On s'est trompés ! C'est l'inverse : ce sont les Greystone qui sont du monde meilleur, alors qu'en fait les Gustano viennent du mauvais… »

Kona, elle, avait le choix…

Et elle était assise chez une inconnue, en pleine nuit, des lunettes de vision nocturne sur le nez, une oreillette en place pour espionner son père et d'autres adultes qui s'étaient enfermés dans une pièce insonorisée pour parler d'un monde parallèle.

Kona ne pouvait pas ignorer ses liens avec l'autre monde – pas plus que Chess.

– Non, je suis sérieuse, insista-t-elle. Je ressemble beaucoup à mes deux parents. Je suis douée avec les gadgets, comme mon père, et je suis bonne en sport, comme ma mère. Mais qu'est-ce que ça m'apporte, d'être des deux mondes ? Et toi, qu'est-ce que ça t'apporte, d'être de l'autre monde ?

La peur, aurait voulu répondre Chess. *Le chagrin, car l'autre monde a tué mon père. Des secrets qui ont pesé sur moi toute ma vie. Des secrets que je n'ai toujours pas totalement percés.*

Pourtant, ce ne furent pas ces mots-là qui lui vinrent lorsqu'il ouvrit la bouche :

– Une responsabilité.

– Qu… Quoi ? bredouilla Kona.

– Oui. Je suis investi d'une mission, en quelque sorte, expliqua Chess.

À présent, il n'avait aucun mal à s'exprimer. Il parlait si vite qu'on aurait pu le prendre pour un grand bavard, comme Emma et Finn.

– J'ai un objectif. Ma vie a un sens. Mon frère, ma sœur et moi, et notre mère, voulons tous améliorer la situation dans l'autre monde. Natalie et Mme Morales ont le même objectif. On va arranger les choses.

Kona se tourna pour le regarder fixement. À travers les lunettes spéciales, elle était aussi verte que le reste.

– Dans ce cas, déclara-t-elle, cette responsabilité est aussi la mienne.

Chapitre 13 : Finn

Le lendemain, Finn fut le premier réveillé, ce qui n'arrivait jamais en temps normal : il était le plus gros dormeur de la famille Greystone. Mais ce matin-là, Emma et Chess étaient toujours profondément endormis dans leurs sacs de couchage, l'air inquiet même dans leur sommeil. Quant à maman, elle était blottie sous les couvertures, les genoux contre contre sa poitrine. On aurait dit qu'elle avait essayé de se cacher au moment de se mettre au lit. Elle gémissait, comme en plein cauchemar.

Finn n'aimait pas voir ses proches ainsi.

Un mois auparavant, avant leur première incursion dans le monde parallèle, il aurait aussitôt réveillé les autres en les secouant. Il aurait insisté pour que maman lui jure qu'elle faisait juste un mauvais rêve sans conséquences. Il aurait demandé à Emma et Chess de jouer avec lui à des jeux idiots pour lui redonner le sourire.

Mais ce jour-là…

Ils ont peut-être simplement besoin de repos. Mieux vaut les laisser dormir.

Finn se glissa hors de son sac et traversa la chambre sur la pointe des pieds. Dans le couloir, toutes les portes étaient fermées. Était-il le seul levé ?

Dans ce calme et ce silence, la maison de Mme Morales faisait un peu peur, malgré le soleil qui entrait à flots par la fenêtre en haut de l'escalier. L'éclairage qu'il jetait sur les lieux soulignait tous les points communs entre cette maison et celle de l'Autre-Natalie, dans le monde mauvais.

Là-bas, Finn, Emma, Chess et Natalie avaient eu peur de tout.

Pour de bonnes raisons.

Finn descendit l'escalier en courant, car le rez-de-chaussée de Mme Morales ressemblait moins à la maison de l'Autre-Natalie que le premier étage. Il ne chercha pas à être discret. Pourtant, personne n'ouvrit de porte en grand derrière lui. Personne ne lui adressa un « bonjour ! » ni ne le félicita en lui lançant : « Déjà debout ? Bravo ! »

Le rez-de-chaussée semblait aussi désert que le premier étage. Finn erra dans le vaste salon et s'efforça d'ignorer l'obscurité qui y régnait à cause des stores baissés et des rideaux tirés.

Puis il buta contre une jambe. Une jambe toujours reliée à…

– Maman ! s'écria Finn au moment même où il entendit sa mère s'exclamer : « Finn ! »

Finn tourna vivement la tête et fixa la femme blottie dans un coin du canapé plongé dans la pénombre. Il eut l'impression que son cerveau débloquait.

Maman dormait là-haut, alors comment elle aurait fait pour… ? Oh ! C'est Mme Gustano.

Mme Gustano le regarda en clignant des yeux avec le même air perplexe que Finn.

– Ah oui, dit-elle. Finn *Greystone*. Excuse-moi ! Un instant, je t'ai pris pour mon Finn. Mais comme il se lève toujours tard, ç'aurait été bizarre de le voir hors du lit à cette heure-ci… aussi bizarre que le reste.

On aurait dit que les yeux de Mme Gustano pouvaient pétiller autant que ceux de maman quand Finn disait quelque chose de drôle. Mais pour le moment ils ne pétillaient pas. On y lisait de la tristesse et de l'angoisse. En plus, ils étaient entourés de petites rides que maman n'avait pas.

À moins que… Désormais, maman avait peut-être des rides autour des yeux, elle aussi.

– C'est incroyable, commenta Mme Gustano. Tu as exactement la même démarche que mon Finn. Tu tournes la tête comme lui. Bien sûr, quand je t'observe, je vois que tes yeux sont plus grands et que ton nez est plus petit. Évidemment, tu n'es pas *mon* Finn, mais…

– Moi, je vous regardais en me disant que vos cheveux n'étaient pas assez longs, l'interrompit Finn. Et je me demandais si maman était allée chez le coiffeur la nuit dernière !

Dans l'obscurité, c'était en effet le seul détail qui distinguait Mme Gustano de maman. Si cette dernière se faisait couper les cheveux très courts, au lieu de les coiffer en queue-de-cheval, Finn aurait peut-être été incapable de différencier les deux femmes.

Mme Gustano toucha ses bouclettes sur sa nuque.

– Ça doit vous faire un drôle d'effet, les enfants, concéda-t-elle. Au moins, vous, vous n'êtes pas des sosies. Tu veux que je te dise ? Ce n'est pas la seule chose étrange. Depuis que j'ai rencontré ta mère, hier, j'ai envie de me laisser pousser les cheveux. Est-ce qu'elle aurait une influence sur moi, sans même le vouloir ?

Puis elle porta sa main à sa bouche, comme si elle regrettait d'avoir fait part de ses réflexions à Finn.

– Qu'est-ce que vous voulez dire par… ? commença Finn.

Un coup de sonnette l'interrompit.

Mme Gustano se raidit. Elle s'approcha du store et en écarta les lamelles pour regarder dehors. Finn la suivit de près.

– Vous pouvez laisser Mme Morales descendre et décider si elle veut ouvrir la porte ou pas, chuchota Finn.

Il n'était pas suffisamment grand pour voir ce que Mme Gustano regardait. Et… il ne se sentait pas assez courageux pour écarter lui-même les lamelles et vérifier ce qu'il en était.

– Ça doit être un livreur… supposa-t-il.

– Non, je pense que cette visite est pour moi, marmonna Mme Gustano.

D'un pas décidé, elle se dirigea vers la porte d'entrée, qu'elle ouvrit brusquement.

Par réflexe, Finn alla se cacher derrière le canapé le plus proche.

– Oui ? demanda Mme Gustano sur le seuil.

De sa cachette, Finn jeta un coup d'œil. Un policier aux cheveux argentés se tenait sous le porche de Mme Morales. Au moment de la disparition de sa mère, Finn avait rencontré de nombreux agents de la police locale. Pourtant, il ne reconnaissait pas cet homme.

– Bonjour, madame, déclara l'agent. Kate Gustano, c'est bien ça ?

– Comment saviez-vous où me trouver ? l'interrogea Mme Gustano. Vous surveillez mes déplacements ?

– Votre attitude ne plaide pas en faveur de votre mari, rétorqua le policier. Il est de mon devoir de vous informer que vous vous mettez en danger, vos enfants et vous, en essayant de mener l'enquête de votre côté. Vous feriez mieux de laisser aux autorités compétentes le soin de gérer cette aff…

– Vous n'avez pas répondu à mes questions, le coupa sèchement Mme Gustano.

Elle employait exactement le même ton que maman lorsque Finn, Emma et Chess n'avaient pas été sages.

– Je ne risque rien dans cette maison, reprit-elle. Il me semble qu'on vit dans un pays libre, que je suis une citoyenne libre, et que mes enfants et moi sommes libres d'aller où bon nous semble. Sauf si vous m'accusez, moi aussi ? Auriez-vous trouvé, ou fabriqué, de fausses preuves contre moi, comme vous l'avez fait contre mon mari ? Dois-je appeler mon avocat pour lui signaler une arrestation abusive, me plaindre que la police me harcèle ou… ?

– Madame, madame, je vous en prie, la raisonna l'inconnu. Calmez-vous.

– Ce n'est jamais une bonne idée de dire à une femme injustement traitée de se calmer, répliqua Mme Gustano d'une voix glaciale.

Les choses se présentaient mal. Et si la police avait effectivement de fausses preuves contre Mme Gustano ?

Finn pensa à l'Autre-Finn qui dormait à l'étage. Et si, à son réveil, celui-ci découvrait que sa mère avait été arrêtée et conduite au poste ? Ce serait vraiment horrible.

Finn surgit de sa cachette.

– Oh, bonjour, monsieur l'agent ! pépia-t-il.

Il contourna le canapé pour se poster aux côtés de Mme Gustano.

– Mme Gustano n'est pas d'ici, poursuivit-il. Du coup, elle ne sait pas que les policiers ont été super gentils quand ma maman avait disparu. Vous pourriez saluer l'agent Dutton de ma part ? Un jour, il a apporté des tonnes de peluches pour mon frère, ma sœur et moi. Puis l'agent Dao et lui sont allés rendre visite à ma mère à l'hôpital, et ce sont eux qui lui ont offert le plus de fleurs. Vous pourrez saluer l'agent Dao de ma part aussi ? Vous les connaissez ? Amy et Ben ? Ils nous ont dit qu'on pouvait les appeler par leur prénom…

L'agent aux cheveux argentés eut l'air désorienté. Mais au moins, Mme Gustano et lui ne se disputaient plus.

Le policier crispa sa mâchoire.

– Jeune homme, ceci ne te concerne pas, annonça-t-il. Il se trouve que je dois conduire Mme Gustano et ses enfants au poste pour les interroger.

Mme Gustano eut un hoquet de stupeur.

– Pourquoi ? Pour quel motif ?

Finn n'entendit pas vraiment la réponse de l'agent, car un bruit derrière lui attira son attention. Quelqu'un dévalait-il l'escalier ?

Finn se retourna et vit Emma pieds nus, les cheveux en bataille, vêtue de son tee-shirt du club de maths beaucoup trop large qui bâillait aux épaules. Elle se précipita vers l'entrée et se planta devant Mme Gustano, fusillant l'inconnu du regard. Puis, curieusement, elle tapota le badge de police sur lequel figurait le nom de ce dernier.

– C'est bien ce que je pensais ! rugit-elle.

D'un geste protecteur, elle écarta les bras devant Mme Gustano et Finn.

– Madame Gustano, ne suivez pas cet imposteur ! Ce n'est pas un policier de notre ville ! Je parie qu'il n'est même pas de notre monde et qu'il vient de...

Avant qu'elle ait eu le temps de finir sa phrase, l'inconnu fit demi-tour et prit ses jambes à son cou.

Chapitre 14 : Emma

Mme Gustano serra Emma dans ses bras.

– Tu nous as sauvés ! s'écria-t-elle.

– On ne devrait pas le poursuivre ? demanda Finn, comme s'il s'apprêtait à courir à son tour.

– Oh, non ! Ce serait trop risqué, prévint Mme Gustano en posant une main ferme sur l'épaule de Finn.

Emma se contenta d'ébouriffer les cheveux de son petit frère.

– Pas obligé, dit-elle avec un sourire. Ne t'en fais pas. Je lui ai collé un mouchard. Quand j'ai touché son badge. Comme ça, on pourra suivre tous ses déplacements… tant qu'il ne le retire pas s'il le trouve !

Mme Gustano en resta bouche bée.

– Tu es d'une intelligence encore plus diabolique que ma fille ! s'étonna-t-elle. Enfin, « diabolique » n'est pas le bon mot car, là, c'était tout le contraire.

Elle regardait toujours au loin, vers la direction dans laquelle le « policier » avait pris la fuite. À bord de sa voiture qu'il avait garée au bout de l'allée de Mme Morales, il s'éloignait à toute vitesse.

– Comment tu as su qu'il mentait ? voulut savoir Finn en tirant sur le bras d'Emma. Tu étais là-haut ! Je pensais que tu dormais.

– Je me suis réveillée juste à temps, expliqua Emma.

Elle essaya d'afficher un sourire modeste, en vain. Elle sentait les coins de sa bouche s'étirer au maximum.

– J'ai regardé par la fenêtre, à l'étage et... Tu sais qu'on a passé beaucoup de temps avec la police, quand maman avait disparu. Aucun vrai policier ne se serait garé aussi mal pour venir ensuite tranquillement frapper à la porte. Et je l'ai entendu. Il ne s'est pas présenté, contrairement à ce que font toujours les vrais agents, sauf si quelqu'un a déjà dit leur nom avant. En plus, tu as vu la... comment ça s'appelle, déjà ?... la police de caractères, sur son badge ? Pas du tout réglementaire !

Mme Gustano se mit à rire. Enfin, Emma crut que c'était un rire. Elle avait l'air un peu hystérique.

– Tu es formidable ! s'exclama-t-elle.

– Oh, c'est juste que je remarque les choses, modéra Emma.

Cette fois, elle réussit à ne pas donner l'impression qu'elle se vantait. Elle énonçait un simple fait.

Par contre, Mme Gustano la serrait un peu trop fort.

– Que se passe-t-il ?

C'était Mme Morales. Elle apparut en haut de l'escalier, se frottant les yeux et battant des paupières dans la lumière du soleil qui entrait par la fenêtre. L'air d'être tombée du lit, elle passait un bras dans l'une des manches de son peignoir en soie.

Puis maman, Chess, Joe, Kona et Natalie se regroupèrent derrière Mme Morales. Eux aussi posaient des questions.

Emma attendit la réponse de Mme Gustano, mais comme celle-ci ne venait pas, la fillette s'écarta. Elle referma la porte puis se retourna vers les autres en disant :

– Tout va bien.

– Tout va bien *maintenant*, s'empressa alors de nuancer Finn.

Mme Gustano parut se ressaisir et raconta ce qui s'était passé. Au milieu de ce tohu-bohu, Chess rejoignit Emma et Finn.

– Bien joué, approuva-t-il d'un ton de grand frère rayonnant de fierté.

Malgré tout, il n'avait pas l'air de croire que le danger était écarté pour autant. Ses yeux étaient immenses, son teint extrêmement pâle et son crâne se hérissait d'épis aussi rebelles que ceux de Finn (et probablement ceux d'Emma, mais elle n'avait pas vérifié). Ce ne fut qu'en jetant un coup d'œil vers Natalie, à l'autre bout de la pièce, qu'il tenta de les aplatir.

Juste à ce moment-là, Joe glissa une tablette entre les mains d'Emma.

– Tu veux entrer le code de ton mouchard, pour voir où ce type est allé ?

– Bonne idée, répondit Emma en tapotant l'écran.

Elle aimait travailler avec Joe : il avait déjà affiché le bon site Internet.

Un point lumineux clignotant se déplaçait sur la carte qui venait d'apparaître à l'écran.

– Il quitte le quartier… commenta Joe.

– Tiens, papa, dit Kona derrière eux.

Emma se tourna : Kona leur tendait deux ordinateurs portables.

– Les images de vidéosurveillance que tu voulais, précisa-t-elle.

– C'est *La Pendule à coucou* ! s'exclama Finn en désignant l'un des écrans. Est-ce que vous vérifiez si le faux policier y était hier, en même temps que nous ? S'il nous espionnait à ce moment-là ?

– Non, c'est filmé en direct, rectifia Emma. Tu vois, le parking est désert.

Sur les images au grain flou, le restaurant d'ordinaire joyeux et animé semblait un peu triste.

– Mais pourquoi… ? s'enquit-elle.

– Je pense avoir trouvé un moyen de localiser tous les endroits qui ont pu servir de passage entre les deux mondes, l'interrompit Joe. Ce restaurant en fait partie.

Grâce à la sculpture de l'ange, songea Emma. *La pièce.*

Était-ce le moment de regrouper les adultes pour leur parler de la pièce ? Jo en particulier saurait peut-être quoi en faire ?

Non… Il était trop occupé à regarder tour à tour la tablette et les ordinateurs.

– C'est donc uniquement pour cette raison que vous surveillez notre maison sur votre autre ordinateur, comprit Finn, soulagé. Parce qu'on a accédé au monde mauvais en passant par le sous-sol. Mais vu que maman a pris le levier qui était là-bas…

– On ne sait pas combien il y a de leviers, Finn, fit remarquer Emma d'un ton un peu trop sec.

Elle se concentra de nouveau sur le point lumineux et tenta de convertir mentalement les axes de la carte en rues de la ville qui lui était familière. Désormais, le mouchard du faux policier serpentait le long d'une route tortueuse. Était-ce celle que Finn surnommait les « montagnes russes » ?

– Oh, non ! se lamenta Chess d'une voix douloureuse, comme si on venait de le poignarder.

– Quoi ? s'inquiétèrent de concert Kona et Joe.

– C'est… C'est le trajet qui mène chez nous, marmonna Chess. Et si c'était là-bas qu'il allait, justement ?

– On savait déjà que les méchants utilisaient notre maison comme passerelle entre les mondes, dit Finn.

À l'entendre, on comprenait qu'il voulait se montrer courageux, mais il ne put empêcher sa voix de trembler.

– C'est la grand-mère de l'Autre-Natalie qui nous l'a dit, ajouta-t-il. Peu importe qu'il y aille ou pas.

Mais si, c'est important, songea Emma. Car leur maison ne se résumait pas à ça. Ce n'était pas un lieu comme les autres. C'était là que les Greystone avaient habité ces huit dernières années ; le seul endroit où Emma se rappelait avoir vécu. Ils s'empressaient d'y revenir chaque jour après les cours. Dans cette maison, maman les avait bordés tous les soirs. Ils avaient lu, joué, dessiné et inventé des choses. Ils s'étaient sentis en sécurité.

C'était chez eux.

Impuissants, les trois enfants Greystone regardèrent le point clignoter sur la carte et se rapprocher toujours plus de leur quartier. Quand le point contourna l'angle de la dernière rue, Kona posa sur le canapé l'ordinateur qui affichait les images de *La Pendule à coucou* et prit celui qui montrait la maison des Greystone.

La fausse voiture de police ne tarda pas à apparaître sur les images de vidéosurveillance. Le faux policier aux cheveux argentés en descendit et avança d'un pas tranquille (non, plutôt nonchalant) jusqu'au porche. Il jeta un regard à la ronde puis s'arrêta sur la caméra de surveillance. Joe avait dû la placer dans la lampe du porche.

Le faux policier sourit. Il arracha son badge, le jeta par terre et l'écrasa sous son talon.

Sur la tablette, le point lumineux s'éteignit.

– Il a trouvé le mouchard, grommela Emma. Bon, tant pis. On peut quand même voir ce qu'il…

L'inconnu s'accroupit près du parterre de fleurs le plus proche. Apparemment, il cherchait à récupérer dans l'herbe l'une des trois petites dalles en plâtre sur lesquelles les enfants Greystone avaient déposé leurs empreintes de mains, en maternelle.

L'homme se redressa, une des dalles dans la main, comme s'il la soupesait. Puis il arma son bras… et lança le projectile sur la lampe du porche.

Soudain, l'écran ne montra plus que de la neige.

– Il a cassé la caméra ! gémit Emma. Il savait depuis le début qu'on l'espionnait ! Il l'a fait exprès !

Chapitre 15 : Chess

– Il nous provoque, conclut Chess.

– On doit lui dire qu'il n'a pas le droit de faire ça ! s'offusqua Finn en tapant du pied. Allons-y ! Qui est-ce qui conduit ? Maman ? Joe ? On va le chasser de notre maison. Et… Oh, je sais ! Les vrais policiers devraient l'arrêter pour avoir cassé notre lampe !

Chess vit le regard de Joe passer de l'ordinateur portable aux fenêtres obstruées par les stores qui encadraient la porte d'entrée de Mme Morales.

– Non, murmura Joe. On ne peut pas. Le temps qu'on arrive, il sera retourné dans l'autre monde.

Est-ce que Joe croit toujours qu'on est avantagés, dans ce monde-ci ? s'interrogea Chess.

– Qu'est-ce qu'il avait l'intention de faire, à votre avis ? demanda Emma. Il pensait vraiment que Mme Gustano et ses enfants allaient le suivre ? Il ne se doutait pas qu'on le démasquerait ?

Joe ferma les yeux, comme pour mieux se concentrer. Puis il laissa échapper un profond soupir.

– Soit il s'imaginait que Mme Gustano était naïve et désespérée au point de tomber dans son piège, murmura-t-il, soit… ils remuent le couteau dans la plaie en nous montrant qu'ils peuvent facilement aller et venir entre les deux mondes.

Chess regarda maman. Même à cet instant, l'étui contenant le levier était accroché à son épaule. Elle portait toujours le legging et le tee-shirt qu'elle avait mis pour dormir, et elle était pieds nus. Comme elle n'avait pas pris le temps d'attacher ses cheveux en queue-de-cheval, de longues mèches brunes pendaient sur son visage.

Mais elle avait le levier. Donc, en réalité, eux aussi pouvaient retourner dans l'autre monde quand ils le souhaitaient.

Sauf que, vu comment ça fonctionne là-bas, à moins d'être extrêmement prudents, on serait probablement arrêtés et conduits en prison. On ferait peut-être des expériences sur nous, comme avec les Gustano, et on nous ferait sentir des odeurs épouvantables qui nous plongeraient dans un désespoir encore plus profond…

Chess sentit son estomac se nouer.

À l'étage, il entendit un petit cri qui exprimait une colère croissante.

– Papa, Kafi est réveillée, dit Kona. Tu lui as pris de quoi manger, quand tu es allé acheter des couches ?

– Oui, bien sûr, marmonna Joe. Mais… je ne sais pas où sont les petits pots. C'est Natalie qui les a rangés hier soir et… Enfin, je crois. J'étais occupé avec le matériel de surveillance…

– Alors, papa, tu n'es pas multitâche ? le taquina Kona.

– Je n'ai jamais dit que je l'étais, se défendit Joe.

Quand les cris de Kafi virèrent aux pleurs, il grimpa l'escalier quatre à quatre.

Seuls Kona, Chess, Emma et Finn restèrent regroupés autour des ordinateurs portables et de la tablette. Chess jeta un coup d'œil à Natalie : l'adolescente était toujours avec maman et Mme Morales. Elles réconfortaient Kate Gustano.

Plus tard, pensa Chess. *On a le temps. Je lui raconterai tout ce que Kona m'a dit, et elle m'informera de ce qu'elle a appris avant que Kona m'ait donné l'oreillette, la nuit dernière.*

À côté de lui, Kona se laissa tomber sur le canapé.

– C'est toujours aussi palpitant, ici ? demanda-t-elle.

– Ça ne l'était pas jusqu'à il y a un mois, répondit Finn. Quand on a découvert l'existence du monde parallèle.

– Vous avez un mois d'avance sur moi, dans ce cas, dit Kona en haussant les épaules. Pour ma part, j'ai été mise au courant alors qu'on était à une heure de route de… C'est comment, ce restaurant, déjà ? *La Pendule à coucou* ? Jusque-là, je pensais que la seule chose qui sortirait de l'ordinaire, ce week-end, c'était que mon père allait m'emmener seul au tournoi de gym parce que ma mère devait travailler.

– Pourtant, tu as pris les choses avec beaucoup de calme ! s'émerveilla Chess. Ça ne t'a pas plus perturbée que ça, on dirait.

– On a déménagé sept fois en onze ans, expliqua Kona. J'ai habité partout, d'Hawaii à Atlanta. Adaptation est mon deuxième prénom.

– C'est vrai ? s'étonna Finn.

– Elle plaisante, le détrompa Emma. Personne n'aurait Adaptation en deuxième prénom !

– Si tu as déménagé aussi souvent, c'est à cause de ton père, non ? voulut savoir Chess. C'est lui qui détenait toutes les archives secrètes à propos des gens de l'autre monde, comme ma mère, et il était la personne la plus facilement repérable... Il devait bouger en permanence pour se cacher.

Stupéfaite, Kona planta son regard dans celui de Chess. Celui-ci aurait pu affirmer que c'était extrêmement gênant et inconfortable de regarder dans le blanc de l'œil quelqu'un qui n'était ni maman, ni Emma, ni Finn (ni Natalie, depuis peu). Pourtant, ça ne le dérangeait pas le moins du monde que Kona le dévisage ainsi et que lui fasse de même.

– Papa ne m'en a pas parlé, mais... tu as raison, souffla Kona. C'est forcément pour ça ! Alors... si on arrangeait tout dans l'autre monde, ma famille pourrait enfin se poser pour de bon ? Ce serait génial ! Je ferais tout pour que ça arrive !

– Tu sais comme moi que ce n'est pas si simple que ça… tempéra Chess.

– Attendez, quoi ? demanda Emma en les regardant tour à tour. J'ai loupé un truc ?

– Kona et moi avons écouté les adultes en douce, hier soir, confia Chess.

– Je croyais que les adultes nous faisaient confiance, dit tristement Finn. Je croyais qu'ils nous disaient tout.

– Nous aussi, on a nos secrets, répliqua Emma.

Elle sortit la pièce de sa poche.

– On devrait la montrer à maman et Joe. Je parie qu'ils voudront déchiffrer le code ensemble. Je suis sûre que cette pièce a un lien avec l'autre monde. Je ne veux pas que ça se passe comme la dernière fois, quand j'essayais de décrypter un code alors qu'on se jetait dans la gueule du loup. Et qu'on ne savait pas qui était digne de confiance.

Ce souvenir était un peu douloureux pour Chess, car la dernière fois qu'ils s'étaient retrouvés confrontés à un code, ils avaient dû prendre une décision hâtive, et il s'était trompé sur toute la ligne lorsqu'il avait décidé de faire confiance au père de l'Autre-Natalie.

– Vous avez une pièce avec un message codé dessus ? demanda Kona d'une voix un peu étrange. Je peux la voir ?

Emma lui donna l'objet. Mais Kona ne l'inspecta pas. À la place, elle plongea la main dans la poche de son short. Puis elle leva les deux mains à la lumière qui filtrait par les bords du store.

– Si votre pièce est codée, alors… est-ce que celle-là l'est aussi ? s'enquit-elle.

La jeune fille tenait une deuxième pièce à côté de la première.

Également couverte de symboles mystérieux.

Chapitre 16 : Finn

– Toi aussi, tu as appuyé sur l'aile de l'ange, à *La Pendule à coucou* ? demanda Finn à Kona. Comment tu savais ? Et comment tu as fait pour en avoir une autre ? Moi, j'ai appuyé six ou sept fois après Chess, et il ne s'est rien passé. Est-ce que quelqu'un a mis des… recharges ? Si on y retournait ce matin et qu'on appuyait encore dessus, est-ce qu'on aurait d'autres pièces ?

– L'aile d'un ange à *La Pendule à coucou* ? De quoi tu parles ? répliqua Kona en regardant Finn, puis Emma et Chess, comme si le petit garçon s'exprimait en messages cryptés et qu'elle aurait aimé que les plus grands les décodent pour elle.

– C'est là-bas qu'on a eu notre pièce, expliqua Emma avec un geste d'impatience. Au restaurant *La Pendule à coucou*. Et la tienne, où tu l'as trouvée ?

– Sur une aire de repos, quelque part dans le Tennessee. Ou peut-être dans le Kentucky, je ne sais plus. Quand on y est passés avec le van.

Kona reprit en baissant la voix :

– Ne le dites pas à mon père, mais j'ai posé Kafi par terre dans les toilettes, et le sol n'était pas hyper propre. En avançant à quatre pattes, elle est tombée sur cette pièce. Elle était à deux doigts de la mettre dans sa bouche… Je l'ai fourrée dans ma poche pour que ma sœur ne l'avale pas. Avec tout ce qui s'est passé ensuite, ça m'était sorti de la tête. Jusqu'à maintenant.

– Une aire de repos dans le Kentucky ou le Tennessee, et *La Pendule à coucou* dans notre ville, murmura Emma en se laissant retomber sur le canapé. Ça pourrait être une coïncidence. Peut-être que ces pièces n'ont aucun rapport avec l'autre monde. Peut-être qu'on se raccroche à n'importe quoi. Qu'on cherche une logique là où il n'y en a pas.

Chess frotta son visage et passa ses mains dans ses cheveux. Un autre jour, Finn aurait bien ri en voyant les cheveux de son frère encore plus en pétard, alors qu'il avait déjà plein d'épis.

– Notre seule certitude, c'est que les méchants de l'autre monde nous provoquent, conclut Chess. Ils vont et viennent comme ils veulent pour nous intimider, et nous… on ne peut rien y faire.

Un mois auparavant, jamais Chess n'aurait dit une chose pareille devant Finn.

Et Finn n'allait pas laisser passer ça sans réagir.

– Non, non, non ! protesta-t-il, comme si c'était lui le grand frère et que Chess n'était qu'un petit enfant qui n'avait rien compris. On peut agir ! N'oublie pas qu'on a sauvé maman, Joe et Mme Morales dans l'autre monde ! En plus, il n'y avait que nous, les enfants Greystone, et Natalie. Bon, OK, et l'Autre-Natalie, sa grand-mère et la juge. Mais cette fois, on a aussi tous les adultes, les enfants Gustano et Kona de notre côté ! Et même Kafi, si on la compte, étant donné qu'elle a ramassé un objet que personne n'avait vu.

– C'est sa spécialité, confirma Kona.

– On a toujours le gros cerveau d'Emma et ton courage, Chess, reprit Finn. Natalie sait super bien mentir, et… Emma, tu pourrais au moins regarder la pièce que Kafi a trouvée ! La logiquc, il suffit peut-être de la trouver !

– OK, c'est bon, grommela sa sœur.

Sans enthousiasme, elle prit les deux pièces des mains de Kona et les fit tourner, côte à côte, dans la lumière. Soudain, elle se redressa, droite comme un i. Les deux pièces serrées dans ses poings, elle partit en courant vers l'escalier.

– Elles ont bien un rapport avec l'autre monde ! s'exclama-t-elle. Et je sais lequel !

Chapitre 17 : Emma

Emma entendit les autres enfants l'appeler :

– Attends ! Où est-ce que tu vas ?

– Qu'est-ce que tu as trouvé ?

– Emma !

Sans jeter un regard en arrière, elle grimpa les marches quatre à quatre, traversa le couloir de l'étage en courant, se rua dans la chambre et, dans sa précipitation, se cogna contre le mur. Elle savait qu'elle aurait un bleu, mais pour l'instant ça n'avait aucune importance.

Tremblante, elle glissa une main dans sa taie d'oreiller pour en ressortir un bout de papier.

C'était la feuille de calculs incompréhensibles qu'elle avait rapportée de chez elle, la veille. La seule chose qu'il lui restait de son père.

Le bout de papier qui, selon elle, n'avait qu'une valeur sentimentale.

Elle le posa par terre et plaça la pièce de Kona à côté. Elle ne s'était pas trompée : contrairement à celle qu'Emma et ses frères avaient trouvée à *La Pendule à coucou*, celle de Kona comportait des chiffres, en plus des mystérieux symboles.

Emma n'avait pas fait le lien en n'ayant qu'une seule pièce sous les yeux. Mais maintenant qu'elle en avait deux… Si l'on pouvait considérer que les chiffres (et autres symboles mathématiques) faisaient partie de l'écriture, alors tout ce qui était gravé sur la pièce de Kona (et sur celle d'Emma) l'avait été de la main de son père.

Maman entra dans la chambre. Elle avait dû entendre sa fille se précipiter dans l'escalier.

– Qu'est-ce qui se passe, ma chérie ?

Emma lâcha le bout de papier et montra à sa mère les deux pièces, posées chacune au creux de ses paumes.

– C'est l'écriture de papa, n'est-ce pas ? demanda-t-elle d'une voix chevrotante.

Elle sentait qu'il était cruel d'évoquer son père alors que maman se faisait déjà un sang d'encre. Toutefois, Emma devait en avoir le cœur net.

– Papa est mort il y a huit ans, dans l'autre monde, poursuivit-elle. Pourquoi on dirait que c'est lui qui a écrit ce code sur ces pièces ?

Maman poussa un hoquet de stupeur et plaqua une main sur sa bouche, l'air ébahi.

– Où… ? souffla-t-elle. Comment… ?

Avant qu'Emma puisse répondre, tout le monde avait envahi la chambre, y compris les enfants Gustano – qui apparemment venaient à peine de se réveiller.

Emma savait qu'elle aurait dû s'excuser de les avoir tirés du lit. Mais elle ne pouvait pas s'empêcher de fixer sa mère. Que maman soit stupéfaite n'avait rien d'étonnant. Mais pourquoi semblait-elle si heureuse ?

À moins que cette découverte ait une utilité ? se dit Emma.

Les enfants Gustano jouèrent des coudes pour se rapprocher d'elle. Ils passèrent même devant maman. Puis la voix d'Emma Gustano retentit :

– Vous savez que Rocky aussi a une pièce comme ça ? Montre-la-leur, Rocky !

Des dizaines de questions assaillaient déjà Emma, avant même qu'il sorte la pièce de sa poche.

– Tu l'as trouvée hier, n'est-ce pas ? Où ça, exactement ? s'enquit-elle.

– Hier ? demanda Rocky.

Son visage afficha un air moqueur.

– Tu n'y es pas du tout ! rectifia-t-il. Ça fait des années que je l'ai. Depuis que j'ai quatre ans !

Chapitre 18 : Chess

– Quatre ans ? répéta Chess. C'est l'âge que j'avais quand notre père est mort.

Il se rendit compte qu'il avait parlé tout haut quand Natalie lui serra brièvement l'épaule. Finn lui prit la main pour le réconforter.

Maman se rapprocha et passa son bras autour de Chess, sans pour autant se détourner de Rocky. Elle posait sur ce dernier un regard aussi concentré qu'un rayon laser.

– Rocky, dit-elle, c'est toi qui as trouvé cette pièce ou… ta mère ?

– Un peu les deux, je dirais, répondit Rocky. Pourquoi ?

– Raconte-nous tout, dit Emma avec autant d'intensité que maman. On veut tout savoir.

Chacun retint son souffle. Même la petite Kafi restait silencieuse.

Chess se sentit au bord de l'évanouissement.

Ça concerne papa, pensa-t-il. *D'après Emma, c'est son écriture, sur ces pièces… Je vais apprendre de nouvelles choses sur lui.*

– C'est une drôle d'histoire, commença Mme Gustano qui venait de se placer juste à côté de son fils.

Ses yeux étaient plantés dans ceux de maman, comme si elle non plus ne pouvait pas regarder ailleurs.

– C'est arrivé le jour des quatre ans de Rocky, précisa-t-elle.

Derrière, Chess entendit Finn expliquer à Kona :

– Chess et Rocky ont exactement la même date d'anniversaire. Donc, ce jour-là, Chess aussi fêtait ses quatre ans.

Chess n'en gardait aucun souvenir. Il s'était passé trop de choses ensuite.

– Maman voulait que je fasse la sieste, se remémora Rocky en levant les yeux au ciel. Avant mon goûter d'anniversaire. Mais moi, je n'en avais pas envie. Maman a posé la tête sur l'oreiller pour me montrer comme il était doux. J'ai plaqué mes mains sur ses oreilles… et la pièce est apparue. C'est comme si elle était sortie de derrière son oreille.

– J'ai dit plusieurs fois : « Rocky ! Tu es un vrai magicien ! » enchaîna Mme Gustano. Mais ça n'avait aucun sens. Vous savez comment ça se passe quand les enfants de cet âge vous font un tour de magie : ils ne peuvent rien cacher. Et aucun d'entre nous n'avait vu cette pièce auparavant. Elle est véritablement apparue de nulle part.

– Et tu te promènes avec cette pièce depuis tout ce temps ? demanda Kona.

– Il aurait dû la perdre, commenta Finn Gustano pour taquiner son frère. Rocky perd toujours ses affaires.

– Pourtant, je l'ai toujours, objecta Rocky en brandissant le disque métallique. On l'a toujours considérée comme ma pièce porte-bonheur. Et après notre… enlèvement, je me suis dit qu'il fallait mettre toutes les chances de notre côté. Alors, depuis notre retour, je la garde dans ma poche.

– Celle-ci n'a pas de code, contrairement aux autres, constata Emma.

Elle se rapprocha si près de l'objet que, si elle avait cligné des yeux, ses cils l'auraient effleuré.

– Ce sont des mots, remarqua-t-elle. Ça dit…

– Je sais, je sais. On peut lire : *S'IL TE PLAÎT, ÉCOUTE*, la coupa Mme Gustano. Mais je te jure qu'il y avait le même code étrange quand Rocky m'a montré la pièce.

– Et ensuite, vous l'avez touchée, dit maman, comme plongée dans une sorte de transe. À votre contact, le code s'est transformé en mots intelligibles…

– Bon, ça devient vraiment trop bizarre, trancha Mme Gustano.

Elle attira ses trois enfants à elle, comme pour les protéger de toute cette étrangeté.

– À vous entendre… c'est comme si vous aviez été là, reprit-elle. Mais comment pouvez-vous savoir ce qui nous est arrivé, à Rocky et moi, il y a huit ans ? J'étais en Arizona, vous dans l'Ohio et… Non, attendez, si je suis censée croire ce que vous m'avez raconté, à cette époque j'étais en Arizona dans ce monde-ci, tandis que vous étiez dans l'Ohio de l'autre monde. Mais comment voulez-vous que je gobe une chose pareille ?

– C'est pourtant la vérité, insista maman. Parce que… c'est moi qui ai envoyé cette pièce.

Le visage de Mme Gustano se chiffonna, comme si elle allait se mettre à pleurer. Elle plaqua une main sur sa bouche et maman fit le même geste au même moment.

– Nous avons toujours eu un lien, n'est-ce pas ? demanda Mme Gustano, laissant retomber sa main. Avant même qu'on kidnappe mes enfants. Avant même qu'on reçoive cette pièce. Probablement avant même que je naisse. Dès l'instant où mes parents se sont rencontrés…

– Ils se sont sûrement rencontrés au même moment que ceux de Mme Greystone dans l'autre monde, intervint Natalie, derrière Chess. Il ne faut pas en vouloir à Mme Greystone. Ce n'est la faute de personne. Les doubles sont liés, c'est tout. Ils sont comme une seule personne dans des milieux distincts. Ou bien ils sont la même personne, mais ils font des choix différents parce qu'ils vivent dans des mondes différents. Malgré tout, ils restent liés, quoi qu'il arrive.

– Je n'ai toujours pas compris à quoi servent ces pièces, déclara Chess, mais je peux vous garantir que ma mère ne vous voulait aucun mal.

Le bras de maman reposait encore sur ses épaules. Pourtant, il avait l'impression que c'était lui qui aurait dû la protéger.

– Elle ne chercherait jamais à faire du tort à qui que ce soit, ajouta-t-il.

– Chess a raison, confirma maman. La pièce est censée être une bonne chose…

Soudain, elle émit un petit rire.

– Vous imaginez l'effet que ça me fait d'apprendre que cette pièce vous est bel et bien parvenue ? Ça faisait huit ans que je croyais qu'Andrew et moi avions échoué. Mais vous avez reçu la pièce. Vous l'avez reçue !

– Euh, maman, tu pourrais revenir en arrière et nous expliquer comment ça marche ? demanda Emma. Et comment tu as fait pour l'envoyer à Mme Gustano, il y a huit ans ?

Pratiquement au même instant, Kona se tourna vers son père :

– Tu étais au courant, toi, pour ces pièces ? Quand tu vivais dans l'autre monde, est-ce que tu envoyais des pièces aux gens de ce monde-ci ?

Joe démentit d'un signe de tête, l'air perplexe.

– C'était un secret, dit maman. Tout devait toujours rester secret, même entre les personnes dignes de confiance. Car on ne savait jamais qui se ferait prendre, ni ce qu'on les forcerait à révéler dans ce cas…

Une ombre passa sur son visage lorsqu'elle poursuivit :

– Mon mari Andrew et moi étions journalistes. Exercer ce métier était devenu trop dangereux : les gens du gouvernement géraient le pays à coups de mensonges. Mais nous nous sentions investis d'une mission. C'était notre métier de récolter les informations, d'expliquer aux gens ce qui se passait réellement. Hélas, il fallait le faire en douce, de manière anonyme. Et lorsqu'on ne peut répandre la vérité que secrètement, comme de vulgaires ragots, ça commence à ressembler à un mensonge de plus…

– Plus personne ne savait ce qu'il fallait croire, renchérit Joe d'un ton lugubre. Du coup, personne ne croyait plus à rien.

– Andrew et moi savions qu'il fallait frapper fort, dit maman en retrouvant un peu le sourire.

Elle serra Chess, Emma et Finn contre elle.

– Notre monde était devenu tellement sinistre… reprit maman. Pas à cause d'une chose en particulier, ni d'un dirigeant qui aurait été à l'origine de ces changements. Non, c'étaient des centaines de petites décisions prises au fil du temps. Tout le monde agissait poussé par la peur, la méfiance et la haine, jusqu'à ce que chacun se retrouve privé de liberté. Plus personne ne pouvait dire ouvertement la vérité. On n'avait même plus le droit de poser des questions à nos dirigeants.

– S'ils disaient : « Le ciel est vert et l'herbe est bleue », il fallait que tout le monde l'accepte, ajouta Joe. « Oui, oui, vous avez tout à fait raison. » Personne n'avait le droit de dire : « Vous plaisantez ? J'ai des yeux, moi aussi, et ce n'est pas ce que je vois ! »

Maman posa une main sur l'épaule de Joe.

– Vous comprenez maintenant pourquoi Andrew et moi devions garder nos activités secrètes ? demanda-t-elle d'un air suppliant. Nous étions tous les deux amis avec une physicienne qui nous avait parlé de l'existence potentielle de réalités parallèles. Nous avons travaillé avec elle pour trouver comment envoyer des messages entre les mondes. À l'époque, j'aurais été bien incapable d'expliquer comment ça fonctionnait, et c'est toujours le cas aujourd'hui. Mais notre amie savait quel métal utiliser, comment monter les minuscules circuits électroniques à l'intérieur de la pièce, pourquoi il fallait avoir recours à une authentification par empreinte digitale pour s'assurer que le message vocal enregistré par une personne parviendrait uniquement à son double dans l'autre monde… Andrew et moi avons décidé de coder les pièces avec son écriture, simplement pour les tracer. Moi, j'ai enregistré le premier message. Et pour le premier envoi, nous avons choisi le jour des quatre ans de Chess.

Elle regarda Mme Gustano et Rocky.

– Alors, si l'opération se déroulait sans danger, on prévoyait d'envoyer une autre pièce une semaine plus tard, puis une troisième la semaine suivante…

– On n'a jamais reçu d'autres pièces, indiqua Mme Gustano. Ni Rocky, ni Emma, ni Finn. Mon mari non plus.

Maman relâcha Chess, Emma et Finn. Ce fut Chess qui prit sur lui pour annoncer :

– Parce que tout a changé. Notre père a été tué cinq jours après mon anniversaire.

– Tout comme notre amie physicienne, murmura maman. Après ça, les enfants et moi nous sommes réfugiés dans ce monde-ci, et j'ai fait en sorte qu'aucun d'entre nous ne croise le chemin d'un membre de votre famille. Avant la mort d'Andrew, alors que j'étais dans l'autre monde, je pensais que vous pourriez m'aider. Mais une fois arrivée ici, je me suis dit que c'était vous que je mettrais en danger dans ce monde-ci.

Et elle avait raison, songea Chess avec tristesse. *C'est à cause de nous si les enfants Gustano ont été kidnappés. Et même si on les a sauvés, on a bouleversé leur vie. Eux aussi sont privés de leur père, maintenant. C'est ce monde qui est menacé par l'autre.*

– Mais qu'avez-vous pensé quand vous avez entendu mon message… quand vous avez reçu la pièce ? demanda maman à Mme Gustano. Avez-vous remarqué que nous avions la même voix, vous et moi ? Est-ce que vous avez pensé, ne serait-ce qu'une seconde : « Il faut que j'aille la sauver » ?

Mme Gustano afficha une expression perplexe.

– Kate, je suis désolée, répondit-elle. Je n'ai jamais entendu votre voix ni aucun message venant de la pièce. Et toi, Rocky ?

Son fils secoua la tête, lui aussi.

– Alors la pièce a fait le plus dur, voyager entre les deux mondes, mais n'a pas réussi à délivrer son enregistrement ? demanda maman.

Elle se laissa tomber sur le lit, comme épuisée par l'espoir retrouvé puis à nouveau perdu.

– Mais maman, nous avons les pièces, maintenant ! la réconforta Emma en levant la main. Il nous manque peut-être juste la bonne personne pour les activer. Et si la technologie s'était améliorée, ces huit dernières années ?

Elle fit passer les pièces à toutes les personnes présentes, qui les manipulèrent chacune à leur tour. Quand Chess les eut entre les doigts, elles lui semblèrent froides, en toc, comme si elles n'avaient aucune valeur. Quant aux chiffres et symboles gravés dessus, ils demeuraient toujours aussi incompréhensibles.

Chess rendit les pièces à Kona et Emma, qui les glissèrent dans leur poche. Rocky fit de même avec la pièce sur laquelle on lisait : *S'IL TE PLAÎT, ÉCOUTE.*

– Peut-être… Peut-être qu'on en apprendra plus sur ces pièces plus tard, dit Chess en voyant que l'humeur générale était de nouveau sinistre.

– Tu as raison, approuva maman. En faisant une pause autour d'un petit déjeuner, on trouvera peut-être une solution.

Chess se dit que même Kafi avait dû sentir que maman n'y croyait pas. C'était comme s'ils se retrouvaient bloqués une fois de plus. Sentant la main de Natalie glisser de son épaule, Chess se retourna.

La jeune fille avait la tête inclinée vers l'arrière, comme si elle regardait quelque chose tomber du plafond.

Au début, Chess ne vit qu'un éclat doré. Natalie tendit la main et Chess vit atterrir au milieu de sa paume une pièce qui ressemblait à celles que Kona et Emma avaient empochées, également gravée d'un code mystérieux.

– Celle-ci m'est destinée, affirma Natalie d'un ton assuré. Je le sens.

– Qu'est-ce que tu veux dire par là ? demanda Emma à l'instant même où Emma Gustano disait : « Tu peux décrire plus précisément ton impression ? »

Au même moment, les autres se mirent à crier : « Ton pouce ! » et : « Vérifie si ton empreinte correspond ! »

Natalie posa le pouce sur la pièce avec solennité, comme lors d'un rituel sacré. Lorsqu'elle le releva, elle déclara dans un souffle :

– Il y a des mots, maintenant ! Ça dit : *TROUVE-NOUS* !

– Appuie encore dessus, conseilla maman, respirant à peine. C'est au deuxième contact que la pièce s'acti…

Elle s'interrompit : Natalie le faisait déjà… et sa propre voix s'échappa de la pièce.

Non, pensa Chess. *Ce n'est pas la voix de Natalie, même si elle lui ressemble. C'est celle de son double dans le monde parallèle. L'Autre-Natalie.*

Il vit l'enthousiasme illuminer le visage d'Emma, de même que celui de maman, sur lequel on lisait aussi la fierté et l'espoir retrouvé. En la regardant, Chess savait à quoi sa mère pensait : l'idée que ses parents avaient eue huit ans auparavant avait bel et bien fonctionné.

Finn sauta de joie. Chess aurait voulu prendre Natalie dans ses bras.

Soudain, il réalisa ce que disait la voix de l'Autre-Natalie :

« Ce message est un avertissement. Nous sommes tous en danger, désormais. J'ai besoin de votre aide. Et vous avez besoin de la mienne. »

Chapitre 19 : Finn

– C'est tout ? s'enquit Finn. Elle ne dit pas ce que tu dois faire pour l'aider ?

Il entendit un bruit métallique dans le couloir. Comme si on avait lâché une poignée de pièces sur le plancher.

– Oooh ! s'écria Finn. Elle t'en envoie d'autres !

Il entendit Mme Morales dire dans son dos :

– Il y en a peut-être aussi pour moi. Je… Je me sens comme attirée par elles…

Finn se précipitait déjà dans le couloir pour ramasser les pièces et les donner à Natalie et à Mme Morales.

Devant lui, il vit d'autres pièces sortir du plafond. Dans la lumière du soleil qui entrait à profusion par la fenêtre du haut, les pièces tourbillonnaient, étincelant comme des étoiles.

C'était l'une des plus belles choses que Finn ait jamais vues.

À l'exception du visage de sa mère, bien sûr.

– Hé, tout le monde ! Venez voir ! cria-t-il par-dessus son épaule.

Les autres le rejoignirent en bas de l'escalier. La tête rejetée en arrière, ils contemplèrent, émerveillés, les pièces qui descendaient lentement vers eux. Finn les pourchassa comme si c'étaient des lucioles qui voletaient dans un jardin, par une parfaite nuit d'été. Après les avoir récupérées, il les déposa dans les mains des autres enfants. La joie lui donnait le tournis. Les pièces étaient la réponse. Forcément ! Il ignorait comment, mais il était certain que tout finirait par rentrer dans l'ordre.

Emma, Kona et les enfants Gustano s'échangeaient des pièces avec Finn en riant, chacune d'elles plus brillante que la précédente. Les parents souriaient avec indulgence. Natalie ramassa des pièces et les posa une à une dans les mains de Chess, comme si elle les triait rien qu'en les touchant :

– Celle-ci est pour moi. Celle-là est pour ma mère. Encore pour ma mère…

Puis un cliquetis résonna au niveau de la porte d'entrée.

C'était un bruit incongru au milieu de l'atmosphère heureuse. Peut-être que Finn n'y aurait pas prêté attention si les pièces n'avaient pas aussitôt réagi. À l'exception de celles que les uns et les autres tenaient déjà fermement, elles se retirèrent toutes d'un coup, comme des animaux effrayés. Elles se faufilèrent entre les lames du plancher et s'enfoncèrent sous les coussins du canapé.

La porte d'entrée s'ouvrit lentement.

Quelqu'un avait-il un double de la clé ?

Finn se souvint du faux policier. Et du message de l'Autre-Natalie qui disait : « Nous sommes tous en danger, désormais. »

Alors, il vit qui avait ouvert la porte.

Ce n'était que M. Mayhew, le père de Natalie.

Finn était très ami avec lui. M. Mayhew et la mère de Natalie avaient divorcé, mais tout le monde continuait à bien s'entendre. Du moins jusqu'à présent.

Et dans ce monde-ci, lui rappela son cerveau.

Finn resserra les pièces dans son poing pour qu'elles ne s'échappent pas.

– Monsieur Mayhew ! s'écria-t-il. Vous n'allez pas croire ce que vous venez de rater !

M. Mayhew jeta à peine un coup d'œil à Finn. Son regard balaya le salon, comme pour avoir un rapide aperçu des personnes présentes.

Puis il afficha un grand sourire, ce qui le fit davantage ressembler à lui-même.

– Oh, désolé ! Je ne voulais pas vous interrompre, s'excusa-t-il. Je pensais que tout le monde serait encore au lit.

Il brandit plusieurs boîtes dans des tons marron, rose et orange criards.

– Je voulais poser ça dans la cuisine pour vous faire croire que la fée des donuts et des bagels était passée dans la nuit…

– Des donuts ! piailla Finn au moment où quelqu'un derrière lui (l'Autre-Finn ?) s'exclamait avec bonheur : « Des bagels ! »

Finn vit les épaules de Natalie se détendre. Soulagée, elle déposa sa dernière pièce dans la main de Chess et s'avança vers son père pour le prendre dans ses bras.

– Papa, c'est trop sympa de ta part !

M. Mayhew repoussa maladroitement les boîtes pour pouvoir attirer sa fille contre lui.

– Donnez-les-moi, proposa Finn en tendant les mains. Si vous n'avez pas peur que je dévore tout ! ajouta-t-il avec un sourire.

Toutefois, quelque chose clochait. Sa plaisanterie ne fit pas rire M. Mayhew. Il ne lâcha pas les boîtes non plus.

Natalie s'écarta de son père.

Finn abandonna l'idée de prendre les donuts. Il observa Natalie et son père à tour de rôle. Ce dernier portait un polo jaune fluo que son teint bronzé rendait presque phosphorescent (ce qui était parfaitement normal, pour lui). Mais Natalie secouait la tête et regardait Finn en clignant des yeux puis en les ouvrant tout grand, successivement, comme pour lui envoyer un message secret en Morse.

Finn aurait voulu dire : *Tu sais bien qu'Emma est plus forte que moi en codes ! Moi, je n'y comprends rien !*

D'un geste fluide, M. Mayhew jeta les boîtes hors de portée de Finn. Elles atterrirent par terre, là où, un peu plus tôt, le plancher était recouvert de pièces brillantes.

– Hé ! Qu'est-ce qui vous prend d'abîmer de délicieux donuts ? s'offusqua Finn. C'est du gâchis !

Il entendit un tintement, comme si l'Autre-Finn avait lâché ses pièces pour se précipiter sur les pâtisseries qui risquaient de rouler hors des boîtes.

Ce qui s'échappa des boîtes défoncées n'était ni des donuts, ni des bagels. Au lieu de quoi, un mince ruban de fumée s'éleva dans les airs. Finn ne put s'en empêcher : il le renifla. Ça ne sentait ni le chocolat, ni le sirop d'érable, ni le merveilleux arôme de la pâte frite. C'était l'odeur de ses pires cauchemars. Ça sentait l'animal mort, les déchets brûlés et le désespoir.

Ça sentait comme l'autre monde.

Soudain, Finn comprit le message que Natalie avait voulu lui transmettre. Cet homme n'était pas son vrai père. C'était son double. Le maire. Le pire double que les enfants aient jamais rencontré.

Et qu'avait-il apporté, à la place des donuts et des bagels ?

Il avait apporté la peur. Les mensonges.

Il avait apporté le mal.

Chapitre 20 : Emma, au même moment

Emma aurait voulu pouvoir se concentrer uniquement sur les pièces.

Au lieu de ça, elle entendait Joe marmonner à côté d'elle, alors qu'il posait Kafi par terre et attrapait son ordinateur portable :

– Toutes les caméras de sécurité que j'ai installées autour de cette maison ont été sabotées ! Elles repassent les mêmes images en boucle… C'est pour ça que je n'ai pas vu Roger Mayhew arriver. Impossible de voir quoi que ce soit !

Emma regarda Kona monter l'escalier en courant et se poster devant la seule fenêtre qui n'était pas obstruée.

– Le quartier grouille de voitures de police ! s'écria la fille de Joe. Ou plutôt… de fausses voitures de police !

Emma fit volte-face : Chess, Natalie et Finn essayaient de repousser M. Mayhew dehors.

Non, c'est l'Autre-M. Mayhew, comprit Emma. *Le maire ! Il a dû être informé par le faux policier venu en repérage. Ce faux agent a peut-être servi de leurre, pour nous détourner du vrai danger. Maintenant, il faudrait qu'on…*

Les premières volutes qui s'échappaient des boîtes du maire atteignirent les narines d'Emma. Elles chuchotaient : *Ne réfléchis pas. N'écoute pas. Contente-toi de sentir… Sens, et pense comme je veux que tu penses. Entends ce que je veux que tu entendes. Vois ce que je veux que tu voies…*

Emma referma brusquement la bouche et transféra toutes ses pièces dans une seule main, afin de se boucher le nez avec l'autre.

– C'est du poison ! avertit-elle à travers ses dents serrées. L'Autre-M. Mayhew empoisonne l'air ! Retenez tous votre respiration ! Ouvrez les fenêtres !

Elle voulut foncer sur l'ouverture la plus proche, mais maman l'attrapa par les épaules et lui fit faire demi-tour dans la direction opposée.

– Sauve-toi ! hurla maman. Les enfants, fuyez ! Toi, Emma, je te confie ça… Prends-en soin…

Maman fourra quelque chose dans les bras d'Emma. C'était l'étui qui contenait le levier.

Puis maman s'effondra à terre.

Emma mit l'étui sur son épaule et tira sa mère par le bras.

– Maman ! Viens avec nous !

– Peux pas… bafouilla maman. Dois rester… me battre. Aurais dû rester… me battre… chez moi…

Elle veut parler de l'autre monde, comprit la fillette.

Quand maman disait « chez moi », elle ne parlait pas de la même chose qu'Emma. Était-ce une trahison de la part de sa mère ?

Emma réalisa que, sans le vouloir, elle avait respiré un peu d'air contaminé. Voilà pourquoi elle avait cru, l'espace d'un instant, ne pas pouvoir faire confiance à sa propre mère.

– Maman !

Elle lâcha ses pièces et secoua sa mère pour l'arracher à sa stupeur. Elle se rendit vaguement compte que les autres mères, Natalie, Joe et Finn Gustano s'effondraient à leur tour. Les frères d'Emma, l'Autre-Emma, Kona et Rocky, eux, tenaient toujours debout – mais avec difficulté.

Si maman se relève, les autres se relèveront aussi, songea Emma. *J'en suis certaine !*

– Sauve… marmonna maman. Porte secours à…

Emma commença à avoir le tournis, elle aussi. Son esprit hurlait : *De l'air ! De l'air ! Il faut que tu respires !* Mais elle garda sa mâchoire crispée, luttant contre le réflexe d'aspirer. Légèrement vacillante, elle s'élança vers la porte d'entrée. Natalie, Chess et Finn avaient presque réussi à refermer la porte derrière le maire. Pourtant, Emma la rouvrit d'un coup et inspira une délicieuse bouffée d'air non contaminé.

Alors seulement elle se rendit compte que le maire se trouvait toujours sous le porche. Sauf qu'à présent, on aurait dit un monstre.

Ah non ! Il porte simplement un masque à gaz !

– Moi qui croyais que tu étais la plus maligne de tous, Emma ! ricana-t-il, la voix déformée par le masque. Merci de m'avoir apporté exactement ce que je cherchais.

Il arracha de son épaule le sac contenant le levier.

– Rendez-moi ça ! hurla Emma en tirant l'étui vers elle.

Mais le maire était un homme fort et très sportif, et Emma n'était qu'une petite fille de dix ans qui, quelques secondes auparavant, avait manqué d'oxygène. Si leur confrontation se limitait à une bataille de muscles, elle était sûre de perdre.

Dans ce cas, active tes méninges, s'encouragea-t-elle.

La dernière fois que les enfants avaient vu le maire, ils avaient utilisé ses allergies pour le vaincre. Sauf que le masque à gaz l'en protégeait aussi. Toutefois...

Elle agrippa le masque et se mit à tirer dessus.

– Arrête, petite morveuse ! hoqueta le maire en s'empressant de le remettre en place.

Malgré tout, il tituba et sa prise sur l'étui faiblit, comme si lui aussi avait été légèrement contaminé par l'air de la maison.

– Chess, Finn, Natalie... Venez m'aider ! piailla Emma.

Elle emplit ses poumons d'autant d'air frais que possible, s'écarta brusquement du maire et referma la porte. Avec un temps de retard, Finn et Chess bondirent pour se ruer à leur tour sur le battant. Natalie tourna le verrou.

– Espérons... qu'il n'a pas... de clé... pour ce verrou... haleta l'adolescente.

Hélas, à chaque mot prononcé, elle glissa un peu plus vers le sol.

– Les boîtes à bagels et à donuts contenaient en réalité des… bombes puantes ? s'enquit Emma dans un chuchotement.

Elle tentait vaillamment de tenir son petit frère à l'écart des boîtes, toujours par terre. Elle lâcha la dernière pièce qu'elle avait dans la main pour mieux empoigner le tee-shirt de l'Autre-Finn. Elle n'osa pas respirer une nouvelle fois, sachant aux grimaces de l'Autre-Emma et de l'Autre-Finn que l'horrible odeur continuait à s'échapper des boîtes.

Si on veut être capables de réfléchir, il nous faut de l'air frais, conclut-elle.

Elle se dirigea vers la fenêtre la plus proche. Au bord de l'évanouissement, elle s'autorisa à inspirer une minuscule goulée d'air.

Le loquet de la fenêtre était incroyablement compliqué. Trop compliqué pour qu'Emma sache comment l'ouvrir. C'était sans espoir.

– Casse un carreau ! aboya Finn derrière elle. Avec le levier !

Ah, oui. Ça pourrait marcher.

Emma donna un coup sans force sur la vitre, qui resta intacte.

Elle venait de soulever l'étui pour assener un deuxième coup quand elle entendit un fracas de verre brisé au-dessus d'elle.

– Oh, merci ! s'écria-t-elle en reculant d'un bond face à la pluie de morceaux de verre qui tombait sur elle.

Elle prit une grande bouffée d'air.

– Qui a eu l'idée de jeter quelque chose sur la fenêtre ? Chess ? Kona ? Emma ? Nat… ?

L'afflux d'oxygène réveilla d'un coup son cerveau. Elle réalisa que, si quelqu'un avait jeté de l'intérieur de la maison un vase, un presse-papiers ou tout autre objet suffisamment lourd, les morceaux de verre brisé n'auraient pas dû tomber sur elle, dans ses cheveux et sur ses épaules. Ils auraient dû finir à l'extérieur, avec l'objet qui avait servi de projectile.

Et les stores cassés auraient dû se trouver sous le porche, pas à moitié décrochés vers Emma.

Quelqu'un a donc jeté quelque chose de l'extérieur ! raisonna-t-elle en secouant ses cheveux. *Mais quoi ? Et pour quelle raison ?*

L'air qu'elle respirait sembla perdre de sa fraîcheur. L'odeur de mort, de désespoir, de feu et de peur s'éleva autour d'elle au moment où une autre fenêtre volait en éclats, dans une nouvelle pluie de verre brisé.

Puis une troisième fenêtre fut fracassée.

Et une autre.

Et une autre.

Et encore une autre.

– On est attaqués de tous les côtés ! hurla Emma pour avertir les autres.

Elle devait à tout prix se faire comprendre.

– On ne va plus pouvoir respirer !

Chapitre 21 : Chess

– Les enfants, je vous en supplie ! gémit maman. Je… Je ne peux pas ! Et… le levier ! Vous devez empêcher qu'on le… Oh, Chess, s'il te plaît ! Sauve Emma et Finn !

Chess avait l'impression de ne pas avoir respiré depuis une éternité. En plus du fracas du verre brisé, il entendit résonner sous le porche des pas, trop nombreux pour n'être que ceux du maire. Des gens venus de l'autre monde l'avaient sans doute rejoint.

Combien de temps leur restait-il avant que l'ennemi s'introduise dans la maison ?

N'était-ce que son imagination, ou y avait-il du bruit à l'arrière de la maison ? Les assaillants de l'autre monde tentaient-ils d'entrer aussi par la porte de derrière ?

– On n'a nulle part où aller ! hurla-t-il en réponse à sa mère.

Mais à présent, celle-ci était allongée par terre, silencieuse. Accroupi auprès d'elle, Finn lui criait :

– Ne respire plus cet air pollué ! Et si jamais ça te tuait ?

– Ça ne me… tuera… pas, murmura maman. Je ne suis pas… une menace… Mais vous… les enfants…

pouvez faire quelque chose… Danger… Les pièces… Le levier…

Elle se mit à pleurer. Jamais Chess ne l'avait vue aussi désespérée.

Il n'avait toujours pas repris d'air, mais le mot « danger » marmonné par sa mère avait eu sur son cerveau l'effet d'une décharge électrique.

À contrecœur, il cessa de se concentrer sur sa mère et observa les alentours.

L'atmosphère de la maison était trouble, comme si la puanteur était si forte qu'elle en devenait visible. Ou peut-être Chess expérimentait-il les effets de l'odeur : dans le vestibule, près de la porte d'entrée et des boîtes colorées, tous les adultes ainsi que Natalie gisaient à terre, comme maman. Ils avaient baissé les bras. Bizarrement, la petite Kafi semblait être la moins atteinte. Elle s'avançait à quatre pattes vers Kona, toujours dans l'escalier.

Oh, non! songea Chess. *Les escaliers sont très dangereux pour les bébés!*

Alors qu'il se dirigeait vers Kafi, il remarqua que Rocky avait eu le même réflexe que lui : il s'écartait de son frère et sa sœur qui gémissaient, blottis contre Mme Gustano.

Derrière lui, la porte fut secouée dans son cadre. Les sanglots de maman redoublèrent.

– Sauve… Finn… Je t'en supplie, Chess… Et Emma… et le levier…

D'un bras, Chess souleva son petit frère et le cala contre une de ses hanches. Puis il chercha Emma.

Recroquevillée près de l'un des canapés du salon, à côté de l'escalier, sa sœur essayait de glisser l'étui du levier sous le canapé, pour le cacher.

Mais la puanteur (ou le manque d'oxygène) la rendait maladroite et ralentissait ses gestes, et une extrémité du levier ne cessait de buter contre l'un des pieds du meuble.

– En diagonale ! tenta de lui crier Chess. De biais ! Fais-le glisser sur le côté…

En temps normal, Emma n'aurait pas eu besoin d'indications. Elle avait dû respirer plus d'odeur nauséabonde que Chess.

Elle aurait également dû savoir qu'il était idiot de cacher le levier sous le canapé, dont les pieds étaient si hauts que c'était une piètre cachette. N'importe qui aurait pu voir l'étui.

Chess décida de changer de tactique.

– Lève-toi ! s'époumona-t-il. Mets-le ailleurs !

Mais où ?

Sans lâcher Finn, et après avoir vérifié d'un coup d'œil que Rocky s'occupait bien de Kafi, Chess quitta le vestibule et rejoignit sa sœur dans le salon. Il empoigna le levier dans son étui.

Chess n'était pas Emma (Emma dans un bon jour, Emma normale). Contrairement à elle, il était incapable de calculer les angles, de prévoir les actions et réactions inverses en une fraction de seconde. Par conséquent, il ne put anticiper que, si lui tirait sur le levier pendant qu'Emma s'évertuait à le pousser, l'objet rebondirait contre le canapé.

Il n'avait pas non plus pris en compte son inclinaison.

Pourtant, même rangé à l'intérieur d'un sac, le levier était encore puissant.

Un éclat lumineux aveugla Chess. Brièvement, le garçon crut que le levier allait s'encastrer dans le canapé comme il l'avait vu se loger dans les murs et les placards. À cet instant, ce fut comme si le levier allait ouvrir un tunnel secret sur l'autre monde directement à travers le canapé.

Toutefois, Emma resserra sa prise sur l'étui et le tira juste avant que le levier soit totalement enfoncé.

– Waouh, il y a quoi, dans ce sac ? voulut savoir Rocky, derrière eux.

Il avait récupéré Kafi et la tenait dans ses bras, en sécurité.

– Vous cachez l'incroyable Hulk, là-dedans ? s'enquit-il.

Chess se rendit compte que l'extrémité de l'étui était déchirée et que le levier était totalement prêt à servir.

De nouveau malmenée, la porte d'entrée s'ouvrit avec fracas. Chess vit plusieurs hommes, le visage protégé par un masque à gaz, s'engouffrer dans le vestibule. Quelqu'un cria. Peut-être que tout le monde criait.

Terrifié, Chess aspira une bouffée. Cet air-là provenait sûrement de l'extérieur et devait être moins pollué. Car soudain, il sut exactement quoi faire.

– Cachons-nous ! hurla-t-il. Suivez-moi !

Il arracha le levier des mains d'Emma et l'extirpa de l'étui. Puis il frappa le sol de toutes ses forces.

Chapitre 22 : Finn

– Oh, cool ! piailla Finn alors qu'il basculait en avant. Cette fois, tu as ouvert un toboggan, pas un tunnel !

Le trou qui s'était brusquement ouvert aux pieds de Finn, Emma et Chess, puis autour d'eux, aurait pu être une attraction dans un parc. Dans l'ombre, Finn distingua des virages serrés et alla jusqu'à imaginer que des loopings l'attendaient plus loin. Évidemment, il ne voyait pas l'extrémité du toboggan, mais il avait une idée de l'endroit où il atterrirait.

–Venez ! cria-t-il par-dessus son épaule alors qu'il tournoyait, prenant de la vitesse en direction des virages en tire-bouchon. Ne laissez pas les méchants vous attraper !

Il préféra éviter de regarder en arrière. De toute façon, il avait décidé de fuir, alors à quoi bon se faire peur en vérifiant où se trouvaient les hommes aux masques à gaz ?

– Mais ce truc va nous conduire dans l'autre monde, non ? brailla quelqu'un derrière lui. Précisément là où on ne veut pas aller !

C'était Rocky, qui glissait avec Finn et les autres enfants Greystone. Tenant fermement la petite Kafi, il semblait cent fois plus terrifié qu'elle. Kafi, elle, restait parfaitement calme. Son ruban dans les cheveux n'était même pas de travers.

– Oui, mais on arrivera chez la juge Morales, et elle est dans notre camp ! le rassura Finn. C'est bon !

Il s'extirpa des bras de Chess et se retint à Emma et Rocky alors qu'il tombait à la renverse.

– Mais on devrait peut-être… réfléchir d'abord ! disait Emma sans cesser de tourner sur elle-même avec Finn.

Trop tard. Ils étaient tous les deux – non, tous les trois, tous les quatre, tous les cinq – en train de glisser, tourner et rebondir. Le toboggan lui-même tournoyait. Kafi poussa un cri de joie. Tous les cinq formaient un amas, si bien que Finn ne sut même pas si c'était le coude de Rocky ou celui de Chess qui se logea dans son oreille, ni si c'était le genou d'Emma qui cognait sans cesse contre sa jambe.

– Kafi ! entendit-il hurler derrière lui.

Il réalisa que c'était Kona.

– Ne t'en fais pas ! J'arrive ! ajouta-t-elle.

Un pied (celui de Kona ?) heurtait la tête de Finn dès que celui-ci ralentissait dans les virages.

Enfin, comme à des millions de kilomètres, une voix masculine bourrue lança :

– Ils sont partis par là ! On les suit, ou on se contente d'arracher leur levier ?

Finn poussa un cri perçant. Arracher un levier revenait à condamner un tunnel. L'effet serait sans doute le même sur un toboggan-tunnel. Si les gens de l'autre monde s'emparaient de leur levier, alors… alors…

Mieux valait probablement être sorti du tunnel à ce moment-là.

Sinon ça signifiait que les Greystone, Rocky, Kona et Kafi seraient perdus à jamais.

Ils devaient absolument conserver ce levier. Ou ils seraient pris au piège.

Sans cesser de crier, Finn arriva au bout du toboggan. Les enfants s'entassèrent les uns sur les autres. Finn ne voulait pas penser au fait qu'il pouvait tomber directement à travers le plancher et finir sa course au même endroit que là où elle avait commencé. Réfléchir à la façon dont les deux mondes étaient liés lui donnait toujours mal au crâne. À ses côtés, Emma et Chess gémirent, comme si eux aussi souffraient de migraine. Rocky, Kona et Kafi étaient un peu plus loin, mais seule Kafi s'assit aussitôt.

Ce n'était qu'un bébé. Rocky et Kona n'en savaient pas autant que les Greystone sur les leviers. Quant à Emma et Chess, il leur fallait toujours plus de temps qu'à Finn pour se remettre du passage d'un monde à l'autre.

Alors peut-être que tout dépendait de lui ?

À tâtons, il explora le sol autour de lui… Oui ! Le levier était là. Enfin… La version du levier dans ce monde-ci ; la réplique exacte de celui qu'ils avaient laissé par terre chez Natalie. Finn referma les doigts sur l'objet de la même manière qu'un petit enfant aurait agrippé un doudou. En pensée, il revit toutefois un autre moment : celui où Chess avait essayé de tenir fermement le levier tandis que, dans le monde opposé, quelqu'un arrachait le levier correspondant. Chess s'était retrouvé à empoigner le vide.

Finn ne voulait pas que cela se reproduise. Cet outil était indispensable à sa famille.

Tirant sur le levier de toutes ses forces, Finn l'arracha du sol et le tint serré contre lui.

Immédiatement, le toboggan-tunnel disparut.

– Maman ? Chess ? Finn ? Natalie ? marmonna Emma à côté de lui.

Ce fut seulement à cet instant que Finn s'en rendit compte : ils avaient laissé maman et Natalie là-bas ! Ainsi que Mme Morales, Joe et tous les Gustano, à l'exception de Rocky. Lorsque le sol s'était dérobé sous leurs pieds, les autres se trouvaient dans le vestibule, pas dans le salon. Du coup, ils étaient coincés avec les hommes aux masques à gaz qui avaient pénétré de force dans la maison et jeté leurs bombes puantes.

Et c'était Finn lui-même qui avait privé maman et les autres du levier qui leur aurait permis de s'échapper.

Chapitre 23 : Emma

Emma se sentait complètement vaseuse. Même si elle ne se rappelait pas pourquoi elle devait se dépêcher de retrouver ses esprits, cela lui semblait pourtant une bonne idée. Peut-être parce qu'on l'appelait en la secouant par les épaules ?

– Emma ? *Emma ?* EMMA !

Elle ouvrit les yeux et battit des paupières dans l'obscurité. Penché sur elle, Finn la dévisageait, presque nez à nez avec elle.

– À quelle distance il faut s'éloigner d'un toboggan-tunnel pour en ouvrir un autre ? demanda-t-il. C'est quoi, le meilleur endroit pour insérer un levier ? Il faut que je frappe encore le sol ou que je vise plutôt le mur ?

– Finn... Doucement... gémit Emma.

Son petit frère parlait beaucoup plus vite que d'habitude. Ou peut-être que c'était le cerveau d'Emma qui fonctionnait au ralenti.

– Dépêche-toi de recommencer à réfléchir ! la supplia Finn.

Avait-il les larmes aux yeux ?

– On doit retourner chercher maman ! reprit-il.

Retourner… ?

Emma lutta pour comprendre le sens de ces mots.

Puis la mémoire lui revint. Les donuts. Le maire avec son masque à gaz. Les fenêtres fracassées. Les adultes et Natalie effondrés par terre. Le toboggan-tunnel qui tournoyait.

Chess, Finn et elle se trouvaient donc désormais dans l'autre monde ?

Ah, oui, songea-t-elle. *Comme le levier ouvre une pièce tournante lorsqu'on le frappe contre un mur, il doit ouvrir un toboggan tournant quand on le frappe sur le sol. Car aux tourbillons, il faut ajouter la gravité.*

– Chut, dit-elle en levant brusquement une main qu'elle plaqua sur la bouche de Finn. C'est risqué de faire autant de raffut ici, l'avertit-elle, la mâchoire crispée.

– Mais on est chez la juge Morales, chuchota Finn malgré la main de sa sœur sur sa bouche. Elle est de notre côté !

– Ne le dis pas tout haut ! On pourrait t'entendre ! répliqua Emma à voix basse. C'est un secret, tu te souviens ? Elle a des ennemis, même chez elle… On doit s'assurer qu'il n'y a aucun danger avant de retourner chercher qui que ce soit.

Prise de vertige, Emma s'assit.

Chess aussi avait du mal à se relever, même en s'aidant du canapé.

– On devrait… se cacher… balbutia-t-il. Dès que… possible…

– Où… sommes-nous ? demanda Kona, dans les vapes.

Elle était toujours allongée sur le dos. Assise à côté d'elle, Kafi lui tapotait la joue.

– Dans la même maison, mais pas dans le même monde, répondit Emma.

Derrière Kona, Rocky s'assit, chancelant, et regarda la pièce autour de lui.

– Même canapé, même escalier, pas les mêmes fenêtres, pas de boîtes éventrées ni de grenades puantes… murmura-t-il.

Il inspira profondément et fut pris d'une quinte de toux. Au moins, il essayait de tousser discrètement. Il fit la grimace. On aurait dit qu'il avait mal au cœur.

– Pouah ! Je retire ce que j'ai dit. Il y a bien des grenades puantes ici aussi.

Il se pencha et jeta un coup d'œil sous le canapé, comme s'il s'attendait à voir les mêmes petites balles caoutchouteuses pleines de poison malodorant qui avaient été lancées à travers les fenêtres de Mme Morales.

« Grenades puantes » était une appellation tout à fait appropriée.

– Ne t'inquiète pas, le rassura Emma. Il ne devrait pas y avoir d'odeurs empoisonnées dans cette maison. La juge et le maire appartiennent à la classe dirigeante, dans ce monde-ci. Les membres du gouvernement utilisent les mauvaises odeurs pour donner au peuple l'impression qu'il n'y a plus d'espoir. Du moins, c'est ce qu'a fait le maire. Les chefs et leur famille n'ont pas à subir ça, eux.

– Ah oui ? s'étonna Rocky. Alors c'est quoi, cette odeur ?

– Celle qui imprègne encore tes vêtements ? Tes cheveux ? proposa Emma. Nous tous ?

– C'est peut-être l'air de l'autre monde qu'on sent encore, suggéra Kona, reniflant exagérément.

Elle expira et fit une nouvelle tentative.

– Mais... moi aussi, je la sens. C'est comme s'il y avait eu un congrès de rats et que tous les rats étaient morts.

– C'est encore pire par ici, près du mur, indiqua Rocky en s'éloignant du canapé.

À sa tête, on aurait cru qu'il allait vomir.

– Kona, tu devrais empêcher ta petite sœur de s'approcher, prévint-il.

– Hé, il y a une fente, dans ce mur ? demanda Finn, les yeux plissés, comme si sa vue n'était pas encore bien nette.

Désormais, tous les enfants observaient le mur en question. Une démarcation sombre se détachait dans la peinture couleur crème, puis formait un angle droit à plus de deux mètres de hauteur.

– Oh, je vois, souffla Chess. C'est une porte. Je parie qu'elle mène à un des passages secrets de la maison. Quelqu'un l'a laissée entrebâillée.

– Quel intérêt ? demanda Emma. Dans ce cas, le passage n'a plus rien de secret !

Téméraire, elle se mit debout. C'était comme si ses jambes, après avoir dormi, se réveillaient tout juste. Elle eut de la chance de ne pas trébucher lorsqu'elle avança en vacillant vers la fente dans le mur. Son cerveau, lui, était en état d'alerte maximale. Et Rocky avait raison : une véritable puanteur régnait ici également. L'odeur nauséabonde s'intensifia lorsque Emma se rapprocha du mur.

Il faut que je sache ce qu'il y a là-dedans…

Elle posa sa main en coupe sur son nez et sa bouche pour réprimer ses haut-le-cœur et tira sur le battant. Comme elle s'y attendait, un passage faiblement éclairé se dévoila.

Emma et ses frères ayant passé beaucoup de temps à explorer les passages secrets de cette maison lors de leur dernière incursion dans ce monde, ils connaissaient bien les lieux. La seule chose qu'elle ne reconnut pas, c'était le sol. Quelqu'un (le maire ? la juge ? un domestique ?) l'avait recouvert d'une matière noire caoutchouteuse et étrangement bosselée.

Emma cligna des yeux. Sa vue s'ajusta.

Non. Emma se trompait. En réalité, le sol du passage secret n'avait pas changé.

Il avait simplement été recouvert de grenades puantes.

Chapitre 24 : Chess

– Baisse-toi ! On va te voir ! ordonna Chess à Emma.

Il plongea vers elle pour l'attirer au sol, à l'abri. Mais comme ses muscles tremblaient encore après le passage entre les deux mondes, il perdit l'équilibre et faillit tomber à côté d'Emma.

Sa sœur le rattrapa et le stabilisa près d'elle.

– Non, Chess… Regarde, souffla-t-elle en lui montrant le salon. Je crois qu'il n'y a personne d'autre que nous !

Chess cligna des yeux. Effectivement, une étrange atmosphère régnait dans la maison, comme si celle-ci avait été abandonnée. La porte d'entrée, grande ouverte, grinçait sur ses gonds, poussée par le vent. Chess leva la tête pour observer les fenêtres du vestibule situées en hauteur, à l'étage supplémentaire qui n'existait pas dans la maison de Mme Morales. Elles étaient toutes brisées et les rideaux ondulaient dans la brise.

– Cette maison aussi a été attaquée, constata Rocky d'un air lugubre après avoir rejoint Chess et Emma. Avant celle du monde meilleur, si ça se trouve. Et vu comment les assaillants s'y prennent… Est-ce que tout le monde a été emmené ? Kidnappé ?

Chess se remémora le message de la première pièce que Natalie avait reçue : *Nous sommes tous en danger, désormais. J'ai besoin de votre aide. Et vous avez besoin de la mienne.* Il se souvint que la dernière fois que les Greystone étaient venus dans cette maison, la bataille avait fait rage dans les coulisses entre la gentille juge et le méchant maire. La juge avait semblé l'emporter. Pourtant…

Le maire circule librement et il s'en prend au monde meilleur, pensa Chess. *La juge, elle, n'est visible nulle part. C'est mauvais signe.*

– Ça doit être contre ça que nous mettait en garde la pièce de l'Autre-Natalie, dit-il en grimaçant. Contre les deux attaques. Ici et là-bas. Sauf que… on n'a pas aidé l'Autre-Natalie et sa mère. On s'est laissé distraire en jouant avec les pièces.

Le rouge lui monta aux joues. Le simple fait de repenser aux pièces apparues chez Mme Morales lui donnait le tournis. Comment aurait-il pu éprouver autre chose que de l'émerveillement et de la sidération devant les pièces qui descendaient vers eux, puis quand Natalie les avait déposées entre ses mains… Qu'aurait-il pu faire, à part regarder son amie en souriant ?

Il observa les pièces qu'il tenait encore dans sa main gauche. Il avait réussi à garder presque toutes celles destinées à Natalie, mais il avait perdu celles de Mme Morales.

– On a tous été stupéfaits par l'apparition des pièces, dit Kona. Ça n'a pas l'air d'être le meilleur moyen d'envoyer des messages.

– Hmm, répliqua Emma.

Elle glissa une main dans sa poche et en extirpa la pièce qu'elle avait rapportée du monde meilleur. Elle la donna à Chess.

– Attends une minute, enchaîna-t-elle, ou plutôt trente secondes. Ensuite, rends-la-moi.

Après quoi, elle s'engagea dans le passage secret où étaient entassées les grenades puantes.

Aussitôt, elle se mit à pleurer et à gémir.

C'était déchirant à entendre, comme si elle avait le cœur en miettes; comme si elle croyait que tous ceux qu'elle aimait étaient morts et que, pour le restant de ses jours, elle savait qu'elle ne connaîtrait plus jamais de moment heureux. Elle tapa des pieds et enfouit son visage entre ses mains.

C'en fut trop pour Chess.

– Non, Emma ! S'il te plaît, arrête ! la supplia-t-il. Sors de là ! Tout va bien se passer, je te le promets. Je…

Au désespoir, il rendit sa pièce à Emma, la lui fourrant dans la paume – bien qu'il n'ait pas vérifié si les trente secondes s'étaient écoulées.

Emma reprit tout de suite le dessus. Des larmes brillaient encore dans ses yeux, mais le désespoir qui l'avait submergée se dissipa. Les coins de sa bouche frémirent, comme si elle tentait de sourire à nouveau.

Finn étreignit avec force son frère et sa sœur, comme s'ils venaient d'échapper à une nouvelle attaque.

– Qu'est-ce que vous fabriquez ? se plaignit Rocky. On n'a pas le temps de jouer avec des grenades puantes, pas plus qu'avec les pièces ! Surtout quand ma famille est en danger.

Il regarda autour de lui, comme s'il s'attendait à ce que Kona ajoute : « Ou mon père. » Mais les yeux de Kona brillaient presque autant que ceux d'Emma.

– Elle est en train de comprendre comment fonctionnent les pièces, s'enthousiasma la jeune fille. Les pièces, les grenades puantes, les différents mondes et… et nous. Pas vrai, Emma ?

Emma gratifia Kona d'un immense sourire. Ce n'était pas tout à fait comme voir Natalie et l'Autre-Natalie avoir la même idée au même moment, ni comme voir maman et Mme Gustano ensemble. Pourtant, aucun doute : Emma et Kona étaient assurément sur la même longueur d'onde.

– Je ne sais pas ce qu'on peut faire avec les pièces. En tout cas, elles offrent une sorte d'immunité contre les grenades puantes, expliqua Emma. Une protection. Comme une carte « Vous êtes libéré de prison », au *Monopoly*.

Rocky plongea la main dans sa poche et en sortit sa pièce porte-bonheur qui disait : *S'IL TE PLAÎT, ÉCOUTE*. Il avait l'air de se demander s'il allait s'en séparer pour tester la théorie d'Emma, sans oser passer à l'acte.

– Je tiens cette pièce dans ma main, dit-il. Pourtant, je suis toujours aussi mal à cause de la puanteur. J'ai comme une voix dans la tête qui me répète : « Si ça se trouve, tu ne reverras plus jamais ta famille. Si ça se trouve, ils souffrent, et toi, tu ne peux rien y faire. »

– Exactement, approuva Emma. « Si ça se trouve », tu ne les reverras jamais. « Si ça se trouve », ils souffrent. Sans ta pièce, l'odeur te ferait penser : « Je suis sûr que je ne reverrai plus jamais ma famille. Je suis sûr qu'ils souffrent, et je ne peux rien y faire. Je me déteste. Je déteste tout. Il n'y a plus d'espoir. »

Rocky resserra sa prise sur sa pièce et la rangea dans sa poche, sans la lâcher.

– Vous avez remarqué que ceux qui ont échappé au maire avaient tous des pièces sur eux ? demanda Emma.

Chess jeta un coup d'œil à la ronde. Kona tapotait la pièce qu'elle avait dans la poche. Finn serrait si fort les doigts sur ses pièces que ses articulations blanchirent.

– Kafi est l'exception, signala Kona en vérifiant les mains et les vêtements de sa sœur. Ah non, attendez… Kafi, comment tu as fait pour en avoir une coincée dans ton chausson ?

Elle avait dézippé le chausson et en avait sorti une pièce. Immédiatement, la petite se mit à pleurer. Kona replaça la pièce où elle était.

– OK, Kafi, c'est bon ! Je te la laisse.

Elle remonta la fermeture Éclair du chausson. Kafi cessa de chouiner et se blottit contre sa grande sœur, le pouce dans la bouche.

– Moi, je crois qu'il faut qu'on mette le plus de distance possible entre nous et cette odeur, proposa Chess. Pour avoir les idées plus claires.

Il éloigna Finn et Emma du passage secret et Rocky referma aussitôt la porte… avant d'y mettre un grand coup de pied.

– Ça fait du bien, soupira-t-il.

Finn récupéra le levier. Les enfants avancèrent vers le salon.

– On retourne chez Mme Morales, on utilise les pièces comme des boucliers, on en distribue à maman, Natalie et tous les autres… C'est pas un super plan, ça ? s'exclama Finn qui dansait presque.

En retrouvant son entrain, il était presque redevenu lui-même.

Une fois de plus, Chess inspecta les pièces dans sa main. Maintenant qu'il s'était éloigné du passage secret, il ne craignait plus de desserrer le poing, de tenir les pièces avec moins de force. Il remarqua qu'au contact de Natalie, les codes qui y étaient gravés à l'origine s'étaient transformés en mots : *ENTENDS-NOUS*, *REMARQUE-NOUS*, *AIDE-NOUS*… Ce dernier message était répété deux fois.

Pourquoi n'avons-nous pas entendu la voix de l'Autre-Natalie lorsque le code s'est transformé ? s'interrogea Chess.

Il se souvint que, d'après sa mère, il fallait appuyer deux fois sur la pièce. Natalie n'avait pas dû le faire.

Ou la voix de l'Autre-Natalie avait délivré le message mais, dans le chaos ambiant, ni Chess ni Natalie ne l'avaient entendu.

Puis il réalisa autre chose. Il tenait quatre pièces. Apparemment, Finn en avait trois. Les autres n'en avaient qu'une chacun. Par conséquent, en les répartissant, il y en aurait cinq pour maman, Natalie, Joe et les trois Gustano restés là-bas.

Cinq pièces, six personnes, songea Chess.

Il avait beau s'être éloigné de l'horrible odeur, il ne se sentait pas joyeux pour autant. C'était peut-être lié à son tempérament : douter, s'inquiéter, se freiner dans ses projets…

– Prenez toutes mes pièces, déclara-t-il, la paume tendue. Je m'accrocherai à Emma et Finn. Peut-être que leurs pièces auront un effet sur moi aussi. Comme ça, on pourra donner mes quatre pièces et les deux que Finn a en plus à…

– Chess, ça ne me paraît pas très juste, objecta Emma. On ne veut pas prendre le risque de te perdre ! Réfléchissons. Il y a encore beaucoup de choses à comprendre…

– Oh, allez ! s'impatienta Rocky. On va discuter comme ça encore longtemps ? Il y a urgence !

Il regarda partout autour de lui, comme s'il avait retrouvé son assurance après s'être éloigné des grenades puantes.

Soudain, il enleva le levier des mains de Finn et le projeta contre le mur le plus proche.

Chapitre 25 : Finn

– Allez, Rocky, fonce ! Vas-y de toutes tes forces ! s'exclama Finn.

Rocky se faisait du souci pour sa mère, son frère et sa sœur. Finn, lui, s'inquiétait pour maman, Natalie, Mme Morales et Joe. Ils pouvaient former une équipe soudée. Finn courut se poster aux côtés de Rocky, prêt à actionner le levier sitôt que celui-ci serait opérationnel.

Mais il y avait un problème. Le levier ne s'enfonça pas dans le mur. Il glissa sur le côté, laissant un trou dans la peinture couleur crème.

– C'est pas grave, relativisa Finn.

Il mit les pièces dans sa poche pour pouvoir tapoter le dos de Rocky.

– Je sais ce qui s'est passé, poursuivit-il. Quelqu'un doit avoir déjà utilisé cet endroit. Il y a des règles pour les leviers : on ne peut pas s'en servir deux fois au même endroit. Essayons ailleurs.

Il prit le levier des mains de Rocky.

– Finn, Rocky… Attendez ! s'écria Emma.

Peut-être que Chess et Kona avaient dit la même chose. Les voix se mêlèrent. Finn entendit : « … plan logique… élaborer une stratégie… avant de faire quoi que ce soit d'autre. » Après avoir regardé Rocky dans les yeux, il se retourna vers les autres.

– On ne peut pas attendre ! s'égosilla-t-il tout en projetant le levier plus bas sur le mur. Vous, vous vous occupez du plan. Rocky et moi, on prépare le levier !

Mais une fois de plus, l'objet ne fit que rebondir contre le mur.

– Ben alors ? gémit Finn.

– Finn, ce n'est vraiment pas une bonne idée de… commença Chess.

Le petit garçon ne l'écouta pas. Il abattit l'extrémité du levier sur le sol, comme il aurait enfoncé un clou avec un marteau.

Là encore, rien.

Les autres se taisaient.

À partir de là, Finn perdit son sang-froid. Il se mit à frapper avec le levier, encore et encore, chaque mur, chaque lame de parquet, l'escalier et même la table basse. Personne ne l'en empêcha, même s'il se comportait comme un fou. Il renversa des lampes et des vases, décrocha des tableaux et des photos encadrées sur les murs.

Il aurait tout aussi bien pu avoir une batte en plastique, ça n'aurait rien changé.

Aucun des endroits qu'il avait frappés ne s'ouvrit sur un tunnel, un toboggan ou un espace qui tournoyait. Le levier refusait de créer un passage entre les deux mondes. Comme s'il n'était devenu qu'un bout de métal ordinaire.

Finn jeta le levier à travers le salon. L'objet atterrit sur l'une des rares lampes que le garçon n'avait pas déjà fait tomber. Le luminaire se fracassa au sol.

Hélas, là non plus, le levier ne fonctionna pas. Il glissa sur le parquet abîmé.

– Pourquoi est-ce que ça ne marche plus ? se lamenta Finn.

Il se laissa tomber à terre, comme s'il avait des os en caoutchouc. Il semblait dans le même état qu'Emma lorsqu'elle s'était placée au milieu des grenades puantes et que le désespoir l'avait complètement submergée.

Sauf que son désespoir à lui était réel. Il n'était pas provoqué artificiellement par une odeur.

– Comment on va faire pour sauver les autres, maintenant ? geignit Finn. Et nous, comment on va se sortir de là ?

Chess et Emma s'accroupirent à ses côtés et lui tapotèrent le dos pour le réconforter. Puis Rocky, Kona et Kafi se joignirent à eux. Kona caressa les cheveux de Finn. Kafi lui déposa un petit filet de bave sur la joue.

Mais personne ne répondit à ses questions.

Personne ne veut le dire tout haut, pensa Finn. *Personne ne veut l'admettre…*

Impossible de sauver qui que ce soit, désormais. Ni maman. Ni Natalie. Ni sa mère. Ni le papa de Kona, ni la maman de Rocky, ni le frère, ni la sœur de ce dernier.

Maman et les autres étaient bloqués chez Mme Morales, attaqués par des gens effrayants venus d'un monde terrifiant.

Et Finn, Chess, Emma, Rocky, Kona et Kafi, eux, étaient bloqués dans ce monde terrifiant.

Chapitre 26 : Emma

– Psst, chuchota Kona.

Emma leva les yeux. Pendant qu'elle tapotait distraitement l'épaule de Finn, une question tournait en boucle dans sa tête : *Comment est-il possible que tous les endroits que Finn a testés aient déjà été utilisés ou soient trop proches d'un ancien passage ?*

– J'ai une idée ! souffla Kona près d'elle. Mais je pense que je devrais te la soumettre avant d'en parler aux autres, parce que…

Elle fit une grimace qu'Emma n'eut aucun mal à interpréter.

… parce que ce n'est pas la peine de tous les décevoir si jamais ça ne fonctionne pas.

– OK, approuva-t-elle.

Kona désigna un endroit au milieu du salon et fit signe à Emma de la suivre.

– On n'en a pas pour longtemps, dit-elle aux garçons.

Complètement abattus, Rocky, Finn et Chess ne parurent même pas l'entendre.

Malgré tout, ça faisait du bien de bouger. Ça faisait du bien de se dire que Kona avait peut-être une piste.

Kona prit Kafi dans ses bras et guida Emma au centre du salon.

– Si le levier ne fonctionne pas deux fois au même endroit, il faut qu'on fasse des essais plus farfelus, proposa-t-elle.

Malgré la gravité de la situation, Emma sentit un sourire pointer sur ses lèvres.

– Tu as exactement le même raisonnement que moi ! s'exclama-t-elle.

Puis son sourire s'effaça.

– Du moins, on pense toutes les deux au même problème, nuança-t-elle.

– Je crois avoir trouvé une solution, la rassura Kona.

Elle pointa un index en l'air.

Le salon présentait une belle hauteur sous plafond. Emma pensa que Natalie et sa mère agent immobilier auraient probablement appelé cette pièce un « salon cathédrale ». Elle émit un hoquet de stupeur lorsqu'elle comprit où Kona voulait en venir.

– Tu crois qu'on devrait tester le levier sur le plafond ! Car il y a peu de chances que quelqu'un y ait pensé avant nous !

– Ouaip, confirma Kona.

Emma récupéra le levier, qui avait fini par atterrir sous une table basse.

– C’est drôlement haut, fit-elle remarquer en renversant la tête en arrière. Si ça marche, comment on va faire pour grimper, actionner le levier et ouvrir un tunnel ? À moins que ça soit un peu comme créer une cheminée ?

– On pourrait peut-être y accéder par une sorte de tyrolienne, en partant de l’étage, supposa Kona. Sinon, il faut trouver une échelle. Et avoir des cordes avec nous, au cas où on devrait descendre dans l’autre monde. L’effet de surprise jouerait en notre faveur, pas vrai ? On peaufinera les détails une fois que le levier sera accroché là-haut. Une fois qu’on aura… repris espoir.

Tout ça avait l’air fou. À l’exception de la partie sur l’espoir.

– J’aime bien ta logique, approuva Emma.

– Attends d’avoir vu mon lancer, répliqua Kona en faisant gonfler son biceps. Tiens, on échange.

Elle prit le levier des mains d’Emma et lui confia sa petite sœur.

– Yancer, gazouilla Kafi d’un ton solennel.

Elle posa ses petites mains potelées sur les joues d’Emma et planta son regard dans le sien.

– Koya yancer.

– Oui, ma Kafi ! Tu m’encourages, hein ? dit Kona. Comme pendant les matchs de base-ball !

Elle empoigna fermement le levier, le leva et l’abaissa à plusieurs reprises. Puis, de toutes ses forces, elle le projeta vers le plafond au-dessus d’elle.

Emma comprit pourquoi Kona avait vanté son lancer : son tir était parfait. Le levier tournoya en décrivant une trajectoire impeccable. Il heurta le plafond avec un bruit sourd... avant de retomber.

Les filles s'écartèrent d'un bond pour éviter d'être blessées. D'une main, Emma protégea la petite tête de Kafi.

– Oh, soupira Kona en regardant le levier par terre, l'air déçu. J'aurais juré... Bon, je vais faire une nouvelle tentative. Peut-être que l'angle n'était pas tout à fait correct.

– Non, c'était super, insista Emma.

Elle serra un peu plus Kafi contre elle et enfouit son visage dans les cheveux bouclés du bébé.

Kona déglutit.

– Tu crois qu'on a juste la preuve que le levier est hors d'usage ? s'enquit-elle. Moi qui croyais démontrer le contraire... Je pensais que ça marcherait. Sinon, je n'aurais pas essayé !

– Je sais bien, la rassura Emma.

Elle avait envie de donner un coup de pied dans le levier, comme Rocky en avait donné un dans la porte du passage secret.

Je l'aimais tellement, ce levier ! songea-t-elle.

Elle se souvint de son émerveillement à chaque fois qu'il avait fonctionné. De la joie mêlée d'excitation qu'elle avait ressentie quand ses frères, Natalie et elle avaient découvert le code gravé dessus. Un code qui les avait aidés à décrypter juste à temps un message secret de leur mère. On voyait encore un peu les mots *UTILISE-MOI À UN ENDROIT COMMUN (AUX 2 MONDES)*, inscrits sur le côté.

Emma poussa un petit cri de surprise.

– Oh, non ! gémit-elle. Et si le problème ne venait pas du levier, mais… de la maison ?

– De la maison ? répéta Kona en regardant autour d'elle, perplexe. Tu veux dire à cause des fenêtres cassées ?

– Ce levier ne fonctionne qu'à un endroit qui existe dans les deux mondes, expliqua Emma.

– Oui, mon père me l'a dit, rétorqua Kona comme si elle était agacée qu'on lui répète quelque chose qu'elle savait déjà. Oooooh. Tu crois que…

– … qu'il aurait pu arriver quelque chose dans la maison de Mme Morales après notre départ… compléta Emma d'un ton lugubre. Quelque chose qui l'aurait rendue trop différente de cette maison-ci.

Et si le maire l'avait incendiée, par exemple ? se demanda-t-elle. *Et si la maison avait explosé ? Et si… ?*

Envisager toutes les catastrophes possibles était un crève-cœur. Surtout quand Emma pensa à sa mère la dernière fois qu'elle l'avait vue, effondrée sur le sol de cette maison, incapable de remuer.

Sa mère… et Natalie… et Joe… et les autres Gustano. Sans oublier Mme Morales.

– Il ne faut pas penser comme ça, trancha Kona, comme si elle lisait dans l'esprit d'Emma.

Sans doute parce qu'elles avaient la même logique. Kona se baissa pour ramasser le levier.

– Moi, ce que j'en conclus, c'est qu'on va devoir trouver un autre endroit pour le faire fonctionner.

– Bonne idée, approuva Emma. Je suis sûre qu'on a…

… encore le temps ? Qu'on n'arrivera pas trop tard ? Qu'on va trouver un endroit où créer un passage ?

Elle n'allait pas dire à Kona qu'elle était terrifiée à la perspective de s'aventurer à l'extérieur, dans ce monde horrible.

Mais Kona non plus n'était pas dans son état normal. Les épaules voûtées, elle restait plantée là, pétrifiée, penchée sur le levier.

– Kona ? l'appela Emma.

– Le levier, souffla Kona. Il est cassé. Pour de bon. C'est ma faute.

– Tu veux parler du bord irrégulier sur le côté ? demanda Emma. Il a cet aspect chaque fois qu'on l'arrache d'un mur. Même si le dernier endroit où on l'a enfoncé, c'était dans le sol…

– Non, regarde, l'interrompit Kona en donnant le levier à Emma.

À présent, c'étaient tous les bords qui étaient irréguliers. L'extérieur de l'objet n'était peut-être pas en métal, finalement, mais en pierre, en terre cuite ou une matière qui pouvait se fendre ou s'abîmer. Emma se retrouva avec des petits morceaux de levier effrité dans la main.

J'aurais dû dire à Kona qu'il valait mieux ne pas le lancer comme ça. On aurait dû faire plus attention…

Soudain, Emma comprit ce qui se désagrégeait.

– Ce n'est que la peinture ! s'exclama-t-elle, soulagée. Une couche de peinture très épaisse, comme du vernis !

Elle se mit à gratter les copeaux.

De petites entailles apparurent sur la surface, en dessous. Des entailles qui lui rappelaient beaucoup les gravures sur la pièce glissée dans sa poche.

– Encore un code ? s'étonna-t-elle avant d'examiner l'objet de plus près. Non ! Encore des pièces !

Chapitre 27 : Chess

– Chess ! Finn ! Rocky ! appela Emma. Le levier est entièrement composé de pièces ! Je parie qu'on peut transformer les nôtres en levier, si celui-ci est réellement hors d'usage. On va s'en sortir, finalement !

Un peu groggy et les yeux papillotants, Chess regarda Emma et Kona s'élancer vers eux. Emma parlait avec un débit de mitraillette – le signe que son cerveau devait tourner à plein régime. À la vitesse de la lumière, peut-être.

Finn se leva d'un bond pour enlacer Emma et Kafi.

– Je savais que tu trouverais une solution ! cria-t-il à sa sœur alors qu'une seconde plus tôt, il était plongé dans la détresse, allongé sur le dos.

– On aurait dû compter sur toi, Emma, au lieu de rester là à se lamenter, dit Chess, retrouvant le moral lui aussi.

– Sur moi et sur Kona, rectifia Emma avec une modestie inhabituelle. C'est grâce à elle qu'on a fait cette découverte. Regardez !

Elle brandit le levier, dont une partie de la couche extérieure avait été grattée. En dessous, des pièces étaient compressées. Collées, peut-être ? Fusionnées ?

De l'avis de Chess, la théorie d'Emma n'était pas sans faille. À eux tous, ils ne disposaient que de dix pièces (onze en comptant celle qui se trouvait dans le chausson de Kafi), alors que le levier, s'il était entièrement constitué de pièces, devait en compter beaucoup plus. Onze pièces suffiraient-elles ? Sinon, où en trouver d'autres ? Et comment étaient-ils censés les assembler ?

C'était pourtant grâce aux idées et hypothèses d'Emma qu'ils avaient réussi à surmonter bien des problèmes lors de leur dernière incursion dans ce monde. Il était peut-être temps que Chess cesse de s'inquiéter et retrouve un peu d'aplomb : comme les fois précédentes, ils trouveraient une solution ensemble.

– On a préféré ne pas retirer une trop grande partie de la couche protectrice, car ce levier pourrait nous être utile quand même, expliqua Kona. Mais regardez : sur toutes les pièces utilisées, le code a été décrypté. Sur celles que j'arrive à voir, il est écrit : *TROUVE-NOUS*, *ENTENDS-NOUS*, *REMARQUE-NOUS*, *AIDE-NOUS*...

– Comme sur celles que Natalie a touchées, répliqua Chess en montrant sa poignée de pièces.

Finn posa les siennes par terre et se mit à appuyer dessus, l'une après l'autre.

– Moi, quand je les touche, ça fait rien du tout ! se plaignit-il.

– Parce que ces pièces ne te sont pas destinées, répondit Emma. Elles sont pour Natalie et Mme Morales. C'est comme si tu avais reçu les textos de quelqu'un d'autre et qu'ils étaient codés pour que tu ne puisses pas les lire.

– Mais je peux quand même deviner, insista Finn.

Il brandit l'une des pièces.

– Vu la disposition des symboles sur celle-ci, on peut se dire que c'est une *REMARQUE-NOUS*.

– Ça alors, Finn ! Tu as été plus rapide que moi pour déchiffrer un code ! le félicita Emma.

– Mais si ces messages sont pour d'autres personnes, et que ce sont des mots choisis au hasard, peu importe ce que ça dit exactement, non ? demanda Rocky.

Chess attendit qu'Emma explose : *Mais bien sûr que c'est important ! C'est du langage CODÉ ! Il faut toujours décrypter les codes sur lesquels on tombe !*

Pile à ce moment-là, Kafi fonça sur les pièces que Finn avait alignées sur le sol et en récupéra deux, qu'elle mit aussitôt dans sa bouche.

– Kafi, non ! s'écria Kona en les lui arrachant.

Kafi se mit à hurler.

– Elle a toujours sa pièce, non ? s'enquit Emma. Donc ce ne sont pas les grenades puantes qui la rendent triste ?

– C'est un bébé, dit Kona. Les bébés, ça pleure souvent. En plus… elle doit avoir faim.

– Moi aussi, j'ai faim, alors je la comprends, intervint Finn en tapotant le dos de la petite avec autant de compassion que le faisait Kona.

Chess se leva.

– Ça, c'est un problème facile à régler, affirma-t-il. La cuisine est juste là. Je vais voir ce qu'il y a en stock.

Il essaya d'oublier la peur qu'il avait éprouvée lors de sa dernière visite dans cette maison, à chaque fois qu'il avait osé s'aventurer hors de sa cachette. Cela faisait sûrement une demi-heure que les autres et lui avaient atterri dans ce salon, et plus personne ne pensait à rester discret. Kafi braillait à plein gosier. S'il y avait des gens dans la maison, ceux-ci n'auraient eu aucun mal à se rendre compte de leur présence.

Heureusement, le maire est dans l'autre monde, à causer des problèmes là-bas et pas ici, songea Chess sans être rassuré pour autant.

Évidemment, il était toujours possible que le maire revienne.

Conscient de cette possibilité, Chess hésita lorsqu'il se retrouva à découvert. Au détour d'un angle du mur, il remarqua que la porte du bureau de la juge, ouverte, pendait à moitié sur ses gonds. Dans le hall d'entrée, le lustre était de travers. Que s'était-il passé exactement, ici ? Pourquoi cette maison avait-elle été attaquée ?

Personne ne surgit d'un recoin sombre ni ne cria : « Qui est là ? Que faites-vous ici ? »

Chess plaqua son dos contre le dernier mur avant le hall d'entrée et tendit l'oreille. Il entendait toujours faiblement les voix des autres enfants dans le salon, ainsi que les reniflements de Kafi qui, fatiguée, avait cessé de sangloter. Mais aucun bruit ne provenait de la cuisine.

Il risqua un bref coup d'œilà l'intérieur avant que son courage le déserte.

Une lumière scintillante apparut devant lui.

Non, non ! Fais demi-tour ! hurla-t-il dans sa tête.

«… constatez la gravité des dégâts », dit quelqu'un d'une voix forte.

Les genoux de Chess faiblirent lorsqu'il comprit ce qui s'était passé : l'écran de la grande télévision posée sur le plan de travail, en face de lui, venait de s'allumer.

Le volume avait dû être réglé au maximum. Quand un gros *boum !* résonna dans les enceintes, Chess sentit les vibrations jusque dans ses os.

– Qu'est-ce qui se passe, par ici ? lança Finn d'une voix inquiète, depuis le salon.

– C'est juste la télé ! le rassura Chess. Elle doit être programmée pour s'allumer à certaines heures… Ou alors, elle a un détecteur de mouvements intégré.

Pour quelle raison aurait-on voulu que la télévision s'allume dès qu'on entrait dans la cuisine ? Surtout pour montrer un programme aussi perturbant qu'un film de guerre !

Sur l'écran, des gens couraient et tombaient en hurlant. Certains saignaient et il y en avait même qui mouraient.

Devant tant de violence, Chess préféra l'éteindre. Et si Kafi l'avait suivi dans la cuisine et avait vu ça ? Ou Finn ?

Étonnamment, Chess ne trouva pas le bouton. Il réalisa que, malgré son bras tendu, il était encore trop loin de l'écran pour le toucher. Il s'était contenté d'avancer sa main et de retourner sa paume vers le bas.

Puis de desserrer le poing.

Les pièces qu'il tenait tombèrent par terre.

– C'est un film de super-héros ! lança-t-il aux autres sans faire plus attention aux pièces.

Les films de ce genre comportaient toujours des scènes de foule apeurée qui fuyait en criant. C'était là que le super-héros intervenait et sauvait tout le monde.

Chess aurait bien aimé voir apparaître un super-héros maintenant.

– Ça ne vous plaît pas, à vous ? Moi, j'adore. Vous devriez venir jeter un coup d'œil…

Quelque part, ça lui paraissait important que les autres sachent qu'il aimait ça.

La scène de la foule en détresse sembla se prolonger indéfiniment. Bizarrement, elle lui était familière. Chess avait-il déjà vu ce film ? Entre les tourbillons de fumée et les gens qui couraient, il aperçut des haies touffues ainsi que de hautes palissades en bois, peintes de plusieurs couleurs délavées. Ce décor lui rappelait vraiment quelque chose.

Chess connaissait cette rue, ces haies et ces palissades. Il connaissait la maison qui se trouvait derrière, dont on distinguait à peine la silhouette au milieu de toute cette fumée, de ce chaos.

C'était la maison dans laquelle il avait vécu les quatre premières années de sa vie. C'était la version dans ce monde-ci de la maison qui avait été la sienne ces huit dernières années, alors qu'il ignorait tout de l'existence du monde mauvais.

C'était chez lui, même encore maintenant.

Car il venait bien de ce monde-ci.

Il entendit vaguement des pas traînants derrière lui. Il entendit vaguement les pièces de métal tomber par terre.

– C'est pas un film, constata Finn d'une voix rêveuse, lointaine. C'est la réalité. C'est ce qui se passe en ce moment.

– Il *faut* qu'on regarde…

– Il *faut* qu'on voie…

– Il *faut* qu'on sache…

Chess n'aurait pas su distinguer qui disait quoi. Mais peu importait : il était d'accord.

– Oui, affirma-t-il d'une voix aussi désincarnée que celle de Finn. Il le faut.

Chapitre 28 : Finn

Finn était rassuré d'être en sécurité.

Il savait qu'il l'était, car la télévision répétait en boucle que les dirigeants de cette ville, de cet État et de ce pays s'efforçaient de veiller sur lui.

Il n'arrivait pas à détacher son regard de l'écran, car on lui disait sans cesse qu'il aurait été en grand danger si les dirigeants ne l'avaient pas protégé.

« Nos dirigeants ont découvert juste à temps qu'il existait un autre monde extrêmement dangereux, affirmait la voix grave et autoritaire du présentateur du journal sur des images montrant des explosions. Des individus barbares en provenance de l'autre monde ont envahi notre monde paisible ce matin. Bien entendu, nos dirigeants sont en train de remporter la bataille, grâce à leur sagesse, leur force et leur puissance. Cependant, pour la sécurité de tous, un couvre-feu total a été décrété. Restez où vous êtes et à l'écoute afin de garantir la protection de vos proches. Tout individu qui osera troubler la paix de notre monde sera arrêté. Nos dirigeants reprendront le contrôle de la situation très rapidement. »

C'est un vrai champ de bataille, dehors, pensa Finn. *L'autre monde… celui qu'on a quitté… c'est vraiment un endroit affreux. Et ils essaient de rendre ce monde-ci aussi horrible! Une chance que je sois là, chez le maire Mayhew, et pas ailleurs.*

Sur l'écran de télévision, un éclair lumineux éblouit Finn. Cinq ou six personnes s'effondrèrent.

Bien fait pour eux, songea Finn. *Ils auraient dû écouter leurs dirigeants et rester chez eux.*

Tout comme Chess, Emma, Kona et Rocky, il se rapprocha de l'appareil. Sans vraiment réfléchir, il glissa son bras dans le creux du coude de Chess, à sa droite, et fit de même avec Emma à sa gauche.

Il avait déjà tout ce dont il avait besoin, quel que soit le monde. Juste ici.

Quelque chose dans son cerveau tenta de protester faiblement : *Mais tu oublies…*

Finn le fit taire. Il se concentra davantage sur la télé.

Entre deux déflagrations, il crut vaguement entendre des babillements. Peut-être un gloussement, aussi. Mais il n'osait pas détacher son regard de l'écran pour en savoir plus.

Soudain, la télévision s'éteignit. Le présentateur fut interrompu au beau milieu d'une phrase, alors qu'il disait :

« L'autre monde doit être… »

– Kafi ! hurla Kona.

Chapitre 29 : Emma

À la seconde où la télévision s'éteignit, Emma sortit de sa torpeur.

Les yeux papillotants, elle reconnut la cuisine des Morales-Mayhew et reprit le fil de ses pensées. Puis ses objectifs lui revinrent en tête : *Sauver maman et les autres. Trouver comment fonctionnent les pièces. Faire en sorte que le maire Mayhew et les autres méchants de ce monde-ci ne fassent plus jamais de mal à personne.*

Elle comprit alors pourquoi l'écran était devenu noir : Kafi l'avait débranché.

La petite était assise par terre, près de la prise électrique. Dans une main, elle tenait le câble de la télévision. Dans l'autre, elle avait des pièces que les autres enfants avaient lâchées.

Et elle s'apprêtait à mettre le câble et les pièces dans sa bouche.

– Kafi, non ! piailla Kona en s'élançant vers sa sœur.

Étant un peu plus près, Emma courut aussi, de même que Chess, Finn et Rocky. Comme si les cinq enfants voulaient sauver le bébé. Mais Kona fut la plus rapide.

– Recrache ! aboya-t-elle en ôtant une pièce de la bouche de Kafi et deux autres que le bébé avait dans la main. Tu vas t'étouffer !

Emma enleva le câble de l'autre main de la petite et le projeta plus loin.

Kafi se mit à hurler.

– Tiens, tu n'as qu'à manger ça à la place, proposa Finn en sortant une boîte de boudoirs d'un placard.

Il en fourra un dans la main de Kafi.

Chess et Rocky ramassèrent les autres pièces.

Kona serra sa sœur contre elle et la fit rebondir dans ses bras. Les sanglots de Kafi s'apaisèrent et elle se mit à sucer le biscuit.

– Il ne faut pas que je te quitte des yeux, ma parole ! grommela Kona, le nez enfoui dans les bouclettes de sa cadette. Le pire, c'est que je n'avais même pas envie de regarder cette télé ! C'est juste que... je ne pouvais pas m'en empêcher.

Maintenant que Kafi ne risque plus rien, faut-il rebrancher la télé ? s'interrogea Emma, la main tendue vers le câble.

D'où lui venait cette idée ?

– Tiens. Celle-ci, tu l'avais sur toi, dit Chess en glissant une pièce dans la main d'Emma. Prends-en une en plus.

En observant les deux pièces, Emma eut enfin l'impression d'être redevenue elle-même.

– Mais… Mais… Comment j'ai pu la lâcher ? demanda-t-elle, incrédule. Comment j'ai fait pour la prendre dans ma poche, la jeter par terre et… ?

– C'est la télé qui t'y a obligée, répondit Rocky.

On aurait dit qu'il avait envie de frapper quelqu'un – ou quelque chose. La télévision, par exemple.

– Elle a pris le contrôle sur nous, exactement comme les grenades puantes, ajouta-t-il.

– En pire ! renchérit Finn.

Il se laissa aller contre Rocky comme il le faisait souvent avec Chess.

Il a encore peur, pensa Emma.

C'était son cas également.

Elle regarda de nouveau l'écran. Elle pouvait résister à l'envie de le rebrancher, mais pourquoi l'attirait-il encore ? Les fiches argentées du câble luisaient, séduisantes, dans la lumière du soleil qui entrait à flots dans la cuisine.

Une minute, pensa Emma. *Le soleil ?*

Elle courut jusqu'à la fenêtre et se pencha sur le plan de travail pour observer le ciel.

– Tout ça, ce sont des mensonges ! proclama-t-elle. Il n'y a pas de guerre, dehors ! Du moins, pas sur les sites que la télé a montrés ! On nous a fait croire que ça se passait ici, dans notre quartier… la mauvaise version de notre quartier, je veux dire. S'il y avait tant de fumée et d'émeutes que ça, on le verrait forcément, d'ici !

Les autres se rassemblèrent autour d'elle. Le jardin descendait en pente douce vers un petit bosquet. Le long d'un mur de pierres, des tours de garde se dressaient à intervalles réguliers, nichées entre les arbres.

Au-dessus de leur cime, des nuages cotonneux parsemaient le ciel d'un bleu cristallin. En fait, ils n'avaient jamais vu un ciel aussi dégagé dans ce monde-ci.

Il n'y avait pas de fumée. Absolument aucune.

– La télé nous a roulés ! s'offusqua Finn.

– Pourtant, on l'a crue, rétorqua Rocky.

– Et on ne pouvait pas s'empêcher de la regarder, compléta Chess. Tiens.

Emma vit qu'il avait trouvé dans l'un des tiroirs de la cuisine un rouleau de ruban adhésif. Il s'en était servi pour fixer deux pièces sur son poignet. Il proposa à sa sœur de faire la même chose.

– Excellente idée, Chess ! s'exclama Emma, admirative.

Elle tendit le bras.

– C'est la première étape vers un tout nouveau levier, plaisanta Kona.

Kafi tapa dans ses mains collantes de sucre, comme si elle approuvait. Kona se mordit la lèvre.

– Attendez une minute… Et si c'était comme ça que les gens avaient eu l'idée de construire des leviers ? Alors qu'ils essayaient de lutter contre le pouvoir des grenades puantes ou de la télé ?

– Les pièces marchaient carrément mieux contre les grenades puantes que contre la télé, fit remarquer Rocky.

Fronçant les sourcils, il prit un boudoir pour lui.

– En plus, le levier ne nous a servi à rien, déplora-t-il.

– Oh, non ! Le levier ! s'écria Emma en réalisant que, distraits par la télévision, ils l'avaient laissé dans le salon.

Elle arracha son poignet des mains de Chess alors que celui-ci avait à peine terminé de scotcher une des pièces. Elle fonça dans le salon, ramassa le levier puis s'empressa de rejoindre les autres.

Dans sa hâte, elle contourna trop vite un angle et percuta la porte du bureau de la juge Morales. Même si le battant ne tenait plus qu'à moitié sur ses gonds, il claqua contre le mur.

Soudain, la voix du présentateur du journal télé résonna dans le bureau :

« Ne manquez pas nos directs sur l'actualité afin de voir les actions de nos dirigeants pour nous protéger des attaques monstrueuses de l'autre monde… »

– Hé, il y a une autre télé dans le bureau ! lança Emma. Elle doit avoir un détecteur de mouvements, elle aussi… On ferait mieux d'écouter, quand même !

Elle essaya d'arracher le ruban adhésif qui maintenait sa pièce en place sur son poignet. Le levier lui tomba des mains. Toutefois, elle gardait suffisamment de contrôle pour entendre crier depuis la cuisine :

– Emma, non !

– Ne t'approche pas !

– N'entre pas dans ce bureau !

C'étaient Chess, Kona et Rocky.

Elle entendit également Finn brailler :

– Emma ! On va venir te sauver !

Il le ferait, pensa-t-elle tandis que le présentateur télé, dans le bureau, continuait à l'attirer.

« Le danger n'est pas écarté. Nous répétons : le danger n'est pas écarté. Vous ne pouvez faire confiance à personne. Ne comptez que sur vous-mêmes et sur nos dirigeants pour surveiller vos arrières… »

Non, songea Emma, luttant contre l'attrait que la télévision exerçait sur son cerveau. *Je peux faire confiance à Finn. Et à Chess, Kona et Rocky. Et même à Kafi. Ils essaieraient de me sauver, mais dans ce cas, eux aussi se retrouveraient pris au piège. Je dois me sauver moi-même.*

Elle remarqua que, par automatisme, elle cherchait toujours à arracher le ruban adhésif de son poignet.

Non. Ce n'est pas moi que je dois sauver. Je dois m'éloigner de cet écran pour protéger les autres.

Ses doigts s'immobilisèrent. Puis elle serra son poignet… pour maintenir les pièces en place.

Avec peine, geignant sous l'effort, elle se détourna du bureau et de la télé bruyante pour reculer lentement vers la cuisine.

Je ne le fais pas uniquement pour moi, s'encouragea-t-elle à chaque pas. *Je le fais aussi pour Finn. Pour Chess. Pour Kona. Pour Kafi. Pour Rocky…*

Enfin, transpirant abondamment, les muscles douloureux, elle contourna l'angle du mur de la cuisine et vit les autres. Bizarre : on aurait dit qu'eux aussi scotchaient les pièces sur leurs poignets.

La partie de son cerveau qui entendait toujours la télévision de loin lui soufflait : *Tu vois, ils n'allaient pas te sauver ! Ils étaient en train de comploter pour t'abandonner.*

Mais Emma connaissait la vérité : les autres seraient toujours là pour l'aider.

Elle était également sûre d'une chose :

– Il faut qu'on sorte de cette maison, déclara-t-elle. Tout de suite.

Chapitre 30 : Chess

Cinq minutes, calcula Chess.

Emma s'était éloignée cinq minutes tout au plus. Avec ses cheveux trempés de sueur, son bleu sur la joue et le levier brandi devant elle comme une épée, elle semblait de retour d'une bataille.

Oui, parce que nous sommes en guerre, pensa Chess. *Nous avons toujours été en guerre, sans même le savoir.*

Finn se détacha du reste du groupe et étreignit sa sœur.

– On allait venir te sauver, mais ce n'est plus la peine ! se réjouit-il. Tu t'en es sortie sans nous ! Tu as trouvé comment résister à la télé !

– Il s'en est fallu de peu, avoua Emma. Je ne suis pas sûre que ça marchera la prochaine fois. C'est pour ça qu'on doit partir ! Je parie que la juge, le maire et l'Autre-Natalie doivent avoir une dizaine de télés, dans cette maison. Et elles doivent toutes être piégées !

– Et s'il y en avait d'autres dehors ? demanda Rocky d'une voix tremblante. Et s'il y avait réellement des combats qu'on ne voit pas ? Il pourrait y avoir des gardiens et des policiers corrompus comme ceux qu'on a vus, mon frère, ma sœur et moi, après notre enlèvement. Avant que vous veniez nous sauver, vous, les Greystone…

Il parle comme ces présentateurs de journal télé qui nous conseillent d'avoir peur et de ne pas bouger, songea Chess.

– On doit sortir de cette maison, si on veut espérer faire fonctionner le levier, décréta Kona.

À l'entendre, on dirait que les pièces font leur effet, se dit Chess, rassuré. *Elles nous donnent de l'espoir. Et du courage.*

– Viens, dit-il à Rocky en posant une main sur son dos. On sera tous ensemble. Ça va aller.

– On n'ira pas trop vite, et puis on sera prudents, ajouta Finn.

Si la situation n'avait pas été aussi grave, Chess aurait éclaté de rire. Prendre son temps ? Faire attention ? Voilà qui ne ressemblait pas du tout à Finn ! Lors de leurs précédentes visites dans ce monde effrayant, Finn avait toujours été le premier à partir en exploration, sans mesurer les risques. Ou comptant simplement sur les autres pour lui venir en aide si besoin.

Décidément, Finn a bien grandi, pensa Chess.

– Vous voulez qu'on prenne de quoi manger pour la route ? proposa Kona.

Aussitôt, les enfants s'empressèrent de récupérer tout ce qui pouvait s'avérer utile. Emma trouva un sac avec des anses qui lui permettrait de transporter plus facilement le levier. Finn y jeta quelques barres chocolatées.

Chess y fourra le rouleau d'adhésif, Rocky ajouta des barres de céréales et Kona déposa sur le tout une pile de torchons en marmonnant :

– Ça pourra servir de couches pour Kafi, faute de mieux.

– On va vraiment le faire ? demanda Rocky, hésitant à côté de la longue fenêtre au bout de la cuisine, qui était déjà cassée. On va risquer le tout pour le tout…

– Rester à l'intérieur, ça serait risqué aussi, l'interrompit Chess d'une voix douce.

On risquerait d'être bloqués devant une autre télé, pensa-t-il. *On risquerait de ne plus jamais pouvoir rentrer sauver nos mères, Natalie et les autres. On risquerait de voir le maire Mayhew conquérir le monde meilleur, en plus de celui-ci. On risquerait de ne rien faire du tout, hormis attendre et s'inquiéter…*

– Allez, dit-il. Je passe le premier.

Il enjamba le cadre de la fenêtre, prenant soin d'éviter les derniers morceaux de verre encore accrochés aux bords.

Il ne se passa rien. Aucune alarme ne sonna ; aucun système de sécurité ne se déclencha. Chess regarda en direction des tours de garde, au pied de la butte. Il ne remarqua ni bruit ni mouvement. Apparemment, elles étaient désertes.

– Tu vois ? dit-il à Rocky. Pas de problème. C'est facile.

En réalité, ça ne l'était pas. Son cœur battait trop vite. Il était encore angoissé par ce qui était arrivé à Emma quelques minutes auparavant. Et par toutes ses découvertes depuis qu'il avait appris l'existence d'un monde parallèle. Malgré tout, il était encore capable d'avancer. De donner la main aux autres enfants pour les aider à sortir eux aussi par la fenêtre.

Ils se retrouvèrent tous dehors, le dos plaqué au mur. Sans l'odeur des grenades puantes, ils respiraient beaucoup mieux.

– Je propose qu'on coure jusqu'aux arbres au fond du jardin, chuchota Emma, comme si une simple bouffée d'air frais lui avait suffi pour échafauder un plan. Ensuite, on escalade le mur et on avance discrètement jusqu'à la première maison dont on sait qu'elle existe aussi dans l'autre monde…

– … comme ça on pourra se servir du levier, finit Kona pour elle. Ou en utiliser un qu'on aura fabriqué nous-mêmes, avec nos pièces.

Ce plan est bourré de failles, pensa Chess. *Il y a tant de choses qu'on ignore sur les leviers et les pièces ! Du coup, rien ne garantit que ça va marcher.*

Sans compter que la distance à parcourir à découvert était aussi longue qu'un terrain de football. Peut-être deux. Voire trois.

Plus les enfants s'attardaient, les yeux rivés sur le gazon, plus le jardin semblait s'agrandir.

– Hmm… commença Rocky.

Il va se dégonfler, déplora Chess. *Sa peur va contaminer tout le monde.*

Il avait conscience que tout était en équilibre précaire, oscillant entre les appréhensions et l'envie d'agir. Il avait conscience de sa grande ressemblance avec Rocky. Jusque-là, c'était lui qui disait : « Non, attendez ! Réfléchissons avant de faire quoi que ce soit ! »

Pourtant, il sentait au fond de lui qu'il n'était pas nécessaire d'avoir peur.

– Allons-y ! lança-t-il en détalant.

Il jeta un coup d'œil par-dessus son épaule et cria aux autres :

– Courez ! Plus vite on se bougera, plus vite on sera à l'abri.

Ce fut à cet instant précis, alors qu'il regardait derrière lui, que quelqu'un le percuta.

Chapitre 31 : Finn

Finn courait comme un dératé derrière Chess. Il aurait voulu hurler : *Prends ça, le maire! Personne ne peut nous attraper, maintenant!* Ou toute autre fanfaronnade. Mais il était peut-être plus prudent de courir en silence.

Il se retourna pour dire à Rocky :

– Tu as vu comme je suis rapide ?

Aussi, il était déjà trop tard lorsqu'il vit la fille surgir du coin de la maison et percuter Chess. Le choc fut si violent qu'ils tombèrent à terre tous les deux. Ne pouvant les éviter, Finn chuta à son tour. Ils se retrouvèrent entassés les uns sur les autres.

– Pardon ! s'écria Finn en essayant de se relever. Je ne t'avais pas vue !

La fille repoussait déjà Finn et Chess, distribuant des coups de pied. Elle avait beau se débattre pour se dégager, ils étaient trop emmêlés.

– On ne voulait pas… commença Chess.

Emma, Rocky, Kona et Kafi les encerclèrent. Emma et Rocky tirèrent sur Finn et Chess pour les éloigner de la fille.

– Arrête de taper sur mes frères ! s'indigna Emma.

Rocky aboya à l'intention de l'inconnue :

– On va appeler la police ! Tu es sur une propriété privée ! Dégage !

Kona beugla :

– On a des gardiens avec nous !

Finn avait envie de rire et de crier : *Ouais, allez !* comme s'il encourageait son équipe. Car c'était précisément ce qu'il ressentait : c'était comme si Rocky et Kona avaient rejoint l'équipe des enfants Greystone.

Puis il vit que la fille restait assise, recroquevillée sur elle-même au milieu du cercle qu'ils formaient, le visage caché derrière ses mains, les épaules tremblantes.

Peut-être même qu'elle pleurait.

– Euh, les gars ? dit Finn. Je crois qu'on lui fait peur…

– Tant mieux ! grogna Rocky.

– Et si elle jouait la comédie ? se méfia Kona. Si ça se trouve, c'est une espionne.

– Pas de pitié, Finn, conseilla Emma. On ne sait rien d'elle.

Elle s'accroupit près de l'adolescente.

– Qui es-tu ? demanda-t-elle. Qu'est-ce que tu fais ici ? Pourquoi tu rôdais dans les parages ?

La fille semblait vouloir regarder entre ses doigts, sans toutefois montrer son visage. Ses cheveux châtain clair en bataille formaient un rideau devant ses yeux, sa bouche et son nez. Elle avait toujours les mains sur la figure. Finn entraperçut ses cils pâles, pris dans ses cheveux.

– Chut, souffla-t-elle. S'il vous plaît, n'appelez personne ! Ne dites rien. Laissez-moi m'en aller sans avertir qui que ce soit, et je ne dirai pas non plus que vous êtes là.

– On est cinq contre une, fit remarquer Rocky. Tu es en minorité. Tu n'es pas en position de négocier. C'est nous qui décidons.

La fille se tassa davantage et jeta des coups d'œil à la ronde. Elle cherchait sûrement un moyen de rompre le cercle et de s'échapper.

– Rocky, quand tu parles comme ça, on dirait une terreur de cour de récré ! se plaignit Finn.

– On est en zone de combat, ici, rétorqua Rocky. C'est pas le moment d'être sympas.

– On l'est entre nous, lui rappela Finn.

– On verra comment se comporter avec elle une fois qu'elle nous aura dit qui elle est, trancha Emma.

Quand la fille écarta un peu plus les doigts, Finn distingua un œil gris terrifié.

– Si vous voulez être sympas, oubliez que vous m'avez vue, dit l'inconnue. Je ne fais rien de mal. Je suis simplement venue voir comment allait… mon amie. Je suis une amie de la famille. Je le jure !

– De quel côté de la famille ? demanda Emma d'un ton autoritaire, plus féroce que jamais. Qui soutiens-tu ?

Elle était douée en interrogatoires. Car c'en était un. Si la fille soutenait le maire Mayhew, elle était du côté des méchants. Mais si elle soutenait la Natalie de ce monde-ci et l'épouse du maire (la juge), alors...

Alors cette fille est peut-être du côté des gentils, mais pas sûr, pensa tristement Finn.

Comme tout était horrible dans ce monde-ci, l'Autre-Natalie la juge n'avaient jamais pu déclarer en public : « Je suis du côté des gentils ! Débarrassons-nous des méchants dirigeants ! » Elles avaient dû faire semblant d'être méchantes et horribles, elles aussi. Elles ne pouvaient être gentilles qu'en secret.

Finn n'aimait pas les incertitudes. Il n'aimait pas quand il n'arrivait pas à cerner les gens tout de suite. Il regarda Chess : son grand frère n'avait toujours pas prononcé la moindre parole.

Celui-ci articulait en silence le mot « amie », encore et encore, comme s'il avait oublié ce que ça voulait dire. Il avait l'air perplexe.

– Chess ? l'appela Finn.

– Et si... commença Chess. Et si on savait avec qui elle est amie ? Et si on avait déjà vu cette fille ? Et si on l'avait déjà entendue, plutôt ? Sa voix... Je la reconnais.

Maintenant, c'était tout le groupe qui affichait un air perplexe.

– Moi, je la reconnais pas, sa voix, déclara Finn.

D'accord avec lui, Emma, Rocky et Kona nièrent tous de la tête. Imitant les grands, Kafi reproduisit le même mouvement.

– C'était quand on n'avait pas assez d'oreillettes pour tout le monde, se souvint Chess. Il n'y en avait que pour Natalie, moi et… l'Autre-Natalie.

– Oooh, souffla Finn au moment où Emma explosait : « Tu crois qu'elle était là, le jour de la fête ? »

À son tour, Chess s'accroupit aux côtés de la fille. Il s'adressa à elle d'une voix douce :

– Tu vois de quelle fête je parle ? Il s'agit du gala qui a eu lieu il y a une semaine. Ce jour-là, peut-être que tu croyais être avec ton amie Natalie, mais en réalité…

– C'était la Natalie de l'autre monde, compléta la fille à voix basse.

Elle laissa ses mains glisser, dégageant presque totalement son visage. Elle regarda d'un côté puis de l'autre, observant Chess, Emma et Finn en particulier.

– Certains d'entre vous étaient aussi avec cette Natalie.

Finn tira sur le bras de Chess.

– Je sais qui c'est ! brailla-t-il. C'est celle qui a aidé Natalie à s'échapper !

– Lana, dit Chess. Tu t'appelles Lana.

Lors du gala de charité, cette fille portait une robe bleu marine. Il faut dire que tout le monde portait du bleu marine ou de l'orange, et que les décorations arboraient aussi ces couleurs. Elles représentaient le parti politique qui gouvernait ce monde. Celui auquel appartenaient les méchants dirigeants.

Finn avait mal au ventre rien qu'en pensant à ces couleurs.

À présent, Lana était vêtue d'un jean noir et d'un tee-shirt vert foncé à manches longues qui aurait presque pu être une tenue de camouflage. D'ailleurs, elle l'avait peut-être choisi exprès pour pouvoir se fondre dans les arbres et les buissons, près des tours de garde. Mais ici, à découvert, ses vêtements ne la cachaient pas du tout – au contraire.

Une fois Lana assise, Finn s'attendait à ce qu'elle s'exclame en pleurant : « Oui, vous avez raison ! Vous avez tout compris ! On est dans le même camp ! »

Mais, les épaules toujours voûtées, elle continuait à regarder à droite et à gauche, à la recherche d'une porte de sortie.

– On ne te fera pas de mal, l'amadoua Finn, comme s'il s'adressait à un oisillon tombé du nid. On sait que tu t'entendais bien avec Natalie. Elle nous l'a dit. Maintenant qu'on t'a reconnue et que tu sais qui on est, on peut se faire confiance mutuellement.

Lana se mit à rire. Ce n'était pas un son très agréable.

– Se faire confiance ? répéta-t-elle d'un ton moqueur. Je ne suis même pas certaine de pouvoir faire encore confiance à Natalie. Pourtant, c'est ma meilleure amie !

Aïe.

– Elle est gentille, dit Finn. Ça, au moins, on en est totalement sûrs.

Puis il lui vint à l'esprit qu'aucun d'entre eux ne savait où se trouvait leur complice de ce monde-ci.

Il se souvint que la maison derrière eux avait été dévastée, et qu'elle contenait des télévisions qui leur avaient fait croire que de fausses choses horribles étaient vraies.

Et si l'Autre-Natalie était tombée dans le piège, elle aussi ?

Et si, à cause de la télévision, elle avait commis des actes affreux ?

Il y avait tant de choses que Finn ignorait.

Pas sûr, même, que l'Autre-Natalie ait survécu, le jour du gala. Il comprendrait que Lana leur en veuille de ne pas avoir sauvé son amie.

Elle n'aurait pas tort.

Il aurait été logique aussi qu'elle leur en veuille de ne pas l'avoir sauvée, elle.

– Et ton amie Natalie, elle va bien ? demanda Finn pour entamer un processus de paix. Je veux dire… Elle n'est pas blessée ? Elle est en bonne santé ?

– Est-ce qu'il est possible d'aller bien dans ce monde, franchement ? marmonna Lana.

– Hé, dit Rocky en observant les alentours, l'air aussi stressé que Lana. C'est vraiment débile de rester plantés là, à discuter, alors que n'importe qui peut nous voir !

– Tu as raison, approuva Lana.

Elle repoussa Emma et Chess et se leva.

– Enfin quelqu'un de sensé ! reprit-elle. Laissez-moi partir de mon côté, et je vous laisserai partir du vôtre. Ça restera entre nous.

– Maintenant, c'est toi qui as raison, répliqua Emma en posant doucement sa main sur l'épaule de la fille.

Elle semblait aussi triste que si elle avait de nouveau senti les grenades puantes.

– Si on fait ce que tu dis, expliqua-t-elle, personne ne saura rien. Et c'est l'inverse qui devrait se passer. Il faut qu'on se fasse confiance. Qu'on partage les informations.

– Ça n'arrivera jamais, grommela Lana.

Finn lui tapota le dos. Apparemment, elle avait vraiment besoin qu'on soit gentil avec elle. D'un geste brusque, Lana repoussa Finn et Emma. On aurait dit qu'elle avait envie de les frapper.

Mais ce geste la déséquilibra et elle tomba à la renverse.

Quelque chose s'échappa du dos de son tee-shirt.

Des pièces.

Finn, Emma, Chess, Rocky et Kona se précipitèrent dessus. Lana hurla d'une voix aiguë :

– Arrêtez ! Non ! N'y touchez pas ! Ne les regardez même pas !

Elle les ramassa maladroitement, récupérant aussi celles qui étaient déjà entre les mains des autres enfants. Elle ne ressemblait plus à un petit oiseau sans défense. Désormais, on aurait plutôt dit une tigresse déchaînée.

Mais Finn vit avec quelle détermination elle tenait les pièces contre elle. Comme des objets précieux.

Peut-être que… pensa-t-il.

Il retira le ruban adhésif qui encerclait son poignet droit et tendit son bras sous le nez de Lana.

– On ne veut pas voler tes pièces ! s'écria-t-il. On veut juste les voir. Parce qu'on en a, nous aussi. On est pareils ! On est dans la même équipe !

À la vue des pièces, Lana se pétrifia.

– Oh, dit-elle. Oh.

L'envie de se battre l'ayant semble-t-il quittée, elle se laissa retomber au sol.

– Est-ce que c'est vrai ? Est-ce qu'on est pareils ?

Elle regarda Finn droit dans les yeux. Maintenant qu'elle avait repoussé ses cheveux en arrière, il distinguait clairement ses traits : ses yeux gris terrifiés, son nez froncé, sa bouche inquiète. Puis quelque chose qui ressemblait à de l'espoir éclaira son visage.

– Je veux qu'on soit dans la même équipe, souffla-t-elle.

Chapitre 32 : Emma

Sacré Finn, pensa Emma.

Il était si innocent qu'il était le seul à pouvoir apaiser Lana et lui donner le sentiment d'appartenir à leur équipe.

Malgré tout, avoir des pièces ne signifiait pas pour autant être dans le même camp.

Peut-être qu'il existe différentes sortes de pièces, songea Emma. *Des bonnes et des mauvaises. Lana pourrait aussi les avoir volées à des gentils…*

Mais Natalie faisait confiance à Lana. Et Emma faisait confiance à Natalie… et à l'autre-Natalie.

– Où vous avez trouvé vos pièces ? demanda Lana en observant les enfants d'un regard fiévreux.

Il aurait été logique de lui répondre évasivement, d'essayer d'obtenir des informations de Lana avant de divulguer les leurs.

Mais dans certains cas, peut-être valait-il mieux qu'Emma calque son comportement sur celui de Finn.

– On les a trouvées dans l'autre monde, répondit-elle en désignant son poignet pour que Lana voie qu'elle aussi était équipée. On en porte tous sur nous.

Le visage de Lana s'illumina. C'était comme voir un feu d'artifice éclater dans un ciel nocturne. Elle avait l'air de jubiler autant que maman dans l'autre monde, quand celle-ci avait vu la pièce de Mme Gustano.

– Alors vous les avez trouvées, murmura Lana. Dans l'autre monde. C'est bien de là que vous venez ! Notre plan a marché ! Tout ce travail acharné, ces risques qu'on a pris... ça a fini par payer ! Vous avez trouvé les pièces et vous êtes venus ici ! Et moi qui croyais que c'était trop tard...

– Euh, oui, approuva Finn. Tu as raison. Enfin, pas sur tout. C'est un peu compliqué pour nous d'expliquer de quel monde on vient... enfin sauf pour Rocky. Lui, il vient de l'autre monde, à cent pour cent. Nous autres, on a des liens avec... les deux. Quoi qu'il en soit, il n'est pas trop tard. Du moins, je ne crois pas. Qu'est-ce que tu veux dire par « notre plan » ? Tu faisais quoi, avec les pièces ? Tu fais partie de ces gens qui les envoient dans l'autre monde ?

Emma se félicita que Finn prenne les devants : Lana risquait moins de se braquer.

Une ombre passa pourtant sur le visage de l'adolescente.

– Vous ne savez rien ? demanda-t-elle. Vous dites avoir trouvé les pièces, mais vous ignorez tout du plan ? Vous n'êtes pas venus ici pour nous sauver ?

D'un regard, Emma essaya de faire comprendre aux autres ce qu'elle aurait voulu dire : *Prudence ! Je crois qu'il va falloir ruser pour obtenir des informations. Ne lâchez rien tant que Lana ne nous en a pas dit plus !*

Chess répondait déjà :

– On voudrait bien vous aider, mais on ne sait pas comment faire.

– Mais… vous avez trouvé les pièces ! gémit Lana. Elles ne vous ont pas dit quoi faire ?

– Celles qu'on a sur nous ne nous étaient pas destinées, intervint Kona. Enfin… Deux d'entre elles sont un mystère. Je ne sais pas à qui elles étaient adressées ni pourquoi elles sont apparues. Elles ont surgi comme ça. Mais celle de Rocky appartient à sa mère. Et celles apportées par Chess et Finn ont été envoyées par la Natalie de ce monde-ci à celle de l'autre monde. Ou par la juge de ce monde à Mme Morales, de l'autre monde.

– Et cette Natalie et cette Mme Morales… elles n'ont pas pris la peine de venir ici ?

Lana paraissait encore plus abattue.

– Ça ne les intéressait pas de venir aider leurs doubles, même après avoir entendu le message des pièces ? demanda-t-elle.

Emma avait une tonne de questions à poser. Mais Lana semblait trop angoissée.

Aussi, au lieu d'interroger davantage la jeune fille, Emma lui répondit :

– Natalie et sa mère comptaient toutes les deux aider leur double. Mais le maire Mayhew nous a attaqués.

Tu espérais sûrement obtenir de l'aide de notre monde, mais… maintenant les gens ont besoin d'aide chez nous aussi !

Le visage de Lana devint livide, donnant à sa peau une pâleur cadavérique.

– C'est ce qu'on redoutait le plus, avoua-t-elle. Si le maire Mayhew est déjà dans l'autre monde, alors… il est en train de gagner. C'est peut-être même déjà fait.

Emma scruta les environs. L'air était toujours aussi pur. Des oiseaux gazouillaient au loin ; une brise légère chuchotait à travers les arbres. Emma adorait l'ambiance paisible qui régnait ici.

Lana, elle, regardait autour d'elle comme si elle était au milieu d'un champ de bataille semblable à ce qu'on avait montré à la télévision.

Que voyait-elle qui échappait à Emma ?

– Venez, dit Lana en récupérant ses autres pièces avant de se lever. On doit avertir Natalie ! La mienne, je précise.

Elle fit demi-tour en direction de la maison dévastée et silencieuse derrière eux.

– Natalie n'est pas là, indiqua Chess. On n'a pas fouillé toute la maison, parce qu'on tombait tout le temps sur ces horribles télés qu'on se sentait obligés de regarder…

Emma se demanda comment ils allaient pouvoir expliquer l'attraction des écrans sur eux. Apparemment, c'était inutile : Lana poussa un hoquet de stupeur et plaqua une main sur son visage.

– Il y a des télés qui contrôlent le cerveau même chez Natalie, maintenant ? gémit-elle, incrédule.

Elle jeta un coup d'œil apeuré en direction de l'immense demeure. Son regard s'attarda sur les fenêtres cassées et les rideaux arrachés. Cela paraissait impossible ; pourtant, elle pâlit davantage avant de se détourner de la maison.

– Ça suffit ! On est vraiment en danger en restant ici. Il faut nous mettre à l'abri.

Elle s'élança dans la pente. Voyant que personne ne la suivait, elle cria par-dessus son épaule :

– Suivez-moi !

Emma, Chess, Finn, Kona et Rocky échangèrent un regard. Ils eurent tous la même réaction : eux aussi se mirent à courir.

Lana nous conduira peut-être à un endroit où le levier fonctionnera, pensa Emma, essayant de ne pas se laisser distancer. *Et si elle est de notre côté, elle pourra donner les bonnes réponses, au cas où un gardien nous arrêterait…*

La course le long de la butte fut de courte durée. Mais le bosquet était plus épais et plus dense qu'on l'imaginait vu d'en haut. Emma se réjouit de ne plus être aussi visible que sur le gazon. Toutefois, se faire griffer par les ronces et les branches n'avait rien d'agréable.

Oh, et ça ! Ça ne serait pas du sumac vénéneux ? se demanda-t-elle en évitant une plante grimpante à l'aspect douteux.

– Puisque la juge et le maire décident de tout, marmonna Finn derrière Emma, ils n'auraient pas pu prévoir un sentier ?

– Ces bois représentent un système de sécurité supplémentaire, expliqua Lana, également ralentie par la végétation. Si les gardiens, les caméras de surveillance et le mur n'empêchaient pas les intrusions, les épines et les chardons s'en chargeraient. Mais Natalie m'a montré un chemin aménagé.

Elle se débrouillait mieux que tout le monde pour éviter les branches qui s'accrochaient à leurs manches et les griffaient. Emma regretta de ne pas avoir eu le temps de se changer. Elle aurait préféré avoir une tenue un peu plus protectrice que le tee-shirt et le short de gym qu'elle avait mis pour dormir.

Une armure, ç'aurait été pas mal, songea-t-elle avec regret.

Elle suivit Lana. Heureusement, le trajet devint un peu plus facile.

– Quand tu venais rendre visite à Natalie, en temps normal, tu ne passais pas par la rue ? s'enquit Chess en ôtant des ronces prises dans ses cheveux. Tu étais inscrite sur la liste des invités à la fête. Les gens vous ont vues ensemble. Vous aviez le droit de vous fréquenter, non ?

– On ne voulait pas forcément que les autres sachent quand on se retrouvait, répondit Lana. Surtout depuis la semaine dernière, lorsque… Oh, laissez tomber. Je vous expliquerai quand on sera à couvert.

Ils arrivèrent au pied du mur. Emma se demanda comment ils allaient le franchir, surtout en portant Kafi. La surface grise et lisse faisait à peu près le double de la taille de Chess. Rien ne permettait de s'y accrocher.

Mais Lana y posa la paume et une petite porte coulissa sur le côté.

– Ne répétez ça à personne, chuchota la jeune fille en jetant de nouveau des coups d'œil alentour. Je… Je compte sur vous.

Une fois de l'autre côté, ils traversèrent une zone arborée qui déboucha sur une rangée de maisons imposantes.

– Est-ce qu'une de ces maisons ressemble à celles autour de chez Mme Morales dans notre monde ? demanda Kona à voix basse, comme pour ne pas être entendue de Lana. Est-ce que le levier pourrait fonctionner, dans ce genre d'endroit ?

– Je… J'en sais rien, répondit Emma.

Elle ne se souvenait pas des maisons du quartier où vivait Mme Morales. Celles-ci étaient suffisamment luxueuses pour exister aussi dans l'autre monde ; cependant, elles étaient toutes en retrait derrière des clôtures métalliques surmontées de fil barbelé, ce qui leur donnait un aspect étrange et effrayant. Les gens dans ce monde-ci devaient-ils tous se protéger derrière des murs et des clôtures ? Tous les quartiers étaient-ils dangereux ?

– Ces maisons sont les propriétés des membres du gouvernement, indiqua Lana. Même si, dans la hiérarchie, ils restent en dessous du maire et de la juge.

Elle ramassa une poignée de cailloux et les jeta en l'air. Emma aperçut un mouvement dans les arbres les plus proches.

– Il y a des caméras à détection de mouvement, là-haut ? demanda-t-elle. Et tu les mets sur une fausse piste ?

– Tu as tout compris. Foncez ! cria Lana.

Les enfants traversèrent la rue en courant, suivant Lana jusqu'à l'une des plus grosses maisons. Ils franchirent un grand portail en fer resté ouvert puis remontèrent une longue allée tortueuse. Lana pressa un doigt dans le scanner à côté de la porte d'entrée, qui s'ouvrit. Tout le monde se précipita à l'intérieur, puis Lana referma le battant derrière eux.

Ce fut à ce moment-là qu'Emma vit les gens assis en rang sur des chaises, dans le vaste hall d'entrée.

Non… Les gens étaient attachés à des chaises, dans le vaste hall d'entrée.

Elle recula vers la porte.

– Tu nous as trahis ! hoqueta-t-elle. C'est un piège !

Chapitre 33 : Chess

– Non, non ! Attendez, ce n'est pas un piège ! J'aurais dû vous prévenir… commença Lana alors que tous les enfants hurlaient en attrapant la poignée de la porte d'entrée.

Celle-ci ne bougeait pas d'un pouce.

– C'est nous qui avons demandé à être attachés à ces chaises ! lança l'une des personnes assises.

Comme Lana, la femme avait les yeux gris, un long menton et des cheveux fins.

– Explique-leur, maman, dit Lana. Ou toi, papa.

La mère de Lana était entourée d'une dizaine de personnes également ligotées à leur siège. Parmi elles se trouvait un homme au physique imposant, vêtu d'un complet-veston noir. Était-ce le père de Lana ? On devinait à leurs uniformes que les autres devaient être employés de maison. Pour Chess, la priorité n'était pas de savoir qui ils étaient. Il scruta la pièce, à la recherche d'un objet à jeter sur une fenêtre pour pouvoir s'échapper. Un presse-papiers, peut-être ? Une lampe ?

– Toutes les fenêtres sont résistantes aux chocs, déclara le père de Lana, comme s'il avait lu dans ses pensées.

Finalement, ça n'était pas si étonnant : comme lui, Rocky, Kona et Emma jetaient des coups d'œil affolés à la ronde. Rocky avait même les mains posées sur la grosse sphère en forme de boule de bowling qui ornait le poteau de la rampe de l'escalier monumental.

– Je vous en prie, écoutez-nous ! supplia Lana.

Son père fronça les sourcils, ce qui creusa ses rides. Son costume avait dû coûter cher ; le genre de vêtements qui donnent à celui qui les porte un sentiment de supériorité, d'assurance. Toutefois, sa veste pendait au niveau des épaules. Ses traits étaient froissés, comme son complet.

– Vous connaissez l'histoire de ces marins qui avaient dû être attachés aux mâts de leurs navires ? demanda l'homme. C'était pour eux le seul moyen de ne pas se laisser envoûter par le chant des sirènes, qui les incitaient à précipiter leurs bateaux sur les rochers, les condamnant à une mort certaine. Nous sommes ces marins.

– Quoi, vous avez peur des sirènes ? s'étonna Finn.

Il se remit à regarder tout autour de lui.

– Vous vous croyez sur un navire ? En train de naviguer sur l'océan ?

– C'est une image, précisa l'homme.

– Papa, maugréa Lana, inutile de leur parler de mythes, de légendes ou d'analogies ! Dis-leur juste ce qu'il en est.

– Là-bas se trouve l'objet que nous craignons, répliqua la mère de Lana en tirant sur les cordelettes qui lui entravaient les poignets.

Elle désigna un salon de réception. Dans cette pièce, les meubles étaient aussi décorés et imposants que ceux qu'on trouvait chez la juge et le maire. Mais sur le plus grand mur, au-dessus d'une imposante cheminée, une couverture aux motifs de pâquerettes avait été jetée sur… une télévision ?

– Oooh, comprit Finn. Nous non plus, on n'a pas aimé ce qu'on a vu à la télé, là-bas.

Il pointa un doigt vers la maison de la juge et du maire.

– Pourquoi vous ne l'avez pas débranchée, tout simplement ? demanda-t-il. C'est ce qu'on a fait, nous.

– Je n'ai jamais pu m'en approcher suffisamment pour le faire, répondit l'homme en costume. En plus, chaque fois que Lana a réussi à recouvrir l'écran, nous n'avons pas pu nous empêcher de le dégager. Ma fille a dû se bander les yeux, se bourrer les oreilles de coton et nous attacher à nos chaises pour pouvoir ensuite cacher la télévision ! Et tout ça rien que pour sortir de la maison…

– Comment ça se fait que Lana ait résisté à la tentation d'enlever la couverture et pas vous ? voulut savoir Emma.

– Aucune idée, soupira la mère de Lana.

Chess vit l'adolescente jeter des coups d'œil à la ronde.

Elle sait pourquoi, mais on dirait qu'elle ne veut pas que ses parents le sachent, songea-t-il.

–Vous ne devriez peut-être pas rester ici.

Cette suggestion venait de l'un des hommes ligotés – un agent de sécurité, d'après sa tenue.

Chess se rendit compte que tous les enfants commençaient à s'approcher progressivement de la télévision sous la couverture – lui y compris.

Pourtant, je n'ai pas décidé d'aller par là ! Je n'ai pas du tout prévu de me déplacer.

S'il faisait l'effort de se dire : *Je reste ici. Je ne bouge pas*, ses pieds s'immobilisaient. Mais s'il n'y pensait plus, la télévision l'attirait, comme un aimant.

– Il y a une pièce sans télé, ici ? demanda-t-il.

– Euh, non, répondit Lana, presque comme si elle était gênée.

– Je suis… ou plutôt j'étais directeur de la chaîne de télévision, expliqua le père de Lana. Avoir une télé par pièce me paraissait absolument indispensable.

– Ça ne l'était pas tant que ça, finalement, commenta une femme en tenue de domestique. Regardez le résultat !

Emma pencha la tête et observa la femme. Chess se dit que sa sœur devait se demander comment cette employée osait s'adresser ainsi à son patron. Il renifla et sentit une vague odeur identique à celle qui avait envahi la maison de la juge et du maire. Mais elle semblait s'atténuer peu à peu.

– La télévision a dû remplacer les odeurs pour prendre le contrôle des gens, déduisit Emma.

Elle se tourna vers le père de Lana :

– Vous étiez au courant ? Vous savez comment ça fonctionne ?

Mal à l'aise, l'homme remua sur sa chaise.

– Notre seul objectif, c'était vendre les produits de nos annonceurs, se justifia-t-il. En effet, nous savions que certaines de nos techniques créaient une dépendance… un peu trop forte, mais… nous ne pensions pas que le gouvernement allait se servir de ces mêmes techniques.

– Vous voulez dire que vous ne pensiez pas qu'ils allaient s'en servir contre vous, rectifia l'employée qui lui avait déjà tenu tête.

Chess capta le regard d'Emma. Il aurait aimé lui demander : *Cette femme pourrait-elle nous aider, elle aussi ?*

Peut-être pas si, une fois libérée, elle allait droit vers la télévision.

Emma était occupée à essayer de convaincre Lana.

– Il faut qu'on trouve un endroit sûr et que tu nous expliques tout.

La jeune fille jeta un coup d'œil aux adultes ligotés.

– Venez, dit-elle. Allons dans ma chambre.

Les enfants montèrent l'escalier. Au rez-de-chaussée, la maison paraissait luxueuse, comme celle de la juge et du maire. Mais l'étage était beaucoup plus modeste.

– En fait, on n'est pas aussi riches que les gens se l'imaginent, déclara Lana comme si on lui avait posé la question.

Après avoir contourné l'angle du couloir, ils entrèrent dans une chambre qui ressemblait à celle de l'Autre-Natalie, plus petite mais avec la même affiche au mur : celle qui montrait des adolescents à l'expression menaçante, vêtus d'orange et de bleu marine. L'Autre-Natalie se tenait au milieu du groupe, au premier plan. Lana était au dernier rang. Une police de caractères sérieuse indiquait : *Quand nous sommes unis, personne ne peut s'opposer à nous.*

– L'Autre-Natalie aussi avait un poster comme celui-là, et elle l'a déchiré, dit Finn. Tu n'as jamais voulu faire pareil ?

– Je... J'avais trop peur, répondit Lana. Je m'en sentais incapable.

Elle jeta un coup d'œil à l'autre bout de la pièce, où une couette miteuse pendait sur un objet rectangulaire fixé au mur. Chess n'eut pas besoin de retirer la couette pour savoir qu'elle cachait une autre télévision. Pourtant, ses pieds le conduisirent dans cette direction.

Et il n'était pas le seul. Emma avait trois pas d'avance sur lui. Trois pas qui l'avaient rapprochée de l'écran.

– Emma, non ! s'écria Chess. Ne fais pas ça !

Les autres se mirent à crier aussi, se précipitant sur Emma.

– Tiens, prends mes pièces ! Ça va t'aider ! s'époumona Finn.

– Kafi n'arriverait pas à atteindre le câble pour débrancher cette télé ! hurla Kona.

– Ne te laisse pas faire ! brailla Rocky.

Emma gémit :

– Je ne peux pas, je ne peux pas, je ne peux pas…

À eux cinq, ils attrapèrent Emma.

Nous portons tous des pièces sur nous, pensa Chess. *Ça nous sera peut-être utile ? Peut-être que…*

Malgré tout, Emma se rapprochait inexorablement de la télévision. Chess parvint à poser une main tremblante sur l'épaule de sa sœur.

Emma tendit le bras vers l'écran.

Puis, tout à coup, elle sortit le levier du sac qu'elle portait et le projeta sur la couette.

Même étouffé, le bruit du verre qui se brise emplit la pièce.

Chapitre 34 : Finn

– Emma, tu es trop forte ! s'enthousiasma Finn. Moi, je n'y ai même pas pensé ! Heureusement que tu es un génie !

Avec un sourire de plus en plus épanoui, il regarda les morceaux de verre brisé tomber sous la vieille couette.

– En plus, ta posture de frappe était top, approuva Kona.

– Dommage que tu ne nous aies pas prévenus, regretta Rocky. J'ai bien cru que j'allais faire une crise cardiaque en te voyant avancer vers cette télé. Si tu l'avais allumée, je… je…

– … on aurait tous été hypnotisés, finit Chess à sa place. Tous pris au piège.

Emma baissa les yeux vers le levier entre ses mains. Elle n'avait pas l'air assez triomphante au goût de Finn. Elle transpirait, essoufflée, comme si elle avait failli tomber du haut d'une falaise.

Quelque part, c'est un peu ce qui s'est passé, pensa-t-il. *On l'a tous échappé belle.*

– Je… Je ne savais pas trop ce que je comptais faire, expliqua Emma avec une grimace. J'aurais pu basculer d'un côté ou de l'autre, mais à la dernière seconde, j'ai senti la main de Chess sur mon épaule. J'espérais que… Pourquoi le levier n'a-t-il pas ouvert un passage vers l'autre monde ? Pourquoi ça n'a pas marché, même ici ?

– Ah, c'était ça, le but ? s'étonna Finn. Tu es vraiment un génie, si tu arrivais à penser à ouvrir un tunnel en plus de frapper la télé avec le levier, alors qu'elle t'attirait !

Tenant toujours le levier, Emma frappa le mur sous l'écran.

Rien.

Elle lâcha le levier.

– Et dire que je reprenais espoir ! gémit-elle.

Lana ramassa le levier avec autant de précaution que si elle manipulait un bijou précieux.

– Tu croyais qu'avec cet objet, tu allais pouvoir ouvrir un passage sur l'autre monde ? demanda l'adolescente. C'est un de ces leviers faits avec des pièces, non ?

Elle le tourna et le retourna entre ses mains.

– Oooh… C'est donc à ça que ressemblent les pièces une fois qu'elles ont rempli leur mission. Et qu'elles ont été assemblées.

– Rempli leur mission ? répéta Finn, se jetant sur les mots comme s'il venait de découvrir une nouvelle pièce. Comment ça ? Le levier n'a pas rempli sa mission, sinon on serait déjà retournés dans l'autre monde !

– Non, ce que je veux dire, c'est que chaque pièce qui constitue ce levier a dû atteindre son destinataire dans l'autre monde, expliqua Lana. Vous voyez ? Au lieu d'être codées, elles portent toutes la même mention, comme : *REMARQUE-NOUS*, *TROUVE-NOUS* et *ENTENDS-NOUS*. Autrement dit, les messages ont sans doute été délivrés. Et écoutés. Ce n'étaient que des rumeurs, mais les gens disaient que si quelqu'un recevait suffisamment de pièces, il pouvait les assembler et s'en servir pour créer entre les deux mondes des passages accessibles à tous, pas seulement à son double.

– C'est vrai ! certifia Finn en récupérant le levier. C'est grâce à lui qu'on est venus ici ! Il pourra nous ramener, dès qu'on aura trouvé un endroit où l'utiliser. Tu pourras nous accompagner dans l'autre monde ; là-bas, tu seras en sécurité. En plus…

Soudain, il se rappela que l'autre monde n'était plus aussi sûr. Plus depuis que le maire Mayhew l'avait attaqué.

Sans parler de maman, Natalie et les autres, pétrifiés sur place par l'effet des grenades puantes.

– Non, répliqua Lana en secouant tristement la tête. Pas si ce levier ne marche plus pour vous. Pas si vous dites que le maire Mayhew est allé dans l'autre monde. Il est probablement en train d'installer des télés hypnotisantes là-bas aussi… ce qui saperait toute forme de résistance. Et le nombre de leviers et de pièces dont on pourrait disposer n'y changera rien.

– Mais ça, c'est ce que tu supposes toi, non ? demanda Emma. Ce n'est pas une certitude absolue ?

C'était comme si elle suppliait Lana de lui laisser encore un espoir.

Ainsi qu'un moyen de vaincre le maire Mayhew et tous les gens horribles qui voulaient voir triompher les télévisions et les grenades puantes.

– Ma certitude, affirma Lana, c'est que les pièces ne peuvent plus voyager d'un monde à l'autre.

On aurait dit qu'elle venait d'annoncer la mort de quelqu'un. D'un être cher.

– Elles ont cessé de fonctionner à neuf heures trente-huit, ce matin, reprit-elle. Et si les pièces ne marchent plus, c'est pareil pour les leviers.

Finn n'avait pas regardé l'heure depuis son réveil, ce matin-là. Cependant, il ne pouvait pas être déjà neuf heures trente-huit quand il s'était mis à pleuvoir des pièces chez Natalie. Et il devait être plus tôt que ça lorsque Chess avait ouvert le toboggan-tunnel dans le sol.

Toutefois, il se pouvait que Rocky ait lancé le levier sur le mur chez l'Autre-Natalie – en vain – après neuf heures trente-huit.

– Lana, il y a des choses que tu ne nous dis pas, objecta Emma. Où étais-tu à neuf heures trente-huit, ce matin ? Que faisais-tu ? Comment as-tu découvert tout ça ? Quelles sont tes sources ? Quelles recherches as-tu faites ?

C'était une vraie scientifique. Elle voulait toujours avoir tous les éléments.

Lana s'assit lourdement sur son lit.

– Ce n'est pas que je ne veux pas vous répondre. Seulement… je n'ai pas l'habitude de faire confiance, hormis à Natalie. Il n'y a qu'avec elle que je suis parfaitement honnête.

Emma jeta un coup d'œil à Finn, comme si elle voulait qu'il lui vienne en aide.

Mais qu'était-il censé dire ?

– Yoli, babilla Kafi en s'étirant hors des bras de sa sœur, comme si elle voulait ramasser un des morceaux de verre au sol pour (sûrement) le mettre à la bouche.

– On n'a qu'à décaler le lit pour que Kafi puisse se tenir entre le lit et le… commença Finn en entreprenant d'écarter le meuble du mur.

Il éprouva une certaine fierté, car Lana était toujours assise dessus. Mais il s'interrompit quand le bas du lit arracha le dessus d'une rangée de cartons cachés en dessous.

– Waouh ! s'exclama-t-il. C'est là que vous cachez votre réserve mondiale de pièces ?

Des centaines, voire des milliers de pièces sortaient des cartons.

– Nooonn, gémit Lana. J'en ai seulement… quelques-unes. Et vous n'auriez pas dû les voir ! Il ne faut pas révéler qu'elles sont là. Surtout à mes parents. Ils me dénonceraient. Vous ne pouvez pas…

Finn s'assit sur le lit à côté de Lana. Il mit en contact les pièces fixées à son poignet avec celles se trouvant dans des pochettes sur l'arrière du tee-shirt de Lana, qu'il venait seulement de remarquer.

– Tu es amie avec la Natalie de ce monde-ci, et nous avec celle de l'autre monde, dit-il. En fait, nous, les Greystone, on est même amis avec les deux Natalie. Tu as des pièces, nous en avons aussi. Tu veux lutter contre la télé, nous aussi. Je parie que tu veux aussi lutter contre les grenades puantes, comme nous. Je t'assure, on est du même côté.

Lana se laissa aller contre l'épaule de Finn, comme si ça faisait des années qu'elle avait envie de s'appuyer contre quelqu'un. Au bout d'un moment, Chess, Emma, Kona et Rocky s'assirent par terre en demi-cercle, près du lit, comme s'ils s'étaient mis d'accord en silence. Kona posa Kafi au milieu du demi-cercle, où la petite pouvait faire du quatre pattes ou marcher d'un pas chancelant d'un enfant à l'autre.

Tous attendaient la réaction de Lana.

Enfin, la jeune fille souffla :

– Il existe des façons de contrôler les gens. C'est ce que fait le gouvernement.

– Quel scoop, commenta Rocky, sarcastique.

– Ce n'est pas comme si on l'apprenait à l'école, enchaîna Lana. Je me suis renseignée en écoutant des conversations en douce. En espionnant des membres du gouvernement lors des rassemblements ou galas de bienfaisance auxquels j'étais invitée. J'ai même espionné mes parents et leurs amis ! Le plus souvent, je passe pour la fille pas trop futée et un peu moche…

– Tu es jolie ! l'interrompit vivement Finn. Et je parie que tu es intelligente, aussi. Sauf que ça, ce n'est pas une chose qui se voit sur quelqu'un.

Lana le gratifia d'un sourire qui acheva de le convaincre qu'elle était à la fois très jolie et très futée. Et aussi très gentille.

– Ça ne m'embête pas, dit-elle. Au contraire, je préférais qu'on ne me remarque pas. Je me contentais d'être là. Transparente.

– Moi aussi, je suis du genre transparent, déclara Chess à voix basse. Au collège, les autres ne font pas vraiment attention à moi.

– Nous, on fait attention à toi ! s'indignèrent Finn et Emma pratiquement en même temps.

Puis Finn ajouta :

– Et Natalie aussi.

Chess tenta de réprimer le grand sourire provoqué par la simple mention de ce prénom.

– Bon, reprenons, proposa Emma en se concentrant de nouveau sur Lana.

– OK, dit celle-ci. Ça a commencé avant même que je sois née. Tout d'abord, un groupe de scientifiques a inventé un produit chimique à l'odeur épouvantable qui agissait sur le cerveau des gens. Ils ont proposé à l'armée de l'utiliser comme arme.

– Ils n'avaient pas le droit, trancha Kona avec assurance. On l'a vu en cours. Le recours aux armes chimiques est devenu illégal après la Première Guerre mondiale.

– Dans votre monde, peut-être, nuança Lana.

Puis elle ajouta avec une grimace :

– Enfin, ça l'était peut-être aussi dans le mien il y a longtemps, mais ils ont passé outre. Je n'en sais pas plus à ce sujet.

– Comment marchent les odeurs ? s'enquit Emma. Elles doivent inciter le cerveau des gens à croire qu'ils doivent être tristes et terrifiés. Qu'ils doivent baisser les bras. C'est comme des phéromones ? Ça a un effet sur l'hippocampe, le thalamus ou… ?

– Tu crois qu'en ayant une explication scientifique, tu vas pouvoir mettre au point un antidote, c'est ça ? demanda Rocky, incrédule.

– Ne sois pas méchant ! lança Finn.

Emma posa sa main sur le genou de son frère, comme pour l'apaiser.

– Quelqu'un pourrait créer un antidote, confirma Emma. Je ne dis pas que mes connaissances en chimie suffisent, mais si on trouvait un chimiste très intelligent et très courageux qui pouvait venir de l'autre monde, alors…

– L'odeur n'a plus autant d'importance, maintenant, l'interrompit Lana. Parce que les dirigeants sont passés à autre chose.

– Tu parles des télés qu'on ne peut pas s'empêcher de regarder ? voulut savoir Kona.

– Oui, affirma Lana.

Finn se pencha de l'autre côté du lit et prit une poignée de pièces.

– Mais ton camp, *notre* camp, a tout ça pour riposter, dit-il en laissant les pièces glisser entre ses doigts. Pas vrai ? Tu as une tonne de pièces sous ton lit, tes parents ne sont pas au courant, et c'est avec ça qu'on peut résister aux écrans et pas eux. Comment tu as fait pour avoir toutes ces pièces ? D'où ça vient ?

Avec cette avalanche de questions, il se faisait un peu l'effet d'être Emma.

Lana resta muette.

Finn lui tapota le genou, de la même manière qu'Emma avait tapoté le sien.

– Notre mère, à Emma, Finn et moi, nous a raconté l'origine des pièces, dit Chess. De la première, en tout cas. Quand notre famille vivait dans ce monde-ci, il y a huit ans, notre mère a envoyé une pièce à son double dans l'autre monde. Et son double, c'est la mère de Rocky.

Lana haussa un sourcil et regarda à tour de rôle Rocky et les enfants Greystone.

– Natalie et sa mère ont reçu des pièces envoyées par leurs doubles de ce monde-ci, raconta Kona. Lana, as-tu aidé la Natalie d'ici à envoyer ces pièces ?

Lana démentit de la tête.

– Non, mais c'est moi qui lui ai parlé des pièces, confia-t-elle. Il y a une semaine. Après la fête où elle a failli se faire tuer. Elle voulait agir. Frapper fort. Elle a dit qu'elle en avait assez des mensonges permanents, que tout le monde fasse semblant que tout aille bien. Alors qu'en réalité, les gens ont peur en permanence, ici. Personne n'a le droit de penser par soi-même ni de prendre ses propres décisions. Vous savez qu'il n'y a qu'un seul parti politique ? On a des élections, mais ce n'est qu'une façade. Ça ne sert à rien. À chaque fois, quel que soit l'enjeu, il n'y a qu'un seul candidat pour qui voter. Le gouvernement peut arrêter qui il veut, sous n'importe quel prétexte. Les « criminels », eux, ne peuvent pas se défendre. Si éventuellement ils ont droit à un procès, c'est pour la forme. De la manipulation, pour attiser la haine de la population envers le criminel en question… qui n'est peut-être coupable de rien.

– On a vu ! s'exclama Finn. Ils ont fait un procès à notre maman, et on avait l'impression qu'elle mentait, qu'elle reconnaissait sa culpabilité !

– C'est arrivé à des centaines de personnes, répliqua Lana d'un ton amer. Des milliers. Je ne sais même pas combien d'entre elles ont été punies comme ça, juste parce qu'un membre du gouvernement ne les aimait pas. Il y a tant de choses que j'ignore, parce qu'on n'a pas le droit de dire la vérité !

– Nos parents ont dit la vérité, eux, souffla Chess. Même quand ils savaient qu'ils risquaient leur vie, ils ont essayé.

Finn se sentit envahi par une vague de fierté. Il aurait voulu claironner : *Ce sont mes parents, à moi aussi ! Tu aurais dû voir comme ils étaient courageux ! Comme ma mère est toujours courageuse, et comme elle ne baisse jamais les bras !*

Mais Emma intervint d'une voix tout aussi basse :

– Et puis notre père a été assassiné. Il y a huit ans.

– Je suis désolée, murmura Lana.

– D'autres personnes sont mortes, dit Kona.

Elle serra Kafi contre elle un instant, avant de déglutir et de reprendre :

– Comme la physicienne qui a fabriqué la première pièce. Et la grand-mère de Natalie, dans l'autre monde.

– Est-ce que Natalie et toi, vous risquiez la mort, vous aussi ? s'enquit Rocky. Pour… des pièces ?

Il ne se moquait pas de Lana et ne cherchait pas à l'embêter non plus. Il avait l'air de ne pas comprendre.

– Les pièces nous semblaient le seul moyen de changer les choses, expliqua Lana.

Elle tirait sur les fils de son édredon. Celui-ci était tout bosselé. Peut-être y avait-il des pièces à l'intérieur du rembourrage.

– Moi, j'étais au niveau le plus bas des gens qui agissaient avec les pièces.

– Tu as rejoint les rebelles, dit Kona, impressionnée. La résistance. Les combattants pour la liberté !

Lana eut à nouveau l'air terrifiée.

– On ne s'est jamais donné ce genre de noms, objecta-t-elle. On n'osait pas. On disait qu'on était… les aidants. Du moins, c'est comme ça qu'on se considérait. Le plus souvent, on n'osait même pas parler entre nous. C'était trop risqué. Je recevais simplement des petits mots, cachés sous un gros caillou, près de la clôture de ma maison. Je récupérais les pièces qui y étaient déposées. Pour les rapporter ici et les garder en réserve jusqu'à ce qu'on puisse les envoyer sans risque. Parfois, j'utilisais des pièces pour enregistrer mes propres messages et les envoyer dans les moments où je me sentais suffisamment brave. Après que j'en ai parlé à Natalie, elle aussi s'est mise à enregistrer des messages et à transporter des pièces. Je sais qu'elle prévoyait d'envoyer les siennes dans l'autre monde. C'est ce qu'elle a dû faire aujourd'hui. Pour ce qui est des miennes, il me suffisait de les lâcher et elles disparaissaient. Ainsi, je savais que mon double les recevait.

– Mais dans quel but ? demanda Emma. À quoi ça a servi, tout ça ?

– *TROUVE-NOUS*, *REMARQUE-NOUS*, *ENTENDS-NOUS*… Quel intérêt ? renchérit Rocky. Il y a aussi *AIDE-NOUS*, mais… en quoi c'est utile ? Tout ça pour quoi ?

– Je ne sais pas trop, chuchota Lana.

Sa voix était si faible que Finn dut retenir son souffle pour l'entendre.

– On pensait que nos doubles pouvaient nous sauver, poursuivit-elle. Qu'ils viendraient ici et s'occuperaient de nous. Qu'ils prendraient les choses en main, peut-être.

– C'est vraiment ce que vous voulez ? s'étonna Finn. Moi, j'aime bien décider par moi-même. Comme quand maman demande : « Vous voulez quoi pour le dîner, des spaghettis ou des tacos ? » Parfois j'ai envie de manger italien, parfois je préfère manger mexicain. Ça dépend. Et elle sait que j'aime être libre de choisir.

– Mais ici, le peuple a fait de très mauvais choix… se justifia Lana, toujours à voix basse.

Une larme roula sur sa joue. Elle l'essuya.

– Laissez tomber. Tout ça n'a plus d'importance. Les pièces ne fonctionnent plus, et votre levier non plus. Les télés disent à tous les gens de mon monde comment penser et quelles décisions prendre. On n'a plus aucun choix. Le pire, c'est que le maire Mayhew est dans l'autre monde et fait en sorte que plus personne n'ait de libre-arbitre non plus.

Ils regardaient tous Lana avec de petits yeux, comme s'ils étaient sur le point de fondre en larmes. Y compris Kafi – alors qu'évidemment, elle ne saisissait pas un mot de ce que racontaient les grands.

Finn espérait que son visage ne trahissait pas son envie de pleurer. Car il ne comptait pas se laisser aller.

– Les pièces protègent quand même des télés, déclara-t-il. Elles marchent quand même un peu.

– Et alors ? dit Lana en haussant les épaules. À un moment ou à un autre, l'un d'entre nous finira par craquer. Et on sera pris au piège. Comme l'a dit Rocky, les pièces n'auront plus aucun intérêt.

C'est pas juste que les méchants aient deux armes alors que nous, on n'en a qu'une, s'indigna Finn.

Il jeta un coup d'œil vers la télévision, à l'autre bout de la pièce. Même cassée et toujours sous la couette, elle faisait si peur qu'il préféra se focaliser sur autre chose.

Du coup, il se mit à penser au jeu pierre-feuille-ciseaux.

C'est comme si pierre et ciseaux s'étaient alliés contre feuille ! déplora-t-il, furieux contre le maire et ses affreux complices. *Sauf que, pour nous, le jeu serait puanteur-pièces-télé, et puanteur et télé seraient du même côté. Les pièces n'ont pas la moindre chance !*

Mais peut-être que Finn s'y prenait mal. Dans le jeu pierre-feuille-ciseaux, on choisissait qui on était ; on gagnait ou on perdait, et on pouvait changer au tour suivant.

À chaque fois, il fallait choisir une arme différente.

Et si… Et si…

Comme Finn ne voulait pas regarder vers la télévision, il posa les yeux sur Kafi, blottie sur les genoux de sa sœur. Peut-être qu'il avait des idées aussi folles que la petite lorsqu'elle avait dit « yoli » en voyant les morceaux de verre sous la télévision. Si on ne savait pas que celle-ci faisait du mal (et qu'elle était cassée), effectivement, c'était joli.

En général, Finn se moquait de savoir si quelque chose était joli ou moche. Il se souciait surtout de savoir si c'était drôle ou pas. Ou si c'était bon ou pas.

Mais si quelque chose de moche et cassé peut sembler joli, alors… alors peut-on utiliser quelque chose de mauvais pour faire le bien ? s'interrogea-t-il.

– Et si nous, on passait à la télé ? demanda-t-il. Et si on allait dans les locaux de la chaîne et qu'on disait aux dirigeants de laisser les pièces et les leviers fonctionner, d'être gentils avec les gens dans les deux mondes, et de leur donner le choix entre les différentes bonnes choses ? Les pièces et la télé diffusent des messages. Alors si on peut utiliser les pièces pour faire le bien, pourquoi on ne pourrait pas utiliser la télé pour envoyer de bons messages ?

Chapitre 35 : Emma

– Finn, tu es un génie ! s'exclama Emma.

Elle se leva et prit son petit frère dans ses bras.

– Non, non, non, protesta-t-il en la repoussant gentiment. C'est toi, le génie !

– L'un n'empêche pas l'autre, répliqua Emma.

Finn accepta ce compromis et ne l'interrompit pas lorsqu'elle le félicita encore :

– Que tu sois génial, ça ne me rend pas moins géniale. Mais cette fois, c'est toi qui t'es souvenu qu'une découverte scientifique n'est pas bonne ou mauvaise en soi. La science est neutre. Ce qui compte, c'est ce que les gens font de leurs connaissances.

Finn ouvrit de grands yeux.

– Emma, je ne savais rien de tout ça !

– Mais tu savais que si les méchants se servent de la télé, nous aussi, on peut le faire, intervint Kona. Sauf que nous, ce sera pour de bonnes raisons.

– OK, c'est bien sympa, votre théorie, mais c'est impossible à mettre en pratique, maugréa Lana.

– Si, c'est possible, insista Emma. Lana, puisque ton père travaillait à la télé, il doit bien y avoir accès, non ?

– On pourrait entrer ne serait-ce que pour couper le courant, proposa Chess, songeur. Le… Comment ça s'appelle, déjà ?… L'émetteur ?

– Mais il doit y avoir des tas de chaînes, non ? demanda Rocky. Même si on l'éteint, les autres chaînes continueront à contrôler les gens. Mes parents m'ont raconté toutes les interviews qu'ils ont données quand on s'est fait enlever, mon frère, ma sœur et moi. Il y avait beaucoup de journalistes télé qui assistaient aux conférences de presse… Sans compter la presse en ligne, les stations de radio, les journaux et les magazines !

– Ah bon ? s'étonna Lana, comme si ces informations lui paraissaient absolument incroyables. Voilà une différence de plus entre nos mondes. Nous, on n'a qu'une seule chaîne de télévision. Toutes les autres ont été interdites. Comme les partis politiques, à l'exception de celui de nos dirigeants.

– Hmph ! Hmph ! s'agita Kafi.

Elle se hissa, accrochée à la jambe d'Emma.

– Allez, dit Kona en prenant sa sœur dans ses bras et en la faisant tourner.

La petite se débattait.

– Il nous reste environ une minute avant que Kafi se mette à hurler.

– Dans ce cas, allons à la chaîne de télé, proposa Emma.

Même s'ils n'avaient pas l'air entièrement convaincus, Rocky et Chess se levèrent. Kona souleva Kafi au-dessus de sa tête et la fit « voler » vers la porte. Emma et Finn les suivirent.

– Vous croyez que c'est aussi simple que ça ? demanda Lana. Vous allez juste y aller… comme ça ?

– On compte sur toi pour nous aider ! répliqua Finn avec un sourire particulièrement charmant, qui fit apparaître ses fossettes.

– Je… Je ne suis pas… commença Lana.

Mais finalement, elle se leva à son tour.

– Comment on va faire pour aller là-bas ? s'enquit-elle.

– Peut-être que votre employée pourrait nous y conduire, suggéra Emma. La femme qui a répondu à ton père.

– Oh, tu veux dire Irmine ? Avec les cheveux gris et une mèche violette ?

– Oui, on pourrait lui poser la question, confirma Emma.

Ils se dirigèrent vers l'escalier. En haut des marches, Emma se demanda si elle devait casser tous les postes de télévision avec le levier. Mais le temps d'arriver au rez-de-chaussée, elle eut beaucoup de mal à se retenir d'ôter la couverture qui cachait la télévision. Elle avait une terrible envie de l'allumer et de rester plantée devant.

Ce serait agir en scientifique, se justifia-t-elle. *Regarder la télé me permettrait d'étudier la façon dont elle prend le contrôle de nos pensées et de nos actes…*

Elle se surprit à se tourner vers la salle de télévision. La simple promiscuité avec l'objet suffisait à modifier le cours de ses pensées. Même pas besoin de la regarder. En plus, l'écran essayait de lui faire croire que son raisonnement était tout à fait logique.

– Tiens, dit Lana derrière elle.

L'adolescente glissa une petite bourse en tissu dans les mains d'Emma. Celle-ci sentit les contours des pièces à l'intérieur.

– Porte-la à ton cou, conseilla Lana, ou noue-la à ta taille, sous tes vêtements… On ne sait jamais.

– C'est pour renforcer ma protection contre la télévision et les odeurs ? demanda Emma. Ou au cas où il serait à nouveau possible d'envoyer des pièces dans l'autre monde ?

– Les deux, répondit Lana avec un sourire timide.

Emma la remercia et fit glisser les ficelles de la bourse autour de son cou. Les pièces qu'elle contenait se retrouvèrent au niveau de son cœur.

Lana proposa une bourse à chacun des enfants. Kona la refusa pour Kafi : la petite aurait été tentée de la manger. Mais tous les autres en acceptèrent une.

C'était étrange comme Emma se sentait mieux grâce à ce petit sac de pièces qui complétait celles scotchées à son poignet. Ce qui l'aidait aussi, c'était peut-être l'idée que Lana prenait soin d'elle. En tout cas, l'emprise de la télévision sembla faiblir. Emma se sentit assez sûre d'elle pour aller voir la domestique.

– Si on défaisait vos liens, dit-elle à cette dernière, accepteriez-vous de nous conduire quelque part ?

– Trésor, si tu me détachais, je me jetterais sur cette télé, répondit la dénommée Irmine en tirant sur ses cordelettes pour montrer la salle télé. Je ne pense qu'à ça.

– Et si on la cassait ? suggéra Finn. Et si on cassait toutes les télés de la maison ?

Emma se réjouit que Finn y ait pensé, lui aussi. Et qu'il ait été capable de le faire malgré la présence de l'écran.

– Je ne vais pas vous mentir, dit Irmine. Je foncerais directement chez les voisins… en battant le record du monde du cent mètres, qui plus est.

– On pourrait casser toutes les télés là-bas aussi, proposa Finn.

– On ne va pas pouvoir casser toutes celles de la ville, tempéra Lana.

– Ni du pays, ajouta Rocky. Voire du monde entier.

– Inutile de casser des télés ! s'écria le père de Lana, affolé.

Il agrippait son cœur, comme si la perspective de voir les télévisions détruites lui faisait l'effet d'un coup de poignard.

– Détachez-moi, supplia-t-il, et je vous emmènerai où vous voudrez !

Malgré tout, il ne cessait de jeter des coups d'œil vers la salle télé.

– Papa, je ne sais pas si tu t'en rends compte, mais tu nous mens, là, fit remarquer Lana.

– Dans ce cas, moi, je vous emmènerai ! proposa la mère de Lana. Détachez-moi, plutôt !

Les autres adultes se mirent à crier :

– Non, moi !

– Je vais vous aider ! Choisissez-moi !

– Lana, je suis votre chauffeur ! C'est moi qui devrais vous conduire !

– Oh, c'est pas vrai ! soupira Finn en reculant.

Emma remarqua que son petit frère avait sorti sa bourse de sous son tee-shirt et la serrait si fort que ses jointures étaient toutes blanches.

– Et si on distribuait des pièces aux adultes ? demanda Emma à Lana.

Elle s'approcha d'Irmine et agita une bourse sous le nez de la femme. Elle devait ressembler à une magicienne essayant d'hypnotiser une spectatrice.

N'est-ce pas ce que font les pièces et la télé ? s'interrogea-t-elle. *C'est presque comme de l'hypnose…*

– Mon enfant, je reconnais que j'aime l'argent, confessa Irmine en regardant la bourse se balancer devant ses yeux.

Puis elle dévisagea de nouveau Emma.

– Mais tu pourrais bien me jeter dans une piscine pleine de pièces et de billets que je n'hésiterais pas une seconde à les échanger contre la possibilité de retourner devant cet écran.

– On ne peut faire confiance à aucun adulte, déplora Lana, au bord des larmes. On va devoir y aller à pied ! Ça va nous prendre une éternité. Sans parler des risques…

– Lana, ma petite, tu baisses les bras un peu vite ! lui reprocha Irmine. Certes, ni moi ni aucun adulte ici présent ne sommes en état de vous emmener. Toutefois, il y a un véhicule que tu pourrais conduire…

– Irmine, je n'ai que treize ans ! protesta Lana. Je n'ai jamais conduit ! Je provoquerai forcément un accident ! Il y aura des blessés !

– Et si je te disais que je sais où est la clé de la voiturette de golf de ton père ?

Chapitre 36 : Chess

C'est de la folie, pensa Chess.

Les enfants étaient entassés dans la voiturette. Lana conduisait, Kona et Kafi à côté d'elle. Kona s'était déclarée prête à s'emparer du volant au cas où Lana craquerait et se dirigerait vers une télévision, dans l'une des maisons. Rocky et les trois Greystone étaient blottis sur la seconde banquette, orientée vers l'arrière. Ils avaient avec eux un énorme sac de toile rempli de pièces, récupérées sous le lit de Lana.

– Qui sait combien il nous en faudra… ? avait dit Lana en nouant les cordons du sac.

Finn s'y agrippait et répétait sans cesse :

– OK. Je me sens mieux, maintenant.

Les pièces avaient-elles aussi un effet sur Chess ? C'était sans doute un gros progrès qu'il n'ait pas déjà sauté de la voiturette pour courir se cacher dans les buissons, au bord de la chaussée. Peut-être aurait-il dû éprouver une certaine fierté pour n'avoir pas encore crié : « C'est sans espoir ! On est fichus ! Laissons tomber ! »

C'était fou de circuler dans un véhicule totalement ouvert, dans lequel n'importe qui pouvait les repérer. Ils se trouvaient dans le monde mauvais, le monde cauchemardesque, et ils savaient qu'ils étaient en danger. Montrer leur visage en public était insensé ! Si l'un des affreux dirigeants (ou la police, l'armée, les forces de sécurité aux ordres du gouvernement) les voyait, les enfants ne pourraient même pas utiliser la vitesse pour le semer.

Chess était à peu près sûr qu'une voiturette de golf pouvait difficilement dépasser les trente kilomètres-heure.

Mais alors qu'il laissait sa tête reposer sur l'énorme sac, le vent ébouriffant ses cheveux, il avait de moins en moins envie de hurler ou de s'enfuir. Rejoindre la station de télévision lui paraissait la juste chose à faire.

Était-ce grâce aux pièces ?

Quoi qu'il en soit, ils ne virent aucun dirigeant, agent de police, militaire ou agent de sécurité bondir pour les capturer. Les rues alentour étaient étrangement désertes et silencieuses. Souvent, des images scintillaient aux fenêtres des bâtisses devant lesquelles ils passaient – *non, ne pense pas aux télés dans toutes ces maisons* –, ce qui constituait la seule preuve que ce monde était encore habité. Des murs, des clôtures et des fils barbelés se dressaient partout, comme si les résidents se préparaient à des émeutes, à une guerre. Lorsqu'ils quittèrent le quartier cossu de Lana, les pelouses vertes furent remplacées par des jardins nus et de la terre battue parsemée çà et là de touffes d'herbe. Les clôtures étaient souvent rouillées ; sur les murs qui entouraient les jardins, la peinture s'écaillait ; les palissades s'affaissaient à moitié. La route comptait beaucoup plus de nids-de-poule, et Lana dut ralentir pour les éviter.

Toutefois, si Chess plissait les yeux et se concentrait sur la courageuse plante grimpante qui s'enroulait autour d'un panneau de signalisation, sur le vaillant pissenlit qui fleurissait sur un parking vide, ou encore sur les nuages cotonneux qui dérivaient joyeusement dans le ciel, le paysage lui paraissait plutôt… serein. Le calme ambiant était appréciable.

Cela l'aidait aussi de ne pas penser aux images effrayantes qu'il avait vues à la télévision chez la juge et le maire.

D'ailleurs, il aurait mis sa main à couper que ces images étaient mensongères.

– Est-ce qu'on profite du trajet pour ébaucher un plan ? proposa Emma. Qu'on sache quoi faire une fois arrivés ?

– Tout ce qu'on dit peut être entendu, chuchota Lana. Cette rue est sans doute truffée de caméras et de systèmes d'écoute. Il vaudrait mieux compter sur… l'effet de surprise.

Chess trouva cela ridicule. N'étaient-ils pas déjà condamnés, si on les espionnait en ce moment même ?

Les dirigeants vont certainement nous tomber dessus une fois qu'on sera arrivés à destination, pensa-t-il. *Pour le moment, ils doivent juger qu'on ne représente pas une grande menace.*

Malgré tout, il ne sauta pas de la voiturette, pas plus qu'il ne courut se cacher dans les buissons.

Même à cette allure d'escargot, ils finirent par atteindre la campagne. Chess se retourna et distingua une haute tour de télévision au loin.

– C'est là-bas ? demanda Kona.

– Oui, répondit Lana en resserrant sa prise sur le volant.

Résolue, la jeune fille ne lâchait pas la route du regard, comme si jeter un coup d'œil de biais risquait de lui faire perdre le contrôle.

Enfin, ils arrivèrent au pied de la tour. Une rampe s'enroulait autour d'un élégant bâtiment presque entièrement vitré.

– Pourvu que personne ne soit en train de regarder par ces fenêtres, marmonna Rocky.

Lana gara la voiturette sur une place de stationnement, en bordure du parking. Ils étaient à peu près cachés par les gros 4 × 4 qui les entouraient. Il n'y avait personne dans les véhicules ; personne non plus n'allait et venait entre le parking et les locaux. De même, il n'y avait aucun gardien dans la guérite, en bas de la rampe qui permettait d'accéder au bâtiment.

– Je suis la fille du directeur général, récita Lana à mi-voix. Je ne fais qu'appliquer ses consignes. C'est lui qui m'a dit de venir ici. Je…

–Tu répètes ? demanda Finn.

Lana hocha la tête, l'air sinistre.

– Tu es la fille du directeur général, répéta Kona. Ils ne vont pas t'arrêter rien que pour avoir voulu entrer ! Qu'est-ce qu'ils pourraient te dire de pire que « va-t'en » ?

Chess, lui, ne manquait pas de réponses.

Tous les enfants descendirent de la voiturette. Lana récupéra le gros sac de pièces. Chess se dit qu'avec leur allure, ils auraient pu faire un numéro de clowns, au cirque. Kafi suçotait la manche de Kona. Finn était coiffé comme s'il avait été pris dans une tornade, et Emma enroulait distraitement la ficelle de sa bourse autour de son doigt. Même lorsque le petit sac rebondit contre son nez, elle ne sembla pas le remarquer.

– Peut-être que si on était mieux habillés, ils nous prendraient davantage au sérieux, fit remarquer Chess.

À part Lana, ils portaient tous la tenue dans laquelle ils avaient dormi la nuit précédente : short, tee-shirt, et grenouillère pour Kafi.

– On aurait l'air plus crédibles, ajouta-t-il.

– On pourrait s'habiller en smoking et robe de bal, on resterait des gamins, rétorqua Rocky.

Déterminé, les dents serrées, il se dirigea toutefois vers la rampe. Finn et les filles l'imitèrent. Chess déglutit avec difficulté avant de leur emboîter le pas.

Après le ronronnement de la voiturette, le silence qui régnait dans le parking était plein de menaces. Comme si lui aussi cachait quelque chose. Chess tendit l'oreille, guettant les éventuels grésillements d'un talkie-walkie ou le commentaire d'un réalisateur qui, en quittant le bâtiment, lancerait par-dessus son épaule : « Super émission ! Mais on fera encore mieux demain. »

Non, les gens qui travaillent à la télé dans ce monde seraient plutôt du genre à dire : « Bravo pour tous ces mensonges ! Il faudra en diffuser encore plus demain ! »

Cela dit, Chess n'entendit rien.

Ils s'engagèrent sur la rampe et passèrent sans problème devant la guérite vide. Ils avancèrent vers la première porte.

– Il va falloir sonner pour qu'on nous laisse entrer, souffla Lana. Je leur donnerai le mot de passe de mon père et…

La porte bâillait de plusieurs centimètres.

– Les gens ont dû se ruer à l'intérieur pour regarder la télé, tellement ils étaient attirés, supposa Emma. Du coup, ils ont oublié de refermer derrière eux.

À moins que ce soit un piège, se méfia Chess.

Il ne formula pas son soupçon tout haut. Au lieu de quoi, il enroula ses doigts autour de la bourse dans sa poche et suivit Lana après qu'elle eut ouvert la porte en grand.

Ils se retrouvèrent face à un vaste comptoir ; sans doute celui de la réception, ou le bureau d'un agent de sécurité. Mais peu importait : l'endroit était également désert.

– Normalement, on devrait voir sur ces écrans ce que filment les caméras de vidéosurveillance du bâtiment, dit Lana en contournant le comptoir. Bingo !

Chess l'imita. Il vit une rangée d'écrans encastrés dans le bureau. L'un montrait une vue du parking, un autre l'extérieur de la porte d'entrée. Un troisième, sans le son, montrait des gens qui hurlaient, s'empoignaient et…

Lana laissa tomber le gros sac de pièces sur l'écran.

– Ne regardez pas, ordonna-t-elle.

Cet écran-là montrait ce que diffusait la chaîne. Et tout le monde avait failli se laisser avoir. Chess n'osa pas imaginer ce qui se serait passé s'ils n'avaient pas eu les pièces avec eux.

Il prit quelques respirations profondes.

– Voici l'écran auquel il faut faire attention, expliqua Lana en désignant celui qui était sur le côté.

Il devait montrer ce que filmait la caméra d'une cafétéria, car, sur les murs, Chess distingua des ardoises annonçant : *Soupe du jour : pois cassés* et : *Plat du jour : deux accompagnements au choix.* C'était le seul écran où l'on voyait des gens, sans compter celui que Lana avait caché.

Résiste à l'envie de repousser le sac. Il ne faut pas…

Chess frotta les pièces dans sa poche et s'obligea à se concentrer sur les images prises dans la cafétéria. Des dizaines de personnes étaient assises autour de tables rondes mais aucune ne mangeait. Elles étaient presque immobiles, le regard fixe.

Tous ces gens regardaient la télévision. Le regard de Chess aussi était fixe. Grâce aux images de vidéosurveillance, il voyait celles diffusées sur la télévision de la cafétéria. Sur cet écran dans l'écran, des gens se battaient. Certains étaient projetés au sol par de violentes déflagrations. D'autres étaient...

Kona s'assit sur l'écran qui montrait la cafétéria.

– Hé ! se plaignit Rocky. Il faut qu'on regarde ! Il faut qu'on sache...

– Tu étais encore hypnotisé ! se justifia Kona. Vous l'étiez tous. On n'a pas besoin de ça !

– Ça aide, de frotter les pièces autour des yeux, intervint Finn en joignant le geste à la parole. Moi, ça m'empêche de vouloir pousser Kona et le sac pour voir ce qui passe à la télé. Oh, je sais ! On pourrait se coller des pièces autour des yeux... Aha !

Il sortit le ruban adhésif du sac qu'ils avaient emporté de la maison des Morales-Mayhew, et se mit à en arracher des bandes. Un instant plus tard, il avait une rangée de pièces scotchée sur le front et une autre de chaque côté des yeux.

– Qui en veut ? demanda-t-il.

– Je pense que ça va aller, répondit Lana.

Malgré la gravité de la situation, Chess eut envie de rire. Ils avaient beau être terrifiés, aucun des enfants plus âgés n'aurait voulu avoir l'air aussi ridicule que Finn. Même Emma considérait son petit frère d'un œil dubitatif.

– Et ça, ce sont les plateaux de tournage ? demanda Rocky en montrant un autre écran.

On y voyait une salle faiblement éclairée, avec de grosses caméras posées sur des trépieds à roulettes.

– Oui, répondit Lana. C'est là qu'on doit aller.

– Qui s'y connaît le plus, en caméras ? On n'aura sans doute pas beaucoup de temps, dit Chess tandis que Lana leur faisait emprunter un couloir vide, dont les murs peints en bleu marine étaient rehaussés d'une bande orange (évidemment).

– Moi, j'ai appris quelques trucs avec mon père, répliqua Kona au moment où Lana marmonnait en haussant les épaules : « Mon père m'a un peu montré… »

Les deux filles se mirent à rire.

– Je suppose que les doubles existent sous différentes formes, commenta Emma.

Et notre père à nous ? Combien de choses nous aurait-il apprises, s'il avait vécu ? se demanda Chess, sentant renaître dans sa poitrine une douleur ancienne et familière. *Aurait-il pu nous protéger ?*

Il se tourna vers Finn et Emma pour voir s'ils pensaient à la même chose que lui. Devait-il les consoler ?Mais le visage d'Emma affichait une expression encore plus concentrée que d'habitude : elle tournait la tête dans tous les sens pour observer chaque détail. Elle était passée en mode scientifique, pas en mode « mon père me manque ». Quant à Finn, de sa démarche bondissante, il faisait l'andouille comme d'habitude. Les pièces scotchées à son visage tremblotaient comme si elles allaient se décoller d'une seconde à l'autre. Elles n'allaient pas tarder à pendouiller de sa figure, agitées au rythme de ses pas…

Chess réalisa que le simple fait d'avoir regardé Emma et Finn l'avait consolé, lui. Comme s'ils étaient des pièces, eux aussi.

Lana les guida dans un dédale de couloirs puis s'arrêta devant une porte noire, sans signe distinctif. Elle approcha la main du digicode.

– Je connais la combinaison, affirma-t-elle. À mon avis, elle est encore valable. Mais si une alarme se déclenche, il vaudrait mieux qu'on parte chacun de notre côté, en espérant que certains d'entre nous parviendront à s'échapper.

Elle tapota le clavier. Un cliquetis retentit. Lana fit tourner la poignée.

– Pas d'alarme, souffla Emma, soulagée.

– Ce n'est pas encore gagné, tempéra Lana.

Elle semblait pétrifiée, tendue comme un arc.

– C'est bon, la rassura Kona. On est prêts.

– Passe-moi ta sœur, proposa Chess à Kona. Dès qu'on sera entrés, tu fonceras sur la caméra la plus proche.

Il était en train de prendre Kafi dans ses bras quand la porte s'ouvrit et une lumière rouge s'alluma autour d'eux. Surpris, Chess pivota brusquement vers la lumière. Il distingua deux panneaux lumineux en lettres brillantes rouges : *ENREGISTREMENT EN DIRECT* et *À L'ANTENNE.*

Il jeta des regards affolés à la ronde et aperçut un autre écran de télévision sur le côté de la salle. Il reconnut aussitôt les images que celui-ci diffusait : la tête de Finn couverte de pièces. Emma profondément concentrée. Lui-même prenant Kafi des bras de Kona. Rocky et Lana tous les deux pétrifiés, n'osant plus avancer.

– Cette salle n'est pas équipée d'une alarme pour faire fuir les intrus, comprit Chess, paniqué. Son but est de filmer en direct tous ceux qui y pénètrent… Tout le monde peut nous voir !

Chapitre 37 : Finn

Finn fut le premier à reprendre ses esprits.

– Salut, tout le monde ! lança-t-il en agitant la main.

Après tout, s'il passait à la télé devant des milliers de personnes (voire des millions !), dire bonjour semblait la moindre des politesses.

Derrière lui, les enfants affolés se disputaient à voix basse :

– Si ça se trouve, c'est juste une caméra de surveillance de plus…

– Non, non… Le panneau *À L'ANTENNE* veut dire qu'on est à l'antenne, là ! Regardez la salle de contrôle, c'est la même image sur tous les écrans. On ne voit que Finn !

– Les dirigeants ont dû mettre ça en place pour eux-mêmes…

– Et si c'était un piège ?

– Qu'est-ce qu'on fait ?

Face à la caméra, le sourire de Finn s'élargit.

– Bon, vous vous demandez sûrement ce qu'un gamin comme moi fabrique à l'écran, alors que ça doit faire des heures que vous regardez des images horribles censées prouver que le monde est un endroit vraiment affreux. Je n'ai pas d'explications à vous donner. Je ne sais pas tout ce qui se passe dans votre monde, et même si je le savais, pas sûr que je comprendrais. Je n'ai que huit ans !

En disant ça, il ne put s'empêcher de glousser un peu. Combien d'enfants de son âge avaient l'occasion de passer en direct à la télévision ?

Puis il faillit se remettre à rire en imaginant ce que dirait Tyrell, son meilleur ami, s'il le voyait : « Fais des gags avec des prouts ! Ça ferait rigoler le monde entier ! »

Mais lorsqu'il regarda les autres enfants, il réalisa qu'ils étaient effrayés et inquiets, au point qu'aucun d'entre eux n'osait approcher. Finn lui-même connaissait bien les sentiments de peur et d'angoisse, désormais. Il se faisait du souci pour maman, Natalie et tous ceux qu'ils avaient laissés derrière eux, dans l'autre monde. Il avait peur que le maire Mayhew et les autres horribles dirigeants de ce monde finissent par l'emporter une bonne fois pour toutes.

Assurément, un gag de prout aiderait Finn à se sentir beaucoup mieux.

Toutefois, il n'avait pas l'intention de s'adresser uniquement aux élèves de CE1. À cet instant, il fallait que son message soit entendu par tous.

– OK, continua-t-il, comme je le disais, je ne sais pas tout. En revanche, je sais que vos dirigeants vous mentent. En permanence ! Pareil pour la télé devant laquelle vous êtes plantés depuis je ne sais combien de temps. C'est justement avec ça que vos responsables vous trompent. Alors tournez la tête vers une fenêtre ! Regardez dehors et vous verrez qu'en réalité, il n'y a pas de guerre. Votre gouvernement veut juste que vous soyez tristes et que vous ayez peur, comme ça, vous ferez ce qu'il veut. Et ce qu'il veut, c'est que vous ne sortiez pas et que vous restiez scotchés à vos écrans. Ils veulent que vous détestiez l'autre monde, pour mieux vous manipuler !

Finn marqua une pause pour recoller une pièce sur son front.

– Voilà, reprit-il. Je ne dis pas que le mal n'existe pas, mais tout n'est pas mauvais. Il y a aussi du bon autour de vous.

Il se souvint du temps où il s'amusait avec maman, Chess et Emma, avant d'apprendre qu'ils venaient d'un monde dangereux. Même après ça, il avait vécu quelques-uns des meilleurs moments de sa vie : secourir les enfants Gustano ; sauver maman, Joe et Mme Morales ; rien qu'être serré dans les bras de maman…

À ce rythme-là, il allait se mettre à pleurer, ce qui n'arrangerait rien.

Ces récentes sources de joie ne concernaient que Finn. Il lui fallait trouver quelque chose qui touchait tout le pays. Voire toute la planète.

Qu'est-ce qui pouvait donner à chacun l'impression d'être étreint par ses parents ?

Peut-être qu'Emma avait raison et que Finn était réellement un génie. Car soudain, il sut quoi dire.

– Vous savez ce que vous devriez faire ? demanda-t-il comme si les spectateurs du monde entier pouvaient lui répondre. Vous devriez éteindre votre télé, aller dehors et regarder le ciel. Il fait très beau aujourd'hui. S'il fait nuit là où vous êtes et que le ciel est dégagé, vous verrez des étoiles. Alors, vous réaliserez que le monde ne se limite pas à des gens qui se battent, mentent et obligent le peuple à faire de mauvais choix. Si vous faites ce que je vous dis, vous savez quoi ? Je parie que vous voudrez avoir de nouveaux dirigeants, décider par vous-mêmes, et faire de cet endroit un monde meilleur. D'accord ? Allez, tout le monde dehors ! Vous êtes libres ! Vous pouvez être gentils, maintenant, faire le bien, et vous amuser ! Vous pouvez choisir vous-mêmes si vous voulez des tacos, des spaghettis, des hamburgers ou n'importe quoi d'autre ! Même si vous voulez de la soupe de pois cassés, libre à vous ! Vous pouvez même manger du succotash ! Je m'en fiche !

La mention du succotash était une blague entre Emma, Chess et lui. C'était leur nom de code au début de toute cette aventure, quand leur mère s'était volatilisée et qu'elle avait été faite prisonnière dans ce monde. Finn savait qu'à cet instant plus rien ne reliait les deux mondes. Malgré tout, il gardait espoir. Depuis leur départ précipité, maman avait peut-être trouvé le moyen d'accéder à ce monde-ci, même si Lana affirmait que les passages étaient fermés. Peut-être que maman le regardait en ce moment même, et que le succotash la ferait rire, elle aussi.

Kona apparut derrière Finn et annonça :

– Bon, maintenant, on va couper votre télé. Plus rien ne vous empêchera d'aller dehors.

Elle trouva un bouton à l'arrière de la caméra. Les mots *À L'ANTENNE* et *ENREGISTREMENT EN DIRECT* s'éteignirent.

Emma et Chess se jetèrent au cou de Finn.

– C'était parfait ! s'enthousiasma Emma. Tu as dit l'essentiel… À part le passage sur les tacos, les spaghettis et les hamburgers. On aurait pu s'en passer. Mais tout le reste, c'était exactement ce que les gens avaient besoin d'entendre.

– Beau boulot, le félicita Chess.

– P… Personne n'est venu nous arrêter, pour le moment, balbutia Lana. Mais on ne devrait peut-être pas attendre que ça arrive.

– Allons d'abord vérifier les écrans de surveillance ! proposa Emma en montrant la salle de contrôle.

Finn s'élança vers les écrans, qui diffusaient les mêmes scènes que celles qu'ils avaient vues un peu plus tôt.

– Les gens de la cafétéria ! Ils se lèvent ! Ils se dirigent vers les portes ! s'emballa Rocky, tout excité.

Il fit un check à Finn.

– Ils suivent tes conseils, mec ! ajouta-t-il.

– Si une fois dehors ils regardent le ciel, alors on aura réussi, affirma Kona.

Une première vague de gens atteignit la porte d'entrée et sortit dans la lumière du soleil. Puis ils levèrent la tête vers le ciel, comme s'ils entendaient tous la même musique et dansaient sur la même chorégraphie.

– Bravo, Finn ! Bravo, Finn ! scanda Emma en exécutant une petite danse de la joie. C'est grâce à toi !

Soudain, il se produisit une chose étrange. La foule retourna dans le bâtiment. Pour la première fois, Finn remarqua que l'un des écrans de la rangée qu'ils avaient sous les yeux montrait une scène qui se déroulait non loin du tribunal du peuple. Et sur cet écran aussi, les gens sortaient, jetaient un coup d'œil vers le ciel, puis retournaient à l'intérieur.

– Qu'est-ce qui se passe ? s'affola Lana.

– Ne me dites pas qu'ils rentrent manger de la soupe de pois cassés ou du succotash ! se lamenta Kona.

Le mot ne donnait plus envie de rire à Finn.

Sur les écrans de surveillance, il suivit le trajet des groupes de gens : après avoir franchi les portes et être passés devant l'accueil, ils longeaient le couloir... et retournaient dans la cafétéria.

Les quarante ou cinquante personnes présentes initialement se déplaçaient comme un seul homme. Elles reprirent place au même endroit. Elles se tournèrent de nouveau vers la télévision, qu'elles se mirent à regarder en silence, alors même que l'écran était noir.

– Notre plan est un échec total ! se plaignit Finn. Ça n'a servi à rien du tout, que je parle à la télé !

– Ça suffit, gémit Lana. Partons d'ici avant de nous faire arrêter.

Elle tira sur le bras de Finn. Celui-ci tendit la main vers Emma et Chess, parce qu'il ne voulait pas les abandonner.

Mais Emma s'écarta. Elle posa le sac contenant le levier et se pencha sur l'écran.

– Non, attendez, murmura-t-elle. Il y aurait moyen de revoir ce qu'a filmé la caméra de surveillance ? Je crois... Je crois avoir vu...

– Quoi ? voulut savoir Kona qui tripotait les boutons de contrôle. Jusqu'où tu veux remonter ?

– Là ! s'écria Rocky. Moi aussi, je l'ai vu !

Kona revint en arrière, jusqu'au moment où tout le monde se trouvait sur le parking, la tête levée vers le ciel.

– Eh ben quoi ? demanda Finn en observant attentivement la foule figée sur l'image.

– Cet homme ! s'exclama Emma.

Elle montra une silhouette floue sur le côté.

– On dirait bien qu'il lâche des pièces par terre, non ? Je parie qu'il est dans notre camp ! On a trouvé quelqu'un qui va nous aider !

Chapitre 38 : Emma

Emma s'élança vers la cafétéria.

Un allié! pensa-t-elle. *Avec Lana, ça fait deux!*

Quiconque avait des pièces était forcément de leur côté : c'était d'une logique imparable.

Elle entendit les autres courir derrière elle et Chess l'appeler :

– Emma! Fais attention! On devrait peut-être réfléchir d'abord...

Elle ne ralentit pas l'allure. Personne ne les avait arrêtés sur le trajet jusqu'à la chaîne de télévision, même lorsque Finn était passé à l'antenne. Par conséquent, elle ne craignait pas de se faire interpeller. Surtout s'il y avait une chance d'obtenir de l'aide.

Essoufflée après sa course, elle fit irruption dans la cafétéria. Sa respiration lui paraissait extrêmement bruyante dans le calme ambiant. Pourtant, personne ne la regarda lorsqu'elle alla se poster devant l'écran de télévision, face à la foule. Tout à coup, les gens se plaignirent :

– Non, non, assieds-toi...

– Installe-toi…

– Viens regarder avec nous… On va bientôt avoir les prochaines consignes…

– Qui a dit que vous alliez bientôt les avoir ? voulut savoir Emma tout en scrutant la salle, à la recherche de l'homme qu'elle avait vu avec les pièces.

Elle obtint quelques réponses.

– La télé…

– La télé donne toujours de nouvelles consignes…

– On fait ce que dit la télé…

– La télé rend tout officiel…

– Rien n'est réel, si ça ne passe pas à la télé…

– La télé est l'outil de nos dirigeants. C'est la seule chose en laquelle on peut avoir confiance…

Entendre ces inepties était vraiment insupportable.

– Eh bien, j'ai une info pour vous : la télé ne dit rien du tout ! cria Emma en désignant l'écran et en se décalant, toujours à la recherche de l'individu.

Où donc était-il passé ?

Cela aurait été bien plus facile si Emma avait vu son visage plutôt que l'arrière de sa tête.

Et s'il avait porté autre chose qu'un sweat à capuche bleu marine et un jean – une tenue très commune chez les hommes présents.

Il avait les cheveux noirs et ondulés, se souvint-elle. *Concentre-toi sur ce signe distinctif. Il avait aussi une tonsure, j'en suis certaine.*

Elle se dirigea vers le fond de la pièce pour mieux voir les crânes dégarnis. Mais juste à ce moment-là, à l'unisson, les gens soupirèrent de satisfaction : la télévision s'était remise en marche ! Emma pensa aux films mettant en scène des zombies increvables. Elle plissa les yeux. Comment était-ce possible ?

À l'écran, des gens étaient recroquevillés sous un toit à moitié détruit tandis que des éclairs lumineux explosaient autour d'eux.

Oooh... Des bombes, songea Emma. *Heureusement que la télé nous met en garde. Une guerre a dû éclater alors qu'on arrivait ici. Sûrement à cause des habitants de l'autre monde. On a vraiment de la chance, d'être informés par la télé de ce qui se passe réellement. Comme ça, on sait où se mettre à l'abri... Il ne faut surtout pas cesser de la regarder...*

– Emma !

C'était Chess qui lui criait dans l'oreille. Il la tira par le bras, l'entraînant vers la porte de la cafétéria.

Mais Emma refusa de bouger : elle planta ses talons dans le sol.

– On a visionné une seconde fois les images de vidéosurveillance... Apparemment, l'homme est resté dehors ! brailla Chess.

– Ooooh... gémit Emma.

Son cerveau se remit à lutter contre l'influence de la télévision.

Pour mieux se concentrer, elle regarda le visage de Chess. Ses traits familiers, ordinaires. Il avait une narine légèrement plus grande que l'autre, et une minuscule cicatrice au sourcil droit, là où Finn lui avait donné un coup de crosse de hockey sans le faire exprès. Emma connaissait l'anecdote par cœur ; elle se souvenait que Finn s'en était tellement voulu qu'il s'était excusé auprès de Chess tous les jours pendant un mois.

Elle connaissait Chess. Elle savait qu'il l'aimait et voulait son bonheur.

La télévision, elle, ne l'aimait pas. Elle ne voulait le bonheur de personne.

Je suis capable d'avoir ce raisonnement, maintenant, se dit-elle. *J'ai retrouvé mes facultés, même si la télé est encore allumée. Rien qu'en regardant Chess.*

Celui-ci la conduisit vers la porte. Les pieds d'Emma résistaient toujours. Une ou deux fois, ceux de Chess semblèrent également se rebeller. Puis, finalement, Emma et son frère se retrouvèrent dans le couloir.

Chess claqua la porte derrière eux, coupant le son de la télévision.

– Tu m'as sauvée, murmura Emma. Sans toi, j'y serais encore, malgré toutes les pièces que j'ai sur moi. Comment ça se fait que je sois si… influençable ?

– On l'est tous, Emma, la rassura-t-il. Ne sois pas si sévère avec toi-même.

Il lui adressa un sourire qui lui parut presque joyeux – du moins sur le moment.

– Chess, Emma, venez !

C'était Finn qui les appelait, au bout du couloir.

Rocky, Kona et lui étaient de nouveau regroupés autour du bureau de l'accueil. Mais cette fois, au lieu de s'intéresser aux images de vidéosurveillance, ils avaient les yeux rivés sur la baie vitrée.

– Le type, il est juste là, dehors ! Allons le voir !

– Ça ne craint rien ? lança Chess.

Emma se retint de rire : son grand frère était tellement prévisible !

Pourtant c'était son intervention inattendue qui l'avait sortit d'un mauvais pas un instant plus tôt.

– Et si on attendait un peu ? proposa-t-elle à Chess. On n'a qu'à l'espionner quelques minutes pour savoir ce qu'il mijote.

Chess et elle rattrapèrent les autres. Lana avait jeté sur son épaule le sac de toile rempli de pièces. Finn avait récupéré le sac d'Emma qui contenait le levier. Comment avait-elle pu s'en séparer ? Rocky et Kona se passaient Kafi, comme si ça occupait suffisamment la petite pour qu'elle ne fasse pas de bêtises.

Dehors, sur le parking, l'homme se tournait lentement vers le bâtiment.

– Dans quelques secondes, on va voir à quoi il ressemble, souffla Emma. On saura si on le connaît ou…

– Dans quelques secondes, il va nous repérer, l'interrompit Lana à voix basse.

Elle se cacha derrière une plante verte et fit signe aux autres de se mettre à l'abri, eux aussi.

Emma se glissa derrière un canapé, dans la salle d'attente. Elle vit l'oreille de l'inconnu… puis un bout de son sourcil et enfin son nez de profil.

Tout à coup, Rocky se leva d'un bond et hurla :

– Je sais qui c'est ! C'est mon père !

Chapitre 39 : Chess

Pour la première fois, Chess eut un pincement au cœur pour Rocky.

Le garçon se précipitait déjà dehors en s'égosillant :

– Papa ! Papa ! Papa ! Tu m'as retrouvé ! Je savais que tu viendrais me sauver !

– Non, non, Rocky ! Cet homme est seulement le double de ton père dans ce monde ! l'avertit Chess.

Rocky ne s'arrêta pas.

À l'extérieur, l'homme se retourna complètement. Chess n'avait vu M. Gustano qu'au journal télévisé, après l'enlèvement de ses trois enfants. L'homme qu'il avait devant les yeux ressemblait au père de Rocky : mêmes cheveux noirs ébouriffés, mêmes bajoues, même regard inquiet.

Il n'a pas l'air de quelqu'un qui revoit son fils pour la première fois depuis sa disparition, réalisa Chess. *Il est terrifié.*

– Rocky ! hurla-t-il en s'élançant après son camarade. Sois prudent !

Emma, Finn, Kona et Lana se mirent à courir à leur tour, fonçant vers les portes à la suite de Chess. Kafi piailla :

– Pu ouite !

Tu as raison, Kafi, pensa Chess. *Plus vite ! On doit rattraper Rocky avant que…*

Chess était à trois longues enjambées de Rocky lorsque ce dernier se jeta contre l'homme pour une joyeuse étreinte.

L'inconnu ne la lui rendit pas. Le dos raide, il se contenta de rester là, dans un silence perplexe.

– C'est… l'Autre-M. Gustano ! cria Emma. Le double de ton père ! Celui que la police accuse d'être allé dans notre sous-sol… Celui qui a peut-être joué un rôle dans votre enlèvement !

– Un enlèvement ? répéta l'individu d'un ton paniqué. Je n'ai jamais été impliqué dans un enlèvement !

Rocky leva vers l'homme un regard horrifié.

– Vous n'êtes pas mon père ! s'époumona-t-il.

Là-dessus, il se laissa tomber au sol de tout son poids avant d'enfouir son visage dans ses mains.

– Vous lui ressemblez tellement… c'est pas juste ! Oh… Et si je ne revoyais plus jamais mon père ? Ou ma mère, ma sœur, mon frère ?… Et si je restais bloqué ici pour toujours ?

C'était encore pire que de regarder les fausses scènes de guerre à la télévision. Pire que les grenades puantes qui plongeaient tout le monde dans le désespoir. Celui de Rocky, lui, était bien réel.

Et presque aussi profond que celui de Chess. Alors… pouvait-il en déduire qu'il saurait réconforter Rocky ?

Il se rapprocha du garçon et s'agenouilla à ses côtés.

– Rocky, ça va aller, le consola-t-il en lui tapotant le dos, comme si son camarade était aussi petit que Finn (voire que Kafi). Je sais ce que tu ressens.

Un souvenir lui revint brusquement. Peu de temps après la mort de son père, Chess s'était rendu dans une épicerie avec sa mère. Il ne savait plus dans quel monde c'était, mais peu importait. Quoi qu'il en soit, il était triste. Chess avait alors remarqué un homme de grande taille devant eux, à la caisse. À quatre ans, il avait l'habitude de voir les genoux des adultes plutôt que leur visage. Et l'homme portait un jean semblable à celui de son père. Chess avait serré très fort dans ses bras un des genoux de l'inconnu et pépié : « Papa ! »

Bien entendu, ce n'était pas son père. L'homme s'était accroupi. Chess avait alors découvert qu'il était roux, barbu, avec des taches de rousseur. Rien à voir avec papa.

Ce n'était sans doute pas un très bon souvenir à partager. Car Chess n'avait jamais revu son père.

Celui de Rocky, en revanche, était bien vivant. Il y avait encore de l'espoir pour cet homme.

Et pour Rocky.

– Natalie a vécu la même chose, la dernière fois qu'on est venus dans ce monde, raconta Chess. C'était terrible pour elle de voir les doubles de son père et sa mère, ici. Mais elle a réussi à rentrer chez elle et à retrouver ses vrais parents.

– Sauf que maintenant, elle aussi est en danger dans l'autre monde, gémit Rocky.

Finn accourut. À son tour, il tapota l'épaule de Rocky. Mais Finn regardait l'Autre-M. Gustano.

– Si vous êtes un méchant kidnappeur, vous n'avez pas intérêt à revenir embêter Rocky, grogna-t-il. Ni n'importe lequel d'entre nous !

Jamais Chess ne l'avait vu aussi remonté.

– Et si vous avez des pièces parce que vous êtes un méchant voleur, et pas quelqu'un de gentil prêt à aider, donnez-les-nous immédiatement, ordonna Kona en saisissant les poings fermés de l'Autre-M. Gustano.

– On est sept contre un. Vous êtes carrément surpassé en nombre, ajouta Emma en rejoignant ses frères aux côtés de Rocky.

Chess ne savait pas s'il fallait compter Kafi – même si la petite avait joué un rôle déterminant en débranchant la première télévision sur laquelle ils étaient tombés.

C'était peut-être sur la loyauté de Lana qu'il devait s'interroger. Hésitante, elle s'attardait derrière les enfants rassemblés autour de Rocky. Comme si elle ne voulait pas que l'Autre-M. Gustano la remarque. Sans dire un mot, elle s'accroupit pour poser le sac de toile à terre.

– Ce type n'a pas de pièces, à moins qu'il soit très fort pour les cacher, rapporta Kona alors qu'elle palpait le sweat à capuche de l'homme.

Ce dernier jeta un coup d'œil au sol, puis aux enfants.

– Là ! s'exclama Chess en regardant l'endroit qu'avait observé l'Autre-M. Gustano.

Il pointa un doigt. Kona ramassa quelques pièces brillantes dans une touffe d'herbe et les brandit.

– Cache ça ! s'écrièrent Lana et l'Autre-M. Gustano pratiquement d'une même voix.

L'homme voulut récupérer les pièces, mais Kona, trop rapide pour lui, les empocha.

– Mm-mm, le réprimanda-t-elle. Je ne vous les rendrai pas tant que vous ne nous aurez pas expliqué ce qui se passe. Pourquoi vous les aviez ? Tous vos collègues sont retournés à l'intérieur. Qu'est-ce que vous faites ici ? Qui êtes-vous en réalité ?

L'Autre-M. Gustano les regarda à tour de rôle. Chess remarqua que Lana se contentait d'observer la scène.

– À cause de vous, je risque d'avoir de gros ennuis, marmonna l'Autre-M. Gustano. Mais… vous avez parlé de « ce monde »… de « doubles »…

Son regard s'attarda sur Rocky.

– Tu ressembles à moi quand j'étais petit, et tu as vraiment cru que j'étais ton père… Mais surtout, tu n'as pas peur. Aucun de vous n'a peur. Vous êtes là, à découvert, bien en vue des trois caméras de surveillance, et vous criez toutes sortes de choses… D'où venez-vous ? Comment êtes-vous arrivés ici ?

Chess se leva et, dans un geste protecteur, écarta les bras devant les autres.

– Non, rétorqua-t-il.

Ses jambes tremblaient, mais il s'exprimait d'un ton ferme, assuré.

– Ça ne marche pas comme ça. C'est à vous de vous expliquer d'abord.

Emma se planta à côté de Chess.

– Vous faisiez quoi, avec ces pièces ? exigea-t-elle.

– Pourquoi on a retrouvé vos empreintes digitales dans un sous-sol de l'autre monde ? voulut savoir Kona.

– Avec tout ça, on dirait vraiment que c'est un méchant, commenta Finn en se joignant aux autres.

– Non, vous vous trompez, intervint Lana.

Enfin, elle se redressa et s'avança.

– Qu'est-ce que tu en sais, Lana ? demanda Rocky. Si ça se trouve, ce type a usurpé l'identité de mon père pour le faire accuser. Selon moi, ce n'est pas vraiment « gentil ».

Avec une grimace, Lana se ratatina presque sous le regard furieux de Rocky.

– Non, vous ne comprenez pas… chuchota-t-elle. Nous vivons constamment dans la peur. Ça fait si longtemps que nous devons nous taire…

– Alors explique-nous, Lana, encouragea Chess.

Il allait ajouter : « Tu n'as rien à craindre », mais il ne pouvait pas lui faire cette promesse. Alors il se contenta de quelque chose de plus sûr :

– Ça vaut le coup de prendre le risque de parler.

Lana déglutit. Elle jeta un coup d'œil vers un réverbère du parking, qui cachait sans doute une caméra. Puis elle observa les autres enfants.

– Je sais que cet homme est digne de confiance, affirma-t-elle, car je l'ai entendu enregistrer des messages pour ses pièces. C'est grâce à lui que j'ai découvert les pièces et que j'ai commencé à les faire passer clandestinement dans l'autre monde.

Cette confession suffit à rassurer Chess, mais Lana poursuivit :

– Et puis… je suis quasiment certaine que c'est lui qui a fabriqué votre levier.

Chapitre 40 : Finn

Tout le monde réagit en même temps :

– Pourquoi tu ne l'as pas dit plus tôt ?

– Comment tu le sais ?

– Il a fabriqué notre levier ? Alors il peut le réparer ?

– Lana, qu'est-ce que tu attendais pour nous le dire ? Il peut nous aider !

Mais l'Autre-M. Gustano secouait la tête en protestant :

– Non, non, rien de tout ça n'est vrai ! Je ne suis qu'un banal ingénieur du son. Je ne sais même pas de quoi vous parlez ! Des pièces ? Des leviers ? Je n'ai rien à voir là-dedans. Je suis un fidèle partisan. Bleu et orange à jamais !

Rien qu'en entendant cette devise, Finn avait envie de vomir. Mais il se retenait aussi de pouffer : l'Autre-M. Gustano était trop nul en mensonges ! On aurait dit un enfant pris la main dans le pot de confiture, affirmant d'un air impassible : « Confiture ? Jamais entendu parler de ça ! »

– Bon, Gus, dit Finn.

C'était plus facile de traiter quelqu'un de menteur si on l'appelait autrement que « monsieur ». Les autres enfants acquiescèrent : ce surnom leur plaisait. Et ils approuvèrent l'intervention de Finn.

– On vous a vu sur les images de vidéosurveillance, reprit celui-ci. Vous avez lâché une poignée de pièces par terre. Et il y a deux minutes à peine, Lana et vous avez crié : « Cache ça ! »

Comme un animal acculé, Gus jeta des regards inquiets à la ronde. De la sueur perlait à son front.

– Avouez que les pièces que j'ai ramassées sont les vôtres, insista Kona. Parlez-nous des leviers. Je parie qu'à nous tous, on va pouvoir avancer.

– Entièrement d'accord, approuva Finn. On n'a pas envie de s'énerver après vous à cause de vos mensonges. On veut juste trouver le moyen de retourner voir nos familles ! Et arrêter le maire une bonne fois pour toutes.

– Tais-toi ! s'exclama Gus.

D'un geste vif, il plaqua sa main sur la bouche de Finn. De son bras libre, il empoigna le garçon et roula à terre avec lui. Ils atterrirent contre un 4 × 4 noir garé en bordure du parking. Le levier dans le sac que Finn portait s'enfonça dans son dos.

Les enfants se mirent à hurler :

– Qu'est-ce que vous faites ?

– Lâchez-le !

Toutefois, Finn comprit à la façon dont Gus lui tenait la tête que l'homme ne lui voulait pas de mal. Ce dernier jeta des regards affolés au-delà du pare-chocs arrière du 4 × 4.

– Si on vient te chercher, tu n'auras qu'à dire que… que ce n'était pas ta voix, chuchota Gus. Dis qu'il a dû y avoir des interférences dans leur système de sécurité. C'est tout. Car tu n'aurais jamais parlé ainsi du maire, tu es reconnaissant pour tout ce qu'il a fait pour cette ville. Tu…

– Si personne n'est venu m'arrêter quand je suis passé à la télé, personne ne viendra m'arrêter maintenant, protesta Finn en se tortillant. Je vais bien, Gus ! Vous par contre… vous êtes super stressé !

Cette fois, quand il l'appela « Gus », ce fut d'une manière amicale, comme s'il voulait l'aider. Pas comme s'il l'accusait de mentir.

Gus laissa sa tête reposer sur le côté de la voiture. Il chercha à reprendre son souffle comme s'il venait de courir un marathon et non de plaquer un enfant haut comme trois pommes.

– On ne peut faire confiance à personne, souffla-t-il. Il ne faut pas dire ce genre de chose à voix haute…

– Donne-moi une de ses pièces, dit Lana à Kona.

Celle-ci inclina la tête, soupçonneuse. Cependant, elle plongea la main dans sa poche et en extirpa une pièce, qu'elle donna à Lana.

La jeune fille s'accroupit auprès de Gus.

– S'il vous plaît, dit-elle en lui tendant la pièce.

Le payait-elle ? Lui demandait-elle de garder l'argent ?

On sait pourtant que ces pièces ne sont pas un moyen de paiement, se dit Finn.

Tout le monde restait silencieux, les yeux rivés sur Lana et Gus.

L'homme grogna et ferma les paupières, comme s'il se sentait trop faible pour les garder ouvertes.

Ou comme s'il avait trop peur.

– Tu es la fille de mon patron, déclara-t-il. Est-ce qu'il est au courant, pour les pièces et les leviers ? Sait-il que tu répands la vérité pendant que lui est payé pour diffuser des mensonges ?

Lana nia d'un mouvement de la tête avant de se rendre compte que Gus avait toujours les yeux fermés.

– Vous savez que mon père m'aurait dénoncée, répliqua-t-elle. Vous savez qu'il est loyal envers le parti. Envers le maire, le gouvernement… C'est parce qu'il a colporté des mensonges qu'il s'est enrichi et a accédé au pouvoir.

Gus entrouvrit un œil.

– Et tu dis m'avoir entendu enregistrer un message sur l'une de mes pièces ? J'ai été négligent à ce point ?

– Non, c'est moi qui vous espionnais, le détrompa Lana.

Malgré sa peur, elle afficha un sourire timide qui n'avait rien de prétentieux.

– Vous étiez dans un studio d'enregistrement insonorisé, expliqua-t-elle. J'y étais, moi aussi. Hors de vue. C'est comme ça que j'ai découvert des tas de trucs sur mes parents, dont les profs ne me parlaient pas. Je me cachais très souvent dans le studio 2-B.

– Ce studio, répéta Gus d'un ton rêveur. J'y allais rien que pour me sentir exister. Pour me prouver que j'étais bien réel ; pour m'assurer que ce que je pensais et éprouvais était vrai, même si partout ailleurs je devais mentir. Il y a des jours où aller dans ce studio pour raconter la vérité est la seule chose qui me fait tenir…

– Vu comment ces pièces fonctionnent… vous pensiez les envoyer à mon père ? demanda Rocky.

Il avait le visage chiffonné, comme s'il allait fondre en larmes.

– Si c'est oui, reprit-il, ça n'a pas marché. Il n'a jamais rien reçu.

– Non, non. J'étais trop lâche pour ça, répondit Gus en secouant tristement la tête. C'est pathétique, hein ? J'ai vu des gens faire preuve de courage, mais… je n'ai jamais tenté d'envoyer mes propres pièces. Pas avant… aujourd'hui.

Les dents serrées, il ajouta à l'intention de Lana :

– Donne-moi ça. Je vais le faire.

De son pouce tremblant, il appuya sur la pièce dans la paume de Lana. Lorsqu'il ôta son doigt, Finn vit que le code gravé sur le disque métallique s'était transformé en message intelligible : *RACONTE NOTRE HISTOIRE.*

Gus appuya une seconde fois sur la pièce. Sa voix s'éleva, puissante :

« J'ai autre chose à vous révéler… »

– Ah oui, c'est vrai, chuchota Chess. Il faut appuyer deux fois pour entendre le message.

– Vous pouvez activer vous-même votre message ? s'étonna Emma. Il n'y a pas que votre double de l'autre monde qui peut le faire ?

– Chut ! dit Finn à son frère et sa sœur.

« Cette histoire raconte l'un des actes les plus courageux que j'aie jamais accomplis, poursuivit la voix de Gus, enregistrée dans la pièce. J'ai entendu *via* des réseaux parallèles que le maire et ses hommes avaient volé le levier que Kate Greystone conservait dans l'autre monde, au sous-sol. À ce moment-là, je savais qu'elle était emprisonnée. Je ne pouvais rien faire pour l'aider directement. Mais j'ai pensé pouvoir aider ses enfants en récupérant le levier volé pour le remettre dans le sous-sol. Puis j'ai fait circuler la rumeur que c'était le maire qui l'avait ordonné. J'ai utilisé ses mensonges contre lui. »

– Vous nous avez vraiment aidés, alors ! s'exclama Emma. Ce levier nous a bien servi. C'est grâce à lui qu'on a pu sauver notre mère !

Et ensuite, on a de nouveau perdu maman, rectifia Finn en pensée.

Il s'abstint de le mentionner à voix haute.

Gus regarda directement Rocky.

– Je n'aurais jamais cru que laisser mes empreintes dans ce sous-sol impliquerait ton père, s'excusa Gus. Je croyais que votre monde était parfait. Ça ne m'a jamais traversé l'esprit qu'il puisse arriver quelque chose de grave, là-bas.

Rocky tressaillit.

– Vous avez exactement la même voix que mon père, dans cet enregistrement, marmonna le garçon. Il parle aussi sincèrement et… il n'est pas parfait. Notre monde n'est pas parfait. Mais mon père fait ce qu'il peut. Il est gentil, et…

Rocky baissa la tête, comme s'il ne voulait pas qu'on voie son visage.

– On peut en écouter une autre ? s'enquit Kona. À moins que vous nous racontiez vous-même…

Gus lui fit signe de sortir une deuxième pièce.

– Il y a une autre histoire qui plaira sans doute beaucoup aux enfants Greystone, dit-il.

Kona lui tendit une autre pièce. Lorsque Gus la toucha, le code à la surface se transforma et on put lire : *ENTENDS-NOUS*. Gus appuya encore dessus. Sa voix résonna, plus forte que jamais :

« Je n'ai jamais rencontré Kate et Andrew Greystone. Il y a huit ans, j'aurais pu les croiser dans la rue sans les reconnaître. Pourtant, je les considérais comme des héros, même à l'époque. Je m'étais lié d'amitié avec une physicienne. Appelons-la simplement Gina, car elle a encore de la famille. Certaines personnes seraient en danger si le gouvernement faisait le lien entre Gina et les pièces. Comprenez-vous à quel point c'est horrible, pour nous qui voulons le bien pour notre monde où règne le mal ? Comme c'est dur de devoir se méfier, même entre nous ? Gina est la seule avec qui j'ai été franc. Enfin… Gina et… maintenant, vous. C'est elle qui m'a parlé de ce couple aussi fou que courageux qui était venu la voir. Ils voulaient raconter leur histoire, l'histoire de notre monde, à ceux qui avaient le plus de chances de l'écouter : leurs doubles, dans le monde meilleur que Gina avait découvert. Ils pensaient que raconter cette histoire aurait une utilité. Quand Gina m'a mis dans la confidence, j'ai d'abord ri. Vous imaginez ? Nos dirigeants, eux, étaient armés de pistolets ! D'outils permettant de contrôler les esprits ! »

– Vous pensiez que cet enregistrement allait nous plaire ? intervint Finn d'une voix tremblante. Qu'on aurait envie de vous entendre vous moquer de nos parents ?

– Je ne parlais pas de ce passage, se justifia Gus. Attends la suite.

La voix de Gus continuait à s'échapper de la pièce :

« Andrew et Kate avaient trois enfants. En bas âge. Ils avaient dit à Gina qu'ils ne pourraient plus se regarder dans un miroir s'ils ne mettaient pas tout en œuvre pour faire de cet endroit un monde meilleur pour leurs petits. C'est pour eux que Gina a créé les pièces. Grâce aux Greystone, elle aussi a repris courage. Elle a décidé d'enregistrer ses propres histoires. Quand elle m'en a parlé, je me suis mis à enregistrer les miennes, moi aussi. Ça a commencé à se savoir. En public, les gens se comportaient comme s'ils ne pensaient pas par eux-mêmes, comme s'ils ne faisaient qu'obéir aux ordres du gouvernement. Mais je suis sûr que presque tout le monde, à l'exception des dirigeants, consignait ses témoignages dans les pièces à l'abri des regards, en secret. J'en vois de temps en temps, quand je sors travailler. Une pièce déposée ici ou là. Je suis persuadé que les pièces ont aidé à lutter contre les odeurs nocives mises au point par notre gouvernement pour nous contrôler. Je pense qu'on pourrait renverser le pouvoir en place si tout le monde relevait la tête en même temps et envoyait ses pièces dans l'autre monde. »

– Cet enregistrement date d'avant la télé hypnotisante, non ? demanda Rocky d'un ton sarcastique. À quoi ça rime, maintenant ?

– Chut !

Finn n'aurait même pas su dire qui avait demandé au garçon de se taire. Peut-être tout le monde.

La voix de la pièce se teinta de tristesse :

« Je ne peux pas vous contraindre à me porter secours. Vu comment fonctionne mon monde, si ça n'avait tenu qu'à moi, j'aurais enregistré un message qui vous aurait fait croire qu'il n'y avait pas d'autre choix que de venir m'aider. Mais Kate et Andrew Greystone avaient plus foi que moi en l'humanité. Ils étaient aussi plus optimistes. Ils croyaient que, sitôt que leurs doubles sauraient ce qui se passe ici, les gens de votre monde se porteraient volontaires pour les aider.

« Peut-être avez-vous déjà écouté une de mes autres pièces, sur laquelle je raconte ce qui est arrivé aux Greystone et à Gina. Deux morts : Gina et Andrew. Quatre personnes en danger : Kate et ses enfants. Gina a été assassinée la première. La première martyre. J'étais désespéré… mais elle avait tout anticipé en m'envoyant des instructions par courrier. Elle avait prévu, au cas où elle disparaîtrait, que toutes ses pièces, celles qu'elle n'avait pas encore envoyées, puissent être transformées en une autre sorte de pont entre les deux mondes. C'était presque comme si elles avaient été conçues pour… avoir une seconde vie. Gina m'a expliqué comment les fusionner pour créer un genre de levier, capable d'ouvrir des passages temporaires entre les mondes. N'importe qui pouvait les emprunter. Pas seulement ceux qui avaient un double dans l'autre monde. N'importe qui, d'où qu'il vienne. C'était comme si sa bravoure et sa moralité exemplaire pouvaient fédérer tout le monde.

« J'ai donc suivi les consignes de Gina. Puis j'ai laissé le levier sur le pas de la porte de Kate Greystone, lors d'une nuit sans lune durant laquelle, par un heureux hasard, toutes les caméras de surveillance du quartier avaient été mises hors-service pour maintenance… »

Finn ne put se retenir : il se jeta au cou de Gus.

– Vous nous avez sauvés ! Il y a huit ans, c'est vous qui avez donné le levier à maman ! C'est pour ça que vous vouliez qu'on écoute ce message !

Gus prit un air gêné.

– Oh, ce n'était pas pour me vanter ! se défendit-il. Je voulais juste que vous sachiez que vos parents sont de vrais héros. Le mouvement qu'ils ont lancé, tout ce qu'ils ont accompli, les risques qu'ils ont pris… Tout cela, c'était pour ton frère, ta sœur et toi.

Finn toucha la pièce qu'ils avaient écoutée. Il pensa au fait qu'Emma gardait la feuille avec les chiffres griffonnés par leur père. Chess, lui, avait une photo qu'il chérissait précieusement. Finn, par contre, n'avait aucun objet de son père. Il n'avait jamais ressenti le besoin d'en avoir un, car il ne l'avait quasiment pas connu.

– Est-ce que… ? commença-t-il. Je pourrais garder cette pièce ? Puisque de toute façon vous n'avez pas pu l'envoyer dans l'autre monde ?

À nouveau, Gus passa son pouce sur le petit disque, faisant réapparaître le code à la place des mots.

– J'en ai d'autres identiques, répondit l'homme d'une voix un peu étouffée. Enfin… ta camarade en a d'autres, rectifia-t-il en désignant Kona. J'ai fait des copies, car je savais que Gina s'était attiré beaucoup d'ennuis quand elle s'était mise à envoyer des pièces, avant de perfectionner son système. Tu savais que les lettres gravées étaient de l'écriture de ton père ? Pour saluer son courage. Mais tant d'autres personnes travaillaient à ce projet…

Finn eut le tournis en pensant à tous ces gens. Si seulement ils avaient pu déclarer ouvertement : « Hé, vous voulez de meilleurs dirigeants ? Des dirigeants qui ne mentent pas et ne passent pas leur temps à nous faire peur ? Moi aussi ! » Alors, tout aurait été différent.

Ou ils auraient peut-être été tous éliminés, eux aussi. Comme papa et Gina, songea Finn en frissonnant.

Kona fouillait dans sa poche.

– En fait, la seule autre pièce que j'ai ramassée et qui vous appartient ressemble à la première qu'on a entendue, pas à la deuxième, affirma-t-elle.

– Tu dois te tromper, j'en ai laissé tomber cinq, insista Gus. Je suis sûr que deux d'entre elles…

– Je n'en ai ramassé que trois, l'interrompit Kona.

Gus eut un mouvement de recul et faillit se cogner la tête contre le 4 × 4. Puis, après s'être relevé, il se précipita à l'endroit où il se trouvait quand les enfants l'avaient aperçu, dehors.

– Tu ne les aurais pas cachées ? demanda-t-il à Kona alors qu'il s'agenouillait pour inspecter l'herbe. Ou perdues ?

– J'ai ramassé toutes celles que j'ai vues ! jura Kona.

Les enfants accoururent pour explorer la pelouse à tâtons. L'herbe qui venait d'être tondue était si dense qu'une pièce n'aurait pas pu s'y dissimuler.

– Gus ! s'exclama Lana. Deux de vos pièces sont tombées dans l'autre monde ! Les passages ont certainement été rouverts !

Les autres s'interrogèrent :

– Tu crois ?

– Ça voudrait dire que… ?

– Si ça marche pour les pièces, alors…

Finn n'attendit pas les réponses à ces questions. Il se contenta d'attraper le levier dans le sac toujours suspendu à son épaule.

Puis, à toute volée, il donna un grand coup dans le sol.

Chapitre 41 : Emma

– Finn, non ! hurla Emma. Pas là !

Et si frapper directement la terre avec le levier bouleversait le monde entier ? Ou si les mondes s'inversaient ?

Peu importait : rien ne se produisit. Le levier ne resta pas planté dans le sol, prêt à être actionné. Il fit juste sauter quelques mottes.

– Je me disais que, si les pièces sont passées dans l'autre monde, le levier fonctionnerait, lui aussi, dit Finn avec tristesse avant de se laisser tomber par terre.

– Seulement deux des pièces de Gus sont passées à travers le sol, nuança doucement Emma. Trois sont restées. Je parie que les passages entre les deux mondes ne s'activent que temporairement.

– Et moi, je parie que c'est arrivé lorsque Finn est passé à la télé, déclara Kona.

Elle prit Kafi, qui s'amusait à monter et descendre du sac de toile, et la serra contre elle.

– Quand les gens sont sortis pour regarder le ciel, poursuivit-elle, peut-être qu'ils pensaient par eux-mêmes. Qu'ils ne croyaient plus ce qu'ils avaient vu à la télé. Si ça se trouve, pendant une minute, ils ont réellement voulu observer le ciel. Pas seulement pour suivre les recommandations de Finn.

– Mais ensuite, ils ont fait demi-tour et sont retournés devant les écrans, enchaîna Chess. Ça doit être à ce moment-là que les passages se sont refermés. Les trois dernières pièces de Gus ont atterri ici, par terre, au lieu de passer dans l'autre monde.

– Ils ont raison, n'est-ce pas, Gus ? demanda Lana.

L'homme jeta un regard prudent vers les réverbères qui encerclaient le parking.

– Oui, chuchota-t-il. Je pense.

– Mais pourquoi ? s'enquit Emma. Je vois bien que tout est lié : les pièces, les leviers, la télé, les odeurs… Mais comment ?…

Gus observa de nouveau les réverbères et soupira.

– C'est un équilibre. Entre les mondes. Entre le bien et le mal. Et entre les pièces et la télé. Le maire et les autres dirigeants ont pris un gros risque en laissant ce monde sous le contrôle de la télévision et en passant dans l'autre pour le soumettre. Depuis longtemps, la rumeur court qu'ils ont réussi à mettre la main sur des leviers. Qu'ils ont trouvé comment fabriquer les leurs… S'ils parviennent à asseoir leur pouvoir sur les deux mondes, je doute qu'on puisse gagner contre eux un jour. Ils seront trop puissants pour que des pièces, des leviers ou même les gens puissent contrecarrer leurs plans.

– Mais… ? insista Emma avec de l'espoir dans la voix.

Elle refusait de croire qu'ils n'avaient plus aucune chance.

– Mais en ce moment même, ils alimentent leur invasion en puisant de l'énergie dans les esprits qu'ils contrôlent dans ce monde, expliqua Gus. Toute cette matière grise, cette puissance, contribue à ce que le maire et ses complices répandent le mal dans l'autre monde. Quand les gens sont sortis contempler le ciel, soudain, ils ne travaillaient plus pour les dirigeants. Ils ne faisaient plus ce que leurs dirigeants exigeaient. C'était comme… une panne d'électricité.

– Ou plutôt une surtension, corrigea Kona. Une décharge d'énergie surpuissante pour les gentils. Nous.

– Donc on sait ce qu'il nous reste à faire ! s'exclama Finn, tout excité. Je peux retourner à la télé dire aux gens de rester dehors cinq minutes supplémentaires. Ça nous laissera assez de temps pour utiliser le levier, non ? On ira dans le monde meilleur pour sauver maman et les autres, et combattre le maire. Cinq minutes pour dire aux gens ce qu'ils doivent faire. Il ne m'en faut pas plus !

Finn était si optimiste !

– Non, trancha Gus en secouant la tête encore plus tristement que tout à l'heure. Pas besoin de contrôler encore les gens. Ce qui compte, c'est le temps qu'ils passent à penser par eux-mêmes. Que chacun d'eux, individuellement, ait envie de faire le bien… Tout à l'heure, vous avez bénéficié de l'effet de surprise. Si tu tentais la même chose maintenant, les gens hausseraient les épaules et se diraient : « Bof, aller dehors pour admirer le ciel, ça n'a finalement rien changé. Je vais donc continuer à regarder la télé. »

Emma considéra Gus d'un air renfrogné. Quel rabat-joie ! Comment avait-il fait pour agir avec les pièces, ces huit dernières années, alors qu'il était si pessimiste ?

Je parie que le peu d'espérance qu'il avait, il le devait aux pièces, songea-t-elle.

Elle sentit une idée crépiter dans sa tête. On compare souvent la naissance d'une idée à une ampoule qui s'allume mais, pour Emma, ça arrivait par des picotements, comme la foudre. Comme le tonnerre, aussi.

– Et si… commença-t-elle.

Elle arrivait à peine à formuler ses pensées.

– Et si… Gus, Lana, vous savez où on pourrait se procurer d'autres pièces ?

Gus et Lana se regardèrent. Ils avaient l'air un peu moins crispés que lors de leur première rencontre. Peut-être commençaient-ils à se faire confiance mutuellement. Dans une certaine mesure, du moins.

Il se pouvait même qu'ils commencent à faire confiance aux Greystone, à Rocky et à Kona.

– Euh… oui, bafouilla Gus d'un air dubitatif.

Les coins de sa bouche s'étirèrent imperceptiblement. Chez n'importe qui d'autre, on aurait pu prendre cette expression pour une grimace. Mais chez Gus, c'était assurément un sourire.

– Dans ce cas, allons-y ! s'exclama Emma.

Elle attrapa Gus par le bras pour l'aider à se relever.

– Venez !

Chapitre 42 : Chess

Chess, lui, n'était pas optimiste.

Le plan d'Emma consistait à remplir un 4 × 4 de pièces et à les rapporter dans les studios de la chaîne pour les jeter un peu partout devant les caméras de télévision, afin que les gens de ce monde horrible puissent les voir.

– Ça marchera, car, selon Gus, ils sont très nombreux à avoir fabriqué leurs propres pièces, qu'elles aient été envoyées dans l'autre monde ou pas, se justifia Emma. Les pièces rappelleront à chacun ses convictions profondes, ce qu'il pense et ressent réellement. Qui il est vraiment. Quel espoir il lui reste. Grâce aux pièces, tout va changer !

Si elles devaient tout changer, ce serait déjà fait, non ? se demanda Chess.

Malgré ses doutes, il grimpa avec les autres dans le 4 × 4 derrière lequel ils s'étaient cachés et qui s'avéra être celui de Gus. Qu'était-il censé faire d'autre ? Dire à sa sœur que son idée était stupide ? Croiser les bras et s'asseoir par terre en signe de protestation, pendant que les autres s'en allaient ?

Abandonner ?

Chess s'installa sur la banquette arrière du et fut surpris quand Rocky s'assit à côté de lui.

Il n'y voyait pas d'inconvénient – il n'était pas obligé de garder des places pour Finn et Emma. Ils étaient installés sur la banquette du milieu avec Kona et Kafi. Même si Lana était assise devant, à côté de Gus, c'est avec Finn que ce dernier discutait. Ils étaient lancés dans une discussion animée sur le nombre de pièces qui, selon Gus, pouvaient être passées dans l'autre monde…

Finn et Emma sont comme des balles en caoutchouc, conclut-il. *Plus fort on les lance, plus loin elles rebondissent.*

Chess, lui, ne rebondissait pas. Envoyé au tapis, il peinait pour se relever. Il rampait, il avançait centimètre par centimètre… à l'image d'un alpiniste qui escaladait un à-pic une prise après l'autre.

– Désolé, dit Rocky quand Gus démarra la voiture et manœuvra pour quitter le parking.

Chess sursauta. Rocky n'avait tout de même pas lu dans ses pensées !

– Pour quoi ? s'enquit Chess.

– Pour tout à l'heure, répondit Rocky avec un signe de tête vers la vitre et le parking. Pour m'être laissé aller devant les petits. Le truc, c'est que… toi, au moins, tu as ton frère et ta sœur. Moi, je suis seul. Je ne sais pas ce qui se passe, ni pour eux, ni pour mes parents… Je ne suis même pas dans le même monde que ma famille. Et sans vouloir vexer ta sœur, je doute qu'on parvienne à rentrer un jour.

Chess rentra le menton dans son tee-shirt, comme une tortue rentrerait la tête dans sa carapace. Il savait que Rocky serait peut-être rassuré s'il lui disait : « Non, tu n'es pas seul. On est tous dans le même bateau. » Ou : « Je suis certain que ta famille va bien, dans l'autre monde, et qu'elle s'inquiète pour toi. » Mais ce serait mentir. Il ignorait comment allait la famille de Rocky. Et maman, Natalie, Mme Morales, Joe…

Peut-être que son tee-shirt sentait encore vaguement la grenade puante. Peut-être que les scènes emplies de désespoir diffusées à la télévision s'étaient imprimées dans son cerveau. Car il répliqua d'un ton amer :

– Toi, au moins, tu as toujours ton père. Lui, au moins, il est vivant.

Il plaqua aussitôt une main sur sa bouche.

– Pardon ! Excuse-moi ! Je n'aurais pas dû dire ça !

À ce moment-là seulement, il remarqua les yeux rougis et humides de Rocky. Il vit également sa mâchoire crispée – une astuce que Chess avait lui-même apprise des années auparavant, quand il avait décrété qu'il ne devait plus pleurer la mort de son père en public.

Rocky écarquilla les yeux.

– Pendant tout ce temps, j'étais jaloux que tu aies ta sœur et ton frère avec toi, tandis que toi, tu étais jaloux du fait que j'aie un père ? s'étonna-t-il.

Incapable de regarder Rocky en face, Chess préféra fixer le siège en cuir noir devant lui.

– Quand tu as vu Gus sur le parking, commença-t-il, quand tu es sorti en courant… Pendant un instant… j'ai presque eu l'impression que, s'il avait réellement été ton père, ç'aurait été un peu comme si je retrouvais le mien. J'aurais été heureux pour toi.

Il sentit son visage s'embraser. Pourquoi se confiait-il ainsi à Rocky ?

– Pourtant, tu savais que Gus n'était pas mon père, répliqua Rocky. Tu as essayé de m'arrêter. De me protéger.

Chess resta silencieux.

– Cette histoire d'univers parallèle me perturbe vraiment, enchaîna Rocky. S'il existe une version de mon père dans les deux mondes… est-il possible qu'une version de ton père existe dans l'autre monde ? Un Andrew Greystone venant du monde meilleur ? Quand tout ça sera terminé, si ça se termine un jour, peut-être que ta famille et toi pourrez vous lancer à sa recherche, pour voir… je ne sais pas… pour voir si vous le trouvez sympa ? Si ça vous réconforte ?

Chess n'y avait encore jamais pensé. Il n'était pas comme Emma, qui adorait réfléchir aux différences et aux points communs entre les deux mondes, et comprendre leur origine. Songer aux mondes parallèles lui donnait juste mal au crâne.

La suggestion de Rocky lui serrait le cœur, aussi. Papa était unique. Papa était un être cher.

Papa n'était plus là.

– Ça t'a aidé, toi, de rencontrer Gus ? demanda Chess. De courir vers un type qui ressemblait à ton père et qui ne te reconnaissait même pas ?

– Non, avoua Rocky. Non, tu as raison. C'est pire. Surtout que Gus est une vraie poule mouillée : « Oh, non ! Et si jamais on me voyait ? Et si on m'entendait ? » Alors qu'il envoie des messages à l'univers qui disent littéralement : *REMARQUE-NOUS, ENTENDS-NOUS, TROUVE-NOUS…*

Chess se mit à rire. Pourquoi n'avait-il pas remarqué que Rocky était aussi drôle que Finn ?

Sûrement parce qu'on n'a pas passé une minute ensemble sans avoir peur, sans se sentir désespérés ou sans être obligés de fuir. Voire les trois à la fois.

Dans d'autres circonstances, Gus aurait peut-être eu de l'humour, lui aussi. S'il était né dans l'autre monde, il aurait peut-être été un type génial.

– Gus avait l'air effrayé, mais ce qu'il a accompli, c'est courageux, tempéra Chess. Fabriquer le levier, le donner à ma mère, mettre au point les pièces, les envoyer dans l'autre monde…

Rocky tripota le ruban adhésif qui maintenait sa pièce sur son poignet.

– Ce que ton père a fait, c'était très courageux aussi, approuva-t-il. Pareil pour ta mère.

Il haussa les épaules et ajouta :

– Mon père est vendeur en assurances. Tu veux que je te dise un secret ? Un jour, avec mes amis, on a voté. Parmi tous les pères de notre bande, c'est le mien qui a été élu le plus barbant.

– Je parie qu'il ne s'est jamais retrouvé dans une situation exigeant qu'il fasse preuve de courage, relativisa Chess avant de jeter un coup d'œil au paysage qui défilait à travers la vitre.

De part et d'autre de la chaussée, les maisons étaient très en retrait de la route, mais Chess voyait quand même le scintillement des écrans de télévision à chaque fenêtre. Son cœur se mit à battre plus vite.

– Enfin… jusqu'à ce que vous soyez kidnappés et qu'il se retrouve accusé à tort, précisa-t-il.

Il se tourna à nouveau vers Rocky :

– Au fait, maintenant qu'on connaît Gus, quand tout ça sera fini, il pourra aller voir la police dans l'autre monde et innocenter ton père.

– Bonne idée… répliqua Rocky. Et tu sais quoi ? Une fois que cette histoire sera derrière nous, ta famille et toi, vous pourrez nous rendre visite en Arizona. Vu comment nos mères se ressemblent, c'est presque comme si on était cousins, non ? Surtout qu'en vrai, je n'en ai pas. Mon père t'emmènera pêcher. On ne sera même pas obligés d'y aller avec les petits. Ils pourront s'occuper de leur côté. Je sais bien que ça ne sera pas pareil que de retrouver ton père, mais…

Pendant une seconde, Chess s'y voyait presque : Rocky, M. Gustano et lui dans une rivière bordée de roches rouges… Il y avait bien des roches rouges, en Arizona, non ?

– Ça serait… cool, approuva-t-il avant de rire. Mais tu sais bien que les Finn ne nous laisseraient jamais partir sans eux ! Ni les Emma !

Quand tout ça sera fini… Une fois cette histoire derrière nous…

Peut-être que Chess avait encore de l'espoir, après tout.

Peut-être que Rocky aussi.

Chapitre 43 : Finn

– Je veux tout savoir, souffla Emma.

– Moi aussi, renchérit Kona.

Finn se retint de pouffer. Lorsqu'il avait jeté un coup d'œil à Kona et Emma, il avait eu l'impression de voir double. Elles n'étaient pas des sosies, bien sûr : Kona avait les cheveux plus longs, Emma la peau plus claire et, même si c'était sa sœur, Finn remarqua qu'elle avait le menton un peu pointu alors que Kona pas du tout. Mais dans leurs yeux pétillait la même curiosité. Et toutes deux étaient assises de la même façon : penchées en avant, la ceinture de sécurité tendue. Kafi s'était glissée entre les deux jeunes filles.

– Votre amie Gina... Comment a-t-elle fait pour découvrir l'existence de l'autre monde ? voulut savoir Emma.

Au même moment, Kona demandait :

– Vous savez quand les deux mondes se sont séparés, exactement ? Et pourquoi ?

D'habitude, Finn décrochait quand Emma se mettait à parler des mondes parallèles, ou de tout autre sujet scientifique ou mathématique. C'était elle qui adorait les sciences et les maths. Finn, lui, aimait les farces. Quand il faisait des expériences amusantes, comme par exemple mélanger du vinaigre et du bicarbonate de soude, ou des Mentos et du Coca light, il arrivait même à sa sœur d'en disséquer l'aspect scientifique. Sur ce plan, ils se complétaient bien.

Mais c'était lui qui avait découvert le code *REMARQUE-NOUS*, sur la pièce. Lui qui avait eu l'idée d'utiliser la télévision pour diffuser des messages positifs.

Et… il avait des questions à poser à Gus, lui aussi.

– Comment ça se fait que vous soyez le seul à être resté dehors alors que tout le monde est retourné dans la cafétéria regarder la télé ? s'enquit-il. Qu'est-ce qui vous rend différent des autres ?

– Je ne sais pas, répondit Gus en prenant un virage un peu trop vite. Cette réponse vaut pour toutes vos questions.

– C'est pas juste ! se plaignit Finn.

Le moment était peut-être mal choisi pour commencer à poser des questions comme Emma.

– Si l'un d'entre nous était votre double de l'autre monde, vous nous répondriez ? demanda Lana avec douceur. Avez-vous enregistré une de ces réponses sur vos pièces ?

Gus regardait droit devant lui, comme s'il roulait à travers un rideau de pluie et qu'il devait se concentrer profondément… alors qu'en fait, le soleil brillait. En plus, la route était déserte et toute droite.

– Gina a découvert qu'il existait d'autres mondes lors de l'une de ses expérimentations, un jour où les atomes se comportaient bizarrement, répondit l'homme. À moins que ça n'ait été des molécules ? Désolé, ses explications étaient déjà beaucoup trop techniques pour moi. Alors vous qui n'êtes que des enfants, vous ne pourriez pas comprendre la physique théorique !

– J'aimerais essayer… Encore faut-il qu'on m'en donne l'occasion, marmonna Emma comme si elle venait d'être insultée.

Kona et elle se firent un tope-là.

– Et pour la séparation des mondes ? poursuivit Kona. Gina avait une hypothèse, à ce sujet ?

Gus grogna.

– Il faudrait pouvoir étudier l'histoire, la vraie, ce que nos dirigeants nous interdisent de faire. Ils nous laissent accéder à l'histoire telle qu'ils veulent qu'on la connaisse. Autrement dit… des mensonges, encore.

– D'après ma mère, ce sont probablement des milliers de petites décisions qui sont à l'origine de cette division, déclara Emma.

– Ça me semble logique, approuva Gus. On n'en est pas arrivés là du jour au lendemain.

Il désigna à travers le pare-brise une maison entourée de barbelés.

– Ce sont les gens qui, à maintes reprises, ont décidé de ne plus faire confiance à leurs voisins, de ne plus se soucier d'eux, de ne plus croire ceux qui leur disaient : « Vos dirigeants vous mentent. C'est important ! Cherchez la vérité ! »

– C'est ce que disaient mes parents aussi, proclama fièrement Finn. Vous, au moins, vous avez dit la vérité en enregistrant vos messages. Et vous avez su résister à la télé, suffisamment pour rester dehors.

– C'est… un combat de chaque instant, dit Gus.

Ses veines affleuraient sur ses mains qui serraient fermement le volant. Et un muscle de sa joue palpitait.

– Je ne sais pas combien de temps je vais encore pouvoir tenir, ajouta-t-il.

Puis il plaqua une main sur sa bouche, comme s'il en avait trop dit.

– Je parie que si vous êtes plus fort que les télés, c'est parce que vous connaissiez Gina, intervint Emma.

– Vous avez peut-être aussi un lien avec les Greystone, souffla Lana. Car vous leur avez donné le levier. À deux reprises ! Et parce que vous êtes allé dans l'autre monde, même si vous vous êtes limité à leur sous-sol.

– Quand tout ça sera fini, je ferai en sorte d'obtenir des réponses, affirma Kona. Comme ça, j'arrêterai de supposer. Je saurai les choses de source sûre. J'étudierai tout ce que je peux sur les deux mondes.

Cette fois, Emma et Kona se firent un check.

– Mais est-ce que ça va se finir un jour ? s'inquiéta Lana d'une voix tremblante. J'ai l'impression qu'autour de nous, le pouvoir des télés se renforce. Pas vous ?

– C'est parce qu'on approche des quartiers les plus densément peuplés, expliqua Gus à travers ses dents serrées. Là où les télévisions sont plus nombreuses.

Finn cessa d'observer les maisons, les clôtures et les barbelés qui bordaient la rue et se baissa pour étreindre le sac de toile rempli de pièces. Pour faire bonne mesure, il serra aussi contre lui le sac contenant le levier. Les deux avaient atterri par terre, à ses pieds.

Puis il se dit que c'était égoïste de tout garder pour lui. Il décida de caler au moins sa bourse entre Gus et Lana.

– Tenez, dit-il. Ça vous fera du bien d'être plus près des pièces.

– Peut-être que ça aide aussi, de parler des pièces, suggéra Emma. Vous nous avez dit que Gina les avait inventées, mais qui les fabrique, désormais ? Je parle de la matière première des pièces, avant qu'on enregistre quoi que ce soit dessus. Avant que Lana, vous et les autres aidants les récupériez clandestinement.

– Je suis sûr qu'il y a une usine quelque part, mais son emplacement est secret, répondit Gus. Ce serait trop dangereux qu'on le connaisse, car si les dirigeants nous arrêtaient, ils nous forceraient à les y emmener. Et… ils la détruiraient…

Il semblait trop concentré sur la route pour poursuivre.

– C'est la première fois que je vois les rues désertes à ce point, murmura Lana. En temps normal, à cette heure-ci, il y a des voitures et des gens partout… On est presque au cœur du centre-ville.

En effet, ils étaient à présent entourés d'immeubles si hauts que Finn n'en voyait même pas le sommet.

Tant mieux. Comme ça, je ne verrai pas les horribles bannières bleu et orange qui s'y trouvent sans doute… se rassura-t-il.

Voir les rues ainsi lui faisait tout drôle : il ne les avait connues que peuplées d'une foule si dense qu'ils pouvaient à peine remuer.

– C'est comme si une bombe avait explosé et qu'on était les seuls survivants, commenta Lana.

Finn chercha une idée pour dérider les autres. Mais ils passèrent devant un immense bâtiment dont l'encadrement des portes était orné de sculptures à l'air maléfique : le tribunal du peuple, où s'était tenu le procès de maman.

Finn sentit son ventre se nouer.

Les gueules tordues des créatures de pierre auraient très bien pu dire : « Laisse tomber ! Tu vas perdre ! Tu n'es qu'un gamin, tu ne peux rien faire ! »

Comme les mauvaises odeurs, les télévisions et les pièces, ces sculptures avaient peut-être un pouvoir.

Ou elles étaient peut-être comme les bannières orange et bleu qui ornaient l'édifice : elles rappelaient à Finn le pouvoir néfaste du gouvernement.

C'était suffisant.

– Pourquoi on voit toujours les mêmes couleurs partout ? voulut savoir Kona.

Finn adorait le fait qu'elle puisse poser la question avec tant de désinvolture.

Kona n'était pas là quand les enfants Greystone s'étaient rendus pour la première fois au tribunal du peuple ; quand ils avaient été contraints d'abandonner leur mère, ainsi que son père. Pour elle, contrairement aux autres, l'orange et le bleu n'avaient rien de cauchemardesque.

Bouleversée, Lana se retourna et saisit le bras de Kona.

– Parle moins fort ! supplia-t-elle en jetant des regards alentour, comme si elle craignait que des gardes surgissent et les arrêtent sur-le-champ.

– Ces deux couleurs représentent le principal parti politique de ce monde, expliqua Emma.

– L'unique parti politique, rectifia Lana à voix basse. Ce sont les couleurs de nos dirigeants. De notre gouvernement. De ceux qui sont au pouvoir.

– OK…

Kona avait l'air de trouver cette réponse un peu rapide, alors elle demanda :

– Pourquoi ces couleurs en particulier ?

– Le bleu représente le ciel et l'océan. Autrement dit, tout ce qui nous entoure, récita Lana. Ce qui nous maintient en vie, comme l'air et l'eau. L'orange représente le feu, l'énergie, la passion que nous devrions tous éprouver pour nos dirigeants.

On aurait dit qu'elle avait appris ce discours par cœur. Ce qui était sans doute le cas.

Sachant désormais ce que signifiaient le bleu et l'orange qu'il avait si souvent vus dans ce monde, Finn détesta encore plus ces couleurs.

– Le parti, c'est comme l'air, l'eau et le feu, c'est ça ? marmonna Kona. J'ai une autre interprétation : si on n'a pas la liberté de penser et d'agir en dehors de ce qu'impose le « parti », c'est comme suffoquer, se noyer ou brûler.

Lana plaqua une main sur la bouche de Kona, comme si elle avait voulu que celle-ci retire ce qu'elle venait de dire. Kona se dégagea d'un geste.

– Quoi, c'est faux, peut-être ? s'enquit-elle. Il n'est pas dangereux, ce parti ? Et vos dirigeants, ils ne sont pas méchants ?

– Chut ! souffla Lana. Oui, je suis d'accord, mais je t'en supplie, tais-toi ! On risque de t'entendre.

– On est dans une voiture ! rétorqua Finn. Qui va nous entendre ?

– Il pourrait y avoir un mouchard dans l'habitacle, répliqua Lana.

Elle était à nouveau blême de peur.

– Sans compter qu'il y a des caméras de surveillance partout, ajouta Gus. On pourrait lire sur nos lèvres.

– N'oubliez pas qu'à part nous, tout le monde est scotché à la télé ! leur rappela Finn. Il n'y a absolument aucun danger !

Il regarda Emma et Kona, puis Chess et Rocky, à l'arrière du véhicule, qui tendaient le cou aussi. Finn grimaça, inclina la tête et leva les yeux au ciel, espérant que les autres comprendraient le message : *Gus et Lana perdent la boule, ou quoi ? Qu'est-ce qu'on peut faire ?*

Sur le cou de Gus, une veine palpitait, comme prête à éclater. Lana, quant à elle, était avachie, les yeux fermés.

Puis le 4 × 4 freina brusquement.

– Non, non ! Continuez ! s'écria Finn. Jusqu'à ce qu'on arrive aux pièces que vous nous avez promises !

Gus tourna lentement la tête, comme s'il luttait pour garder la maîtrise de ses gestes.

– Je me suis arrêté... parce qu'on est arrivés, se justifia-t-il.

– Ah bon ?

Impatient, Finn se tourna vers la vitre.

Ils n'étaient pas très loin du tribunal du peuple ; pourtant, il avait l'impression d'être dans un quartier tout à fait différent. Un bâtiment apparemment abandonné s'affaissait le long du trottoir lézardé. Mais, comme le tribunal du peuple, l'édifice arborait de nombreuses sculptures en bois représentant les mêmes créatures lugubres : démons, loups, serpents et...

C'est quoi ça, plus bas ? Un ange ? Avec de jolies ailes ?

Il cligna des yeux. Soudain, tout s'éclaira. L'endroit lui était familier. Il reconnut les tuiles vertes du toit, les saillies des murs, les voûtes au-dessus des baies vitrées condamnées par des planches.

Du moins, il connaissait la version de ce lieu dans l'autre monde.

– Les gars, je sais où on est ! s'exclama-t-il. C'est *La Pendule à coucou* ! La version de ce monde-ci, en tout cas !

– Le restaurant ? s'étonna Kona. Oh…

Emma bondit sur son siège.

– C'est là que se trouve la réserve de pièces ? demanda-t-elle. Mais oui, c'est logique !

Chapitre 44 : Emma

Emma ouvrit la portière et descendit sur le trottoir. Au loin, elle entendit un bourdonnement. S'étaient-ils garés tout près d'une télévision ? Déterminée, elle tâcha d'ignorer ce bruit de fond et s'interdit de focaliser son attention sur autre chose que le bâtiment face à elle.

– Ça se fait pas, ces décorations avec toutes ces sculptures maléfiques, grogna-t-elle avant de tapoter le mur. Pauvre Pendule-à-coucou !

– Il n'y a pas que des sculptures maléfiques, objecta Finn en rejoignant sa sœur d'un bond. Regarde !

Il en frotta une qui se trouvait exactement à hauteur de ses yeux. Emma, elle, dut se pencher légèrement.

Ce que Finn désignait était assurément un ange, pas un démon. Il était du même style que celui qu'ils avaient vu au restaurant dans l'autre monde – et, auparavant, sous le bureau de la juge Morales.

– Qu'est-ce qui se passe quand on appuie sur l'aile ? demanda Emma. Lana, Gus, vous le savez ?

– Ne… On ne peut pas…

Toujours dans le véhicule, Gus avait les mains crispées sur le volant.

Lana, elle, descendit avec Kona, Kafi, Chess et Rocky. Elle aussi observa l'ange.

– Vas-y, dit-elle d'un ton presque malicieux. Essaie.

Finn et Emma appuyèrent en même temps. Comme l'ange de *La Pendule à coucou*, celui-ci ouvrit la bouche. Emma plaça ses mains en coupe juste dessous.

Puis, comme elle s'y attendait, une pièce en sortit.

– C'est génial ! s'enthousiasma Finn. À qui elle est, cette pièce ?

– À personne, répondit Lana. Pour l'instant.

Emma caressa la surface du disque. Il n'y avait absolument rien dessus. Elle la retourna : le revers était lisse également.

– Cette pièce est prête à être utilisée, chuchota-t-elle avec respect.

Lana acquiesça, sa peur envolée. À présent, son visage rayonnait de joie.

– Mon collège est à cinq cents mètres d'ici, déclara-t-elle. Souvent, après les cours, je viens m'appuyer contre ce mur. Pour les passants, je parais simplement occupée à regarder mon téléphone. Mais je laisse mon sac à dos ouvert, par terre. Je glisse une main dans mon dos et j'appuie sur la sculpture. Les pièces tombent dans mon sac… Puis je les entrepose sous mon lit jusqu'à ce que je puisse les faire passer par des endroits secrets, à travers la ville.

Ses propos exprimaient le même enthousiasme que celui d'Emma lorsqu'elle parlait de maths.

– Tu ne transportes donc que des pièces vierges ? demanda Kona.

– Pas seulement, la détrompa Lana. Certaines contiennent un message. Il m'est arrivé d'en cacher pour ceux qui n'avaient pas encore le courage de les envoyer.

– J'ai toujours pensé qu'on devait être des centaines à œuvrer ensemble en secret, même si on ne communiquait pas, dit Gus derrière eux.

Emma constata qu'il était enfin sorti de son 4 × 4. Cependant il avait encore la main posée sur la portière, comme s'il doutait de pouvoir les rejoindre sans aide.

– L'idée qu'on travaillait tous ensemble me plaisait, ajouta-t-il, même si on ne pouvait pas se parler directement. Mais…

– Mais où sont passés tous ces gens, maintenant ? compléta Rocky pour lui. Lana et vous avez réussi à échapper aux télés… Pourquoi pas les autres ?

– Exactement, répondit Gus en empoignant le rétroviseur extérieur de sa voiture, la respiration haletante. Ce bruit, ce bruit qui vient du stade…

Emma osa contourner l'angle du bâtiment pour jeter un coup d'œil. Effectivement, elle découvrit un immense stade rutilant qui n'avait rien à voir avec ce qu'on trouvait derrière *La Pendule à coucou* dans l'autre monde.

– De nombreux rassemblements politiques ont lieu dans ce stade, expliqua Gus.

Toujours agrippé au rétroviseur, il semblait sur le point de tomber.

– Il se pourrait que le maire soit de retour, reprit-il. C'est peut-être ça qu'on entend. Il a peut-être déjà augmenté son emprise sur l'autre monde, et si c'est le cas il est trop tard pour que nous puissions faire quoi que ce soit, à part nous cacher. Si ça se trouve, on va avoir des ennuis pour ne pas avoir assisté au meeting, comme tout le monde…

– Nous cacher ? Hors de question ! s'écria Lana. On est venus pour les pièces, on ne va pas repartir sans !

Elle se précipita aux côtés de Gus. Emma et les autres la rejoignirent. Tout le groupe guida l'homme vers le bâtiment, le traînant à moitié. Du bout des doigts, Lana effleura une autre sculpture sur le mur. Emma remarqua que c'était un agneau solitaire qui semblait perdu au milieu des lions féroces.

Lorsqu'on touchait l'agneau, un escalier s'ouvrait dans le trottoir. Il menait à une porte en sous-sol.

– C'est comme la Pendule-à-coucou de chez nous, qui a un escalier en sous-sol pour ses livraisons, s'émerveilla Finn.

Lana voulut entraîner Gus le long des marches, mais l'homme se dégagea.

– Je me sens mieux, maintenant, la rassura-t-il. Je me suis éloigné du bruit et rapproché des pièces.

Emma et les autres se trouvaient juste derrière Lana et lui.

– Vous connaissez le code pour ouvrir cette porte ? demanda l'adolescente à Gus en désignant un cadenas à combinaison sur le lourd battant d'acier, tout en bas.

– Trois-trois-trois, répondit Gus. Tu sais pourquoi ? Ça correspond au nombre de lettres qu'il y a dans « air », « eau » et « feu ». Ces éléments naturels n'appartiennent pas seulement à nos dirigeants et nous allons nous les réapproprier !

Emma remarqua que Lana avait entré les chiffres avant même que Gus lui réponde.

Oooh, comprit-elle. *Elle voulait juste faire diversion pour qu'il se concentre sur quelque chose de positif. Autre chose que le bruit du stade.*

Le cadenas s'ouvrit dans un cliquetis. Lana tira sur la porte.

Elle avait dû appuyer sur un interrupteur également, car soudain, tout ce qui se trouvait devant Emma se mit à briller.

Ils se tenaient devant des montagnes de pièces. Des piles entières. Emma pensa aux dessins animés dans lesquels les personnages braillaient : « Je suis riche ! Je suis riche ! » en se roulant dans des liasses de billets et des pièces d'or.

Mais ces pièces-là n'ont pas de valeur monétaire, se rappela-t-elle. *On ne peut rien acheter avec.*

À moins qu'elle se trompe ?

Gus et Lana agissaient comme si les pièces leur permettaient d'acheter de quoi aider les gens de leur monde.

Ce n'est pas vraiment « acheter », se corrigea Emma. *C'est se soucier d'autrui. Vouloir porter secours. Chercher d'autres personnes qui accepteront d'aider, elles aussi.*

– Celles-ci sont vierges aussi ? voulut savoir Chess, penché pour ramasser une poignée de pièces.

Emma les inspecta de plus près.

– Non, elles sont toutes codées ! annonça-t-elle.

– Effectivement, confirma Gus. Ces pièces appartiennent à des gens qui ne les ont pas encore envoyées dans l'autre monde. Peut-être qu'ils n'étaient pas prêts. Ou qu'ils avaient trop peur de se faire arrêter et préféraient que quelqu'un d'autre le fasse à leur place.

– Pourtant, il suffit de lâcher les pièces par terre pour les faire passer dans l'autre monde ! protesta Emma. C'est ça qui fait peur aux gens ?

– Ça ne fonctionnait pas tout le temps. Vous en avez eu la preuve sur le parking, répondit Gus.

Une ombre assombrit son visage.

– Les gens ne l'ont pas oublié, précisa-t-il. Parfois, certains se faisaient arrêter.

– Ça marchera pour ce qu'on veut faire, décréta Finn, confiant. Comment on va s'y prendre, pour les transporter ?

– Avec ça, répliqua Lana en montrant des seaux empilés au fond de la salle.

Gus et les enfants finirent par former une chaîne. Ils étaient postés à environ un mètre les uns des autres, du milieu du sous-sol au 4 × 4, en passant par l'escalier. En début de chaîne, Emma remplissait les seaux et les passait à Gus, qui les donnait à Finn. Chess et Rocky s'étaient placés en bout de file ; ainsi, ils étaient les seuls à entendre la rumeur provenant du stade.

Comme on avance vite, on sera de retour à la chaîne de télé en un rien de temps, se rassura Emma. *Chess et Rocky ne resteront pas longtemps dehors, exposés au danger.*

Les seaux pesaient leur poids, mais leur transport devint peu à peu un jeu. Le seul moyen que Kona avait trouvé pour empêcher Kafi de mettre des pièces dans sa bouche fut de l'asseoir dans un seau et de la faire passer de main en main. Ravie, Kafi piaillait et riait. De son côté, Finn expliqua qu'il avait le pouvoir imaginaire d'entendre les messages enregistrés sur chaque pièce.

– Celles-ci appartiennent à quelqu'un qui a inventé la glace aux cornichons ! s'exclama-t-il en passant un seau à Kona. Ça a un succès fou, ici. C'est un des rares trucs qui soient meilleurs dans ce monde-ci que dans l'autre !

– On n'a pas de glace aux cornichons, objecta Lana.

Mais elle riait autant que les autres en entendant les drôles d'inventions de Finn.

Enfin, Chess signala à ceux qui se trouvaient en bas des marches qu'ils avaient mis autant de seaux que possible dans la voiture. Encore un, et il n'y aurait plus de place pour les passagers.

– Quand on sera de retour à la chaîne de télé, dit Finn au moment où tout le monde repartit vers le véhicule, je pourrai parler devant les caméras en jetant des pièces un peu partout. Je pourrai raconter des blagues, faire rire les gens d'ici. Ça leur fera du bien !

– Bien sûr, approuva Emma.

Toutefois, quand ils furent tous en haut de l'escalier, les rires cessèrent. Les voix tonitruantes du stade étaient encore plus fortes. Emma dut se dépêcher de grimper dans le 4 × 4 pour ne pas les entendre.

– Vite, montez tous et fermez les portières ! lança-t-elle.

Elle faillit renverser un seau de pièces à ses pieds.

– On sera entourés de pièces, on n'aura plus à entendre les bruits du stade…

C'était comme si, à présent, tout le monde bougeait au ralenti. Enfin, la dernière portière claqua. Gus démarra avant même que Lana, dernière arrivée, ait le temps de boucler sa ceinture de sécurité.

– Tu as raison ! s'écria Kona. Allons-nous-en !

Gus fit crisser les pneus. Il grilla un feu rouge.

Puis, tout à coup, au lieu de prendre la direction de la chaîne de télévision, il fit une embardée vers le gigantesque stade.

– Gus, qu'est-ce que vous faites ? s'affola Emma d'une voix aiguë. Ce n'est pas ce qu'on avait dit !

– C'est plus fort que moi, gémit Gus. Je n'ai pas le choix !

Là-dessus, il pila net, ouvrit sa portière d'un geste brusque et partit en courant vers le stade.

Chapitre 45 : Chess

– Gardez tous votre calme ! ordonna Chess, le cœur battant si fort qu'il aurait pu éclater.

Il avait comme des nœuds au cerveau. Il tourna brusquement la tête d'un côté puis de l'autre, essayant d'avoir tout le monde dans son champ de vision.

Gus… Je dois sauver Gus… Mais il faudrait que les autres restent à l'abri dans la voiture, et ils ne le feront pas. Ils voudront me suivre…

Finn était déjà sur le point d'ouvrir la portière. Lana avait la main sur la poignée. Emma, Kona et Rocky avaient ôté leur ceinture de sécurité. Même Kafi rampait sur les genoux des enfants pour sortir.

Une voix sonore résonnait en provenance du stade. Ils l'entendaient par la portière ouverte côté conducteur. À présent, les mots étaient intelligibles :

« Vos dirigeants ont la situation sous contrôle. Vous n'avez qu'une chose à faire : vous en remettre à eux. »

Oh, c'est vrai, pensa Chess. Il commença à se laisser bercer par le ton rassurant de la voix. *C'est tout ce qu'on a à faire. C'est comme ça qu'on va garder notre calme.*

Il sentit son pouls ralentir.

Rien ne m'oblige à être responsable. Rien ne me force à être le grand frère.

Malgré tout, il remarqua la tension sur le visage de Finn alors que celui-ci se penchait vers la portière ouverte. Son petit frère luttait contre le pouvoir de la voix.

À moins qu'il veuille sortir pour suivre Gus au stade ?

– Emma ! appela Chess. Attrape la main de Finn !

Une fois de plus, la voix du stade essaya de prendre le pas sur ses pensées. Mais Chess entendait une autre voix dans sa tête. Une voix qui y avait sa place naturellement. Celle de sa mère qui disait : « Vous formez à jamais une équipe. »

Effectivement, rien ne m'oblige à être le grand frère, songea Chess. *Mais c'est un privilège. J'ai de la chance. On forme une équipe.*

– Emma ! Attrape aussi la main de Kona ! s'égosilla-t-il. Prenez-vous tous par la main ! On ne doit pas se séparer !

Chess saisit celle de Rocky et tendit le bras vers Lana. Devant lui, Emma attrapa le poignet de Finn qui tira sur la portière pour la refermer.

Le volume sonore provenant du stade baissa immédiatement.

– C'était moins une, souffla Rocky en lâchant la main de Chess et en s'écartant de Lana.

Aussitôt, la jeune fille ouvrit la portière de son côté.

– Lana, non ! hurlèrent en chœur les enfants tandis que la voix du stade s'amplifiait de nouveau.

Contrairement à Gus, Lana ne partit pas en courant. Elle avança lentement un pied au-dehors, puis se retourna et attrapa Kafi.

– Je vous en supplie… gémit-elle.

– Non ! s'exclama Kona en empoignant Lana par le bras. Tu n'iras nulle part, et encore moins avec ma sœur !

– Je ne peux pas… Je ne peux pas…

Des larmes roulaient sur les joues de Lana. Ses deux pieds se trouvaient désormais en dehors du 4 × 4. Elle se retourna, ce qui la fit glisser sur le ventre, vers l'extérieur.

– Lana, si, tu peux ! hurla Chess. Tu es la personne la plus forte qu'on connaisse !

– Tu es une héroïne des pièces ! l'encouragea Finn.

– Tu es intelligente !

– Et courageuse !

– Et gentille !

Emma, Kona et Rocky s'y mettaient, eux aussi.

– Mais je suis toute seule ! gémit Lana. Contrairement à vous, je n'ai ni frère ni sœur. Mes parents ne m'aiment pas. Et voilà que je n'ai même plus Natalie… Je ne sais même pas où elle est…

– Tu n'es pas seule ! rugit Chess. Tu nous as, nous !

Il plongea par-dessus le siège pour se rapprocher d'elle. Rocky dut faire la même chose, car les deux garçons atterrirent sur les places qu'Emma et Kona venaient de libérer. Elles aussi tentaient de faire remonter Lana dans la voiture.

Sauf que l'adolescente était maintenant complètement à l'extérieur.

Une seconde plus tard, Emma, Kona et Kafi étaient également dehors.

Et Finn aussi.

« Nous savons ce qui est bon pour vous, tonna la voix. Nous connaissons vos besoins. Ne vous faites aucun souci. »

Peut-être que… pensa Chess. *Peut-être que…*

Il avait tellement envie que cette voix ait raison, que tout ce qu'elle disait soit vrai.

Pourtant, ça ne l'était pas.

– Non ! hurla Chess. Rocky, aide-moi ! Je n'y arriverai pas tout seul !

– On doit sortir de la voiture, répliqua Rocky.

Il avait raison. Les deux garçons ne pourraient pas atteindre les autres sans descendre à leur tour.

C'est justement ce qui va nous attirer vers le stade, pensa Chess.

Aucun d'entre eux ne courait dans cette direction, mais c'était bien là-bas qu'ils allaient finir, d'une manière ou d'une autre. Les enfants avaient beau s'être rassemblés, ça ne les empêcherait pas d'avancer vers l'édifice comme une grosse masse informe. Ou comme une amibe, ce drôle d'organisme unicellulaire.

Les amibes n'ont pas de cerveau. Nous, si, s'encouragea Chess. *À nous tous, on en a sept, même.*

Lana s'écarta légèrement du 4 × 4, en direction du stade.

Puis elle se pétrifia.

– Oh, je vois tout ! s'exclama-t-elle. Je vois qui est dans le stade ! Il y a des tas de gens dans les tribunes, qui regardent tous la télé…

Sans réfléchir, Chess aussi se rapprocha.

À présent, son regard portait sur la même chose que Lana : l'écran géant d'un côté du stade. Celui-ci montrait les gens qui se trouvaient à l'intérieur. C'était comme une boucle infinie : les spectateurs se regardaient en train de se regarder…

En haut de l'écran, un message disait :

VOICI NOS ENNEMIS. CEUX QUI ONT COLLABORÉ AVEC L'AUTRE MONDE QUI NOUS A ENVAHIS.

– Ce sont tous les résistants qui veulent le bien et ont fait preuve de courage ! gémit Lana. Il y a Natalie, sa mère… Et si les gens qu'ils montrent… Et si c'étaient ceux qui avaient essayé d'envoyer une pièce dans l'autre monde ? Ceux qui ont voulu faire passer clandestinement des personnes en danger ? Ceux qui ont œuvré contre le gouvernement ? Et s'ils les avaient tous arrêtés, sauf Gus et moi ? Parce qu'on a moins d'importance… Les dirigeants connaissaient nos activités depuis le début ! Ils attendaient simplement le bon moment pour nous punir ! C'est le sort qu'on mérite !

– Lana ! Ils t'influencent pour que tu penses comme ça ! piailla Finn. Attends…

– Mais c'est la vérité ! rétorqua Lana avec autant de conviction. On a vraiment collaboré avec l'autre monde. Du moins, on a essayé de le faire ! Oh, non, oh, non… Et si c'étaient nous, les méchants, depuis le début ?

– Lana, non ! dit Kona. Ce que tu as tenté de faire, c'était bien !

Lana se rapprocha du stade. En même temps, elle se tourna vers les autres pour leur crier :

– Pour moi, c'est trop tard ! Mais sauvez-vous ! Cherchez un moyen de rentrer chez vous…

Chess avait trop de voix dans la tête. L'une disait : *Laisse-la partir. Cette fille, tu ne la connais même pas.*

Une autre disait : *Suis-la. C'est ton monde, à toi aussi. Tu fais partie de ceux qui ont collaboré. Les dirigeants de ce monde-ci pensent que ta famille est coupable. Ils ont peut-être raison. Et si tes parents s'étaient plutôt contentés d'appliquer les directives du gouvernement ? Vous auriez été heureux, tous ensemble. Ton père serait même encore en vie.*

Une troisième disait : *Peu importe ce que tu feras. Tu ne comptes pas. Tu n'as aucune importance. Tu ne sers à rien. Tu es inutile.*

Mais Chess ne les écoutait pas. Seule comptait celle qui pulsait dans son cerveau au rythme des battements de son cœur et qui disait : *Essaie encore. Essaie encore.*

– Lana ! insista-t-il. Ce n'est pas comme ça que ton histoire se termine !

La jeune fille ne revint pas vers le 4 × 4.

Toutefois elle n'avança pas non plus vers le stade.

Chess sut exactement ce qu'il fallait faire.

– Rocky ! Accroche-toi à la voiture ! Kona, accroche-toi à Rocky ! Emma, Finn, donnez-vous la main et tenez-vous à Kona !

En quelques secondes, ils formèrent une chaîne humaine, comme ils l'auraient fait pour secourir quelqu'un qui se serait perdu dans une tempête de neige.

Ils ont confiance en moi. Pourquoi ? Je pourrais me tromper, se mit à douter Chess. Mais il savait que ces pensées parasites n'étaient pas les siennes. Elles ne lui appartenaient pas vraiment.

Lana demeurait parfaitement immobile.

Alors, Chess l'attira contre lui et l'étreignit avec force. Puis tout le monde entraîna Lana vers le véhicule.

Chapitre 46 : Finn

Finn était assis, le dos appuyé contre le 4 × 4, près du pneu avant droit. C'était là qu'ils avaient tous atterri en tas. Finn bloqua ses talons sur le trottoir et se rapprocha autant que possible des autres et du véhicule rempli de pièces.

Personne n'osait se relever pour remonter dans la voiture. Personne ne fit de propositions pour la suite.

Personne ne parlait.

On n'entendait que l'horrible voix tonitruante.

Finn dut fournir beaucoup d'efforts pour se contrôler et ne pas courir vers le stade, vaincu par la voix. Rien qu'arriver à rester près du 4 × 4 semblait déjà une immense victoire – encore plus impressionnante que s'il avait brillé aux jeux Olympiques ou au Super Bowl. Plus impressionnante que tous les championnats que Finn rêverait de remporter.

Alors qu'il se contentait de rester assis.

On a toutes ces pièces à disposition, pensa-t-il tristement. *On était sur la bonne voie. J'étais tellement confiant !*

Lors de ses précédentes incursions dans ce monde, Finn avait compté sur Chess, Emma et leur amie Natalie pour encaisser les informations les plus effrayantes. Ce qui lui avait permis de ne pas s'en préoccuper.

À présent, il comprenait plus de choses qu'il l'aurait voulu.

Les pièces ne suffisent pas. Pas si on reste assis là jusqu'au retour du maire.

Il imagina l'homme revenir, triomphant, accompagné des autres horribles dirigeants. Ils formeraient une sorte de défilé victorieux. Dans ce monde-ci, tous les acclameraient, fiers qu'ils aient réussi à prendre également le contrôle de l'autre monde.

C'était ce qui allait se passer. C'était ce que Finn voulait qu'il se passe.

Non, songea-t-il. *Ça, c'est ce qu'on veut me faire croire. Comme on veut me forcer à regarder cet écran géant avec les autres, dans le stade.*

– Comment… Comment on fait pour lutter ? demanda-t-il d'une voix faible et enrouée, comme s'il n'avait pas parlé depuis un million d'années.

Personne ne lui répondit. Peut-être que personne ne l'avait entendu.

Le plan qu'ils avaient élaboré ne fonctionnerait pas. Gus était parti, et s'ils allaient le chercher au stade, eux aussi finiraient par être pris au piège.

Sans Gus, ils ne pouvaient pas conduire le 4 × 4. Même si l'un des grands prenait le volant, ils auraient probablement un accident.

De toute façon, c'était un plan stupide. Le genre de plan pas sérieux mis au point par un gamin de huit ans qui voulait jouer au super-héros. Les enfants plus âgés étaient juste trop gentils pour lui dire : « Hé, il serait temps de grandir ! »

Finn n'était pas un héros.

Il n'était pas un adulte.

Il n'était pas sérieux.

Pourtant, parfois, ne pas être sérieux a du bon, pensa-t-il. *Parfois, s'amuser, ça fait du bien à tout le monde.*

Il se souvint que si Chess, Emma, Natalie et lui avaient trouvé leur premier indice pour aller sauver les enfants Gustano, c'était grâce à Rocket, le chat des Greystone, qui jouait avec le cordon d'un chargeur de téléphone.

Non… Tout avait commencé parce que Finn avait remarqué que Rocket jouait avec le cordon.

Lorsqu'ils cherchaient à ouvrir un deuxième passage dans le monde parallèle, Emma avait eu sa première bonne idée après que Natalie lui avait jeté un coussin dessus… pour s'amuser.

Quant à Chess, il avait trouvé leur première pièce en appuyant sur l'aile d'un ange sculpté, dans un restaurant qui accueillait des fêtes d'anniversaire pour les enfants.

Prends ça, voix idiote du stade ! pensa Finn. *C'est quand on n'est pas sérieux qu'on gagne ! Et ça, tu es incapable de le comprendre !*

– Glace aux cornichons, lâcha Finn. Succotash. Coucou ! Coucou !

Il imita parfaitement l'oiseau surgissant de l'horloge dans son restaurant préféré. Celui du monde meilleur.

Emma le regarda et gloussa. Kafi lui tapota le visage. Il aurait été exagéré de dire que Kona, Chess, Rocky et Lana esquissèrent un sourire, mais au moins, ils ne fronçaient plus autant les sourcils.

Finn osa se redresser et regarder de nouveau l'écran géant du stade. Il n'en apercevait qu'un coin, mais ça lui suffisait.

– Notre plan n'est pas fichu ! s'écria-t-il avec enthousiasme. Il y a aussi des caméras de télé dans le stade ! Elles filment en ce moment même. On n'a qu'à passer devant et jeter les pièces dans tout le stade. On va quand même vaincre le maire !

Chapitre 47 : Emma

Le plan de Finn ne fonctionnerait pas.

Emma le savait.

Certains savoirs la rendaient heureuse : la suite de Fibonacci, le théorème de Pythagore ou les dix premières décimales de pi.

Par contre, ses certitudes par rapport à l'idée de Finn lui donnaient envie de pleurer.

En fait, je ne dois pas être assez intelligente, regretta-t-elle.

Pourtant, elle l'avait toujours été assez. Bien assez pour l'école. Bien assez pour ses frères, qui n'hésitaient pas à la qualifier de génie. Et bien assez pour décrypter les codes les plus compliqués de maman, même lorsque l'un d'eux en cachait un autre.

Cette fois-ci, elle n'avait même pas eu la présence d'esprit de s'asseoir pour comparer les pièces codées et celles qui ne l'étaient pas. *TROUVE-NOUS*, *REMARQUE-NOUS*, *ENTENDS-NOUS*, *AIDE-NOUS*, *RACONTE NOTRE HISTOIRE*… Elle aurait pu trouver des anagrammes dans ces mots ; elle aurait pu mélanger les lettres et chercher toutes sortes de codes supplémentaires.

Mais cela n'avait pas semblé nécessaire. *TROUVE-NOUS, REMARQUE-NOUS, ENTENDS-NOUS, AIDE-NOUS, RACONTE NOTRE HISTOIRE...* Les gens de ce monde-ci n'en demandaient pas davantage. Ils pensaient que ça suffisait pour changer leur monde.

Et la situation avait dégénéré.

Peut-être que le vrai problème, c'est qu'être intelligente ne suffit pas, se dit Emma, le cœur serré.

Malgré ses capacités intellectuelles, elle avait failli se faire piéger par la télévision à trois reprises. La première fois, ils avaient tous eu de la chance : Kafi avait débranché l'écran. La deuxième, Emma avait pu se sauver en pensant à Finn. Elle ne voulait pas qu'il se retrouve coincé, lui aussi. La troisième, elle avait regardé Chess.

Et... Ah oui, j'avais des pièces, la troisième fois, mais...

Mais les pièces ne suffisaient pas non plus.

Hmm, pensa Emma.

Elle se blottit davantage entre ses frères, toujours plaqués contre le 4 x 4, luttant contre l'attraction exercée sur eux.

Par l'entrée du stade, Emma aperçut une bande de l'écran géant. La caméra faisait un travelling sur les visages. Quel soulagement que l'Autre-Natalie et la juge ne figurent pas parmi eux à ce moment précis. Elle n'aurait pas supporté de voir ces personnes familières afficher une expression aussi vide, aussi éteinte, aussi soumise. Leur ressemblance avec Natalie et sa mère était trop impressionnante. Leurs visages à elles étaient toujours vivants et expressifs.

Même avec un excellent plan et les meilleures intentions, si on allait au stade, on finirait par avoir l'air éteints et idiots, nous aussi. On finirait par succomber à l'attraction de l'écran.

Ce n'était pas comme s'ils pouvaient se bander les yeux pour éviter de le regarder. Ni comme s'ils avaient des bouchons d'oreilles pour ne plus entendre la voix.

Pourtant… en ce moment, j'arrive à ne pas l'entendre, s'étonna Emma. *Comment ça se fait ?*

Était-ce parce qu'elle avait l'esprit entièrement tourné vers ses proches ?

Parce qu'elle avait baissé les bras ?

Elle lutta pourtant contre l'idée que le plan de Finn ne marcherait pas, et se concentra sur une question : *Comment faire pour que le plan de Finn fonctionne ?* Pour la première fois, elle remarqua une sorte de passerelle en haut de l'écran. Elle avait du mal à la fixer. Regarder dans cette direction, c'était comme regarder dans un trou noir. On avait la sensation de se faire aspirer.

C'était le sort qui les attendait, s'ils entraient dans le stade, s'ils se plaçaient devant l'écran et jetaient des pièces face aux caméras.

Et que se passerait-il, s'ils grimpaient là-haut ?

Chapitre 48 : Chess, Emma, Finn, Kona, Kafi, Rocky et Lana

– Que chacun prenne un seau de pièces ! piailla Emma. Prenez-en deux ! Prenez-en autant que vous pourrez en porter !

– C'est perdu d'avance ! geignit Rocky. On ne peut pas aller au stade ! C'est impossible. On finira coincés pour toujours…

– Non ! s'exclama Emma. Aucun de nous ne restera coincé !

Là-dessus, elle se leva. Puis elle se tourna vers le 4 × 4.

Les autres la regardèrent comme si elle venait de trouver un moyen d'entrer en lévitation. Ou de voler. Cela leur semblait extraordinaire qu'elle puisse résister aussi facilement aux injonctions des dirigeants.

C'est parce qu'elle est convaincue que son plan fonctionnera, pensa Chess. *Parce qu'elle n'a pas renoncé. Parce qu'elle n'a pas perdu espoir.*

– Venez, dit-il en soulevant Finn vers la voiture.

Au même instant, Kona prit Kafi ; Lana se leva et tendit la main à Rocky.

On peut bouger comme une amibe vers les bonnes choses, aussi, se dit Chess.

Non. Ils ne se déplaçaient pas comme une amibe sans cervelle. Ils se déplaçaient comme un groupe soudé composé d'être uniques, capables de penser par eux-mêmes.

Et tous faisaient confiance à Emma.

Cette dernière se mit à distribuer des seaux de pièces au groupe.

– C'est quoi, ton plan ? demanda Kona. On emporte ça où ?

Emma tendit l'index.

Aux yeux de Rocky, qui avait le vertige mais ne l'avait jamais avoué à personne, elle aurait aussi bien pu désigner le soleil.

– Tout là-haut ? geignit Lana. Sur la passerelle ?

Rocky comprit alors de quoi les filles parlaient. En effet, il y avait une sorte de rampe en haut de l'écran géant.

– Tu veux qu'on grimpe là-haut et qu'on vide les seaux de pièces devant l'écran ! réalisa Kona. Les spectateurs les verront et se souviendront de leur histoire, au lieu de penser aux affreux mensonges qu'on essaie de leur enfoncer dans le crâne !

Chess, Rocky et Lana échangèrent un regard. C'étaient eux les plus âgés et donc naturellement les plus enclins au pessimisme. Même s'ils n'étaient pas des doubles (voire des triples ?), tous les trois eurent à cet instant la même pensée : *Il y a peu de chances que ça marche… mais ça vaut le coup d'essayer.*

– Et pile au moment où tout le monde verra les pièces… commença Emma.

– … l'un de nous lancera le levier, termina Finn pour elle. Faire en sorte que les gens se concentrent sur les pièces plutôt que sur l'écran géant affaiblira les méchants !

– Et ça pourrait rouvrir les frontières entre les mondes, ajouta Kona, tout excitée, en sautillant avec Kafi dans les bras. Du moins temporairement.

– Ce sera suffisant ! claironna Finn. On peut y arriver !

Après ça, les enfants se hâtèrent. Cela rappela à Lana la première fois qu'elle avait ramassé une pièce. Ce simple geste avait fait taire les voix qui chuchotaient dans sa tête : *Tu es laide. Tu es bête. Tu es seule. Personne ne se soucie de toi.* À partir de là, ses pensées avaient changé : *Au moins, je suis capable d'agir. Cet infime changement fera peut-être la différence…*

En portant ses seaux, elle parvenait à se focaliser sur les pièces lustrées, les discussions de ses camarades, l'espoir que le plan d'Emma fonctionnerait.

C'est même mieux que la première fois où j'ai trouvé une pièce. Car, à ce moment-là, j'étais encore seule. Du moins, je croyais l'être…

Il fallait grimper huit volées de marches pour atteindre la passerelle. Les enfants firent des allers-retours par groupes : Chess et Rocky portaient deux seaux chacun. Kona n'en prit qu'un, car elle portait déjà Kafi. Finn s'efforça de prendre exemple sur Emma et Lana, qui avaient un seau dans chaque main.

– Si vous commencez à avoir peur, à vous sentir déprimés ou dépassés par le pouvoir de l'écran, dites-le aux autres, ordonna Emma. Entre nous, on pourra se remonter le moral. Se redonner du courage.

C'est ce qu'on fait depuis le début, non ? pensa Chess. *Depuis le jour où on a appris l'enlèvement des enfants Gustano…*

Cela lui rappela l'aide précieuse que Natalie leur avait apportée lors de leurs précédentes visites dans ce monde affreux, et combien sa présence lui manquait cette fois-ci. La voix de l'écran semblait s'intensifier, et Chess s'interrogea : *Comment Emma, Finn et moi pouvons-nous accomplir quoi que ce soit sans Natalie ?*

Il tâta les pièces qu'il avait dans les poches, concentrant son regard sur Finn qui grimpait les marches devant lui. Puis il s'encouragea : *Ce que je fais, c'est aussi pour Natalie. Je le fais pour elle, sa mère, leurs doubles dans ce monde, ma mère et Joe. Et pour ce monde-ci, et pour le monde meilleur…*

Il ne lui en fallut pas davantage pour se retrouver au sommet de l'escalier.

De la passerelle, la vue avait de quoi donner le tournis. Les enfants se trouvaient à une telle hauteur qu'ils voyaient désormais tout le stade. Des centaines de personnes (probablement des milliers, même) se tenaient silencieuses face à l'écran, à la fois sur le terrain et dans les tribunes. De là-haut, il était impossible de distinguer les visages. Dans un même mouvement, l'ensemble de la foule se tourna vers ce qui se passait à gauche de l'écran, puis se retourna vers la droite. Ils bougeaient comme s'ils ne faisaient qu'un, car ils étaient tous animés par les mêmes idées.

Car aucun d'eux ne pensait librement.

– On va placer les seaux à intervalles réguliers, proposa Emma, et on se dépêchera de les vider. Comme ça, on attirera l'attention des gens, et c'est là qu'on pourra lancer le levier.

– Emma, tu as bien dit que le levier ne pouvait être utilisé qu'à un endroit qui existe dans les deux mondes, non ? s'enquit Kona. Donc ça ne peut pas être ici, sur cette passerelle ?

– Non, répondit Emma.

Puis elle ajouta d'une voix légèrement tremblante :

– Je pensais plutôt que… je pourrais courir jusqu'à *La Pendule à coucou* et utiliser le levier là-bas. On sait que cet endroit existe dans les deux mondes.

Elle montra le restaurant. Les enfants le fixèrent, bouche bée. De là où ils étaient, le bâtiment était visible, mais il paraissait minuscule et vraiment trop éloigné.

– Tu ne peux pas y aller seule ! protesta Chess.

– J'irai avec toi, proposa Kona en passant un bras autour de celui d'Emma.

– Mais toi, tu dois t'occuper de Kafi, objecta Rocky en posant ses seaux.

Kona déposa la petite dans les bras de Rocky.

– Je te fais confiance pour la gérer, répliqua-t-elle.

Rocky, perplexe, la regarda en plissant les yeux avant de ricaner :

– Tu fais ça pour m'aider, pas vrai ? Parce que si je suis occupé à surveiller Kafi pour qu'elle ne mette pas de pièce dans sa bouche, j'aurai moins peur ?

– Je sais ce que c'est, d'être l'aînée, affirma Kona. Et entre aînés, on doit prendre soin les uns des autres.

On fonctionne comme une équipe, se réjouit Emma. *Quelque part, c'est comme si on était tous des doubles entre nous. On a tous un point commun avec chaque membre du groupe. Et parfois, on a le même raisonnement. Mais ce n'est pas parce qu'on y est contraints. Non, c'est totalement différent.*

Elle prit une pièce dans l'un des seaux.

– Quand Kona et moi serons arrivées à *La Pendule à coucou*, je vous ferai signe avec cette pièce, dit-elle. En me servant du soleil, je la ferai briller dans votre direction. Ce sera du Morse. Deux flashs long, un court, puis trois longs. Ça veut dire : « *Go !* »

Évidemment, Emma sait dire « go » *en Morse*, pensa Finn, admiratif.

Emma et Kona abandonnèrent leurs seaux et descendirent l'escalier de la passerelle. Le bruit de leurs pas disparut dans le rugissement de la voix de l'écran.

Après quoi, les enfants n'eurent rien d'autre à faire qu'attendre et tâcher d'ignorer la voix qui contrôlait les esprits.

– On devrait rester groupés en attendant leur signal, suggéra Chess.

Il claquait des dents alors qu'il n'avait pas froid. Finn, Lana et lui se rapprochèrent de Rocky et Kafi. La petite leur tapota les joues à chacun en gloussant.

– Si Kona nous a laissé Kafi, c'est pour nous soutenir ! s'exclama Lana. Bien vu !

Finn laissa sa tête reposer contre le bras du bébé. Cette position lui apporta du réconfort, comme lorsqu'il s'était appuyé contre les pièces. Peut-être que ce n'était pas aussi important qu'il le croyait. Peut-être qu'il n'avait pas besoin de les toucher et que leur simple existence suffisait, parce qu'elles lui rappelaient que d'autres personnes voulaient partager la vérité et non plus des mensonges ; partager de bonnes choses, et non des mauvaises.

Rester ainsi à côté de Kafi faisait du bien aussi.

Finn observa *La Pendule à coucou*. Il espérait que Kona et Emma couraient aussi vite qu'elles le pouvaient. Elles n'avaient sans doute pas encore atteint la zone à découvert où il pourrait les voir.

Il se toucha le front : il ne sut trop comment, les pièces qu'il y avait collées étaient tombées sans qu'il le remarque. Il extirpa une pièce de sa poche : celle que Gus lui avait donnée. Celle sur laquelle était enregistrée l'histoire de ses parents qui souhaitaient un monde meilleur pour leurs enfants. Celle qu'il aurait voulu conserver en souvenir du père qu'il n'avait pas connu.

Il tint la pièce au-dessus de l'un des seaux. Puis il la laissa tomber.

Car cette pièce de plus sera peut-être celle qui fera la différence pour une personne, dans ce stade, raisonna-t-il. *Car je suis prêt à la sacrifier pour améliorer les mondes et retrouver maman.*

Car, de toute façon, jamais il n'oublierait l'histoire de son père. Il la porterait toujours en lui quoi qu'il arrive.

Chapitre 49 : Emma

Emma courait moins vite que Kona. Au moment de dépasser le 4 × 4 abandonné, elle avait le souffle court et les jambes en coton.

– Tu ferais mieux de… continuer sans moi, haleta-t-elle. En fait, je suis surtout bonne pour les codes et les trucs qui demandent de la réflexion, alors que toi, tu es bonne non seulement pour ça, mais aussi en sport, alors…

– Emma, tu veux rire ? On a besoin l'une de l'autre pour atteindre ce bâtiment ! objecta Kona en montrant le restaurant, à l'autre bout du parking désert.

Elle ralentit légèrement l'allure.

– C'est à cause de l'écran maléfique que tu te sens moins bonne que moi ? demanda-t-elle. Parce que moi, je l'entends me dire : « On ne peut pas être bon dans deux domaines à la fois. Il va falloir choisir : le sport ou la logique. Surtout que tu n'es pas si bonne que ça, ni pour l'un, ni pour l'autre… »

Trottinant toujours, Emma renversa la tête en arrière pour regarder le ciel avec un air de défi.

– Kona est bonne en tout ! hurla-t-elle. Même pour les émotions ! C'est une super grande sœur ! Regardez combien de fois elle a empêché Kafi d'avaler n'importe quoi !

Kona rit. Un instant, c'était presque comme si elles n'étaient que deux filles qui faisaient la course rien que pour s'amuser.

Deux amies.

– Tu sais, ce que je dis pour les émotions, c'est vrai, hein ! insista Emma. C'est ce qu'on a et qui manque à ce monde. C'est grâce à ça qu'on va gagner.

Elle n'était peut-être pas aussi nulle en sport qu'elle le pensait. À présent, elle avait la même allure que Kona. Mais elle n'avait pas assez de souffle pour maintenir le rythme et développer son idée à voix haute.

Lors de ses précédentes visites, Emma avait énormément compté sur les codes et l'intelligence. Cette fois-ci, il s'agissait de comprendre les gens, leurs secrets, leurs peurs, leurs espoirs, leurs rêves, leurs mensonges et leurs vérités.

Tout cela requérait la puissance de l'intellect et… celle du cœur.

Est-ce que je viens d'inventer un concept ? se demanda Emma.

Il existait peut-être déjà un nom pour ça.

L'amour, pensa Emma. *C'est l'amour ! Kona aime Kafi et son père. Moi, j'aime Chess, Finn et maman. Rocky aime ses parents, son frère et sa sœur…*

Sans qu'elle sache trop comment, ses réflexions la menèrent droit à *La Pendule à coucou.*

– Je propose qu'on aille à l'intérieur, suggéra Kona. Pour qu'on ne transforme pas tout le parking en toboggan-tourbillon ou en tunnel.

Emma était ravie que Kona ait si vite intégré les règles d'utilisation du levier.

– OK, approuva-t-elle.

Elles entrèrent les chiffres (trois-trois-trois pour « air-eau-feu ») sur le digicode le plus proche. La porte s'ouvrit dans un grincement, révélant une salle qui ressemblait encore plus au restaurant qu'elles connaissaient. Il y avait des tables et des chaises recouvertes d'une épaisse couche de poussière, comme si le mobilier n'avait pas servi depuis des décennies. Le mur du fond était orné d'une horloge avec les mêmes créatures sculptées que dans l'autre version du restaurant. Il ne manquait que les aiguilles.

– Regarde ! Il y a aussi un ange, fit remarquer Kona en se dirigeant vers le mur. Je vais rester là et je frapperai l'aile de l'ange avec le levier dès que tu m'auras donné le signal.

Emma sortit dans la lumière du soleil. Elle brandit la pièce et la fit briller deux fois lentement, une fois brièvement puis trois fois lentement. Elle savait que les autres, en haut de la passerelle, comprendraient son message : *GO!*

Après quoi, elle s'autorisa à fixer directement le haut de l'écran, à peine visible au-dessus des tribunes. Elle vit alors se déverser une cascade scintillante d'or et de bronze.

– Maintenant ! brailla-t-elle à l'intention de Kona. Frappe le levier contre le mur !

Au moment de l'impact, Emma entendit un craquement, suivi d'un deuxième bruit : très probablement celui du mur épousant les contours du levier, l'accueillant en lui.

– Emma ! Ça a marché ! se réjouit Kona. Le levier s'est logé dans le mur, cette fois ! On a été plus malignes que le maire et tous les autres méchants !

Soudain, Emma regretta de ne pas avoir indiqué aux autres comment on disait en Morse : « ÇA A MARCHÉ ! REJOIGNEZ-NOUS, QU'ON S'EN AILLE ! »

Elle entendit Kona derrière elle demander d'une voix inquiète :

– Dis, c'est normal que le levier bouge tout seul ?

Emma se retourna juste à temps pour voir le levier pivoter par lui-même, comme si, dans l'autre monde, quelqu'un tentait d'ouvrir un tunnel.

– Emma ! appela Kona. Qui ferait un truc pareil ? Nos alliés ou nos ennemis ?

Emma ne put que répondre :

– Je n'en sais rien…

Chapitre 50 : Chess

Les enfants furent très vite à court de pièces.

Pourtant, il leur avait semblé en disposer d'une énorme quantité lorsqu'ils étaient montés sur la passerelle avec leurs seaux. De plus, les contenants, très lourds, leur avaient paru pleins à craquer quand Chess et ses camarades les avaient fait basculer, en équilibre sur la passerelle. Un rideau de pièces était tombé devant l'écran, telle une pluie rafraîchissante.

Chess avait éprouvé un profond sentiment de triomphe, de puissance.

De joie.

Puis les seaux s'étaient retrouvés complètement vides. Chess, Finn, Rocky et Lana les avaient tour à tour lâchés sur la passerelle.

– Je les jette aussi, celles-là ? demanda Finn en décollant le ruban adhésif des pièces collées à ses poignets. Parce qu'elles appartiennent à l'Autre-Natalie ou à la juge, et ça pourrait les aider de les voir aussi, pas vrai ?

– Non… Non ! s'écria Chess, reprenant ses esprits.

Il vit que Finn avait déjà ôté les pièces scotchées à son visage. À moins qu'elles se soient détachées toutes seules. Avec les efforts que Chess avait fournis pour lutter contre les effets de l'écran géant, il n'avait pas vraiment pu observer son frère en détail.

– Tu en auras peut-être encore besoin pour te protéger, renchérit Lana. Parce que… notre plan n'était pas très au point. On aurait dû mettre en place une sorte de boucle, ou un truc du genre, pour que quelqu'un récupère les pièces en bas et nous les remonte, afin qu'on les jette en permanence. Comme ça, les gens auraient continué à fixer les pièces et non l'écran…

– Mais maintenant qu'ils les ont vues, on pourrait aussi leur crier de nous écouter ! proposa Finn.

Il agita les mains et se mit à sauter sur place.

– Hé, tout le monde ! C'est là-haut que ça se passe !

Mais Finn n'était qu'un petit enfant sur une passerelle étroite perchée à plusieurs dizaines de mètres au-dessus du sol. Sa voix était totalement couverte par celle qui était diffusée à travers les enceintes gigantesques installées sous la passerelle.

N'écoute pas, n'écoute pas, n'écoute pas… pensa Chess.

Une sueur glacée perla sur sa peau tandis qu'il luttait contre le bruit. Contre la tentation de descendre de la passerelle pour fixer l'écran.

– Est-ce que les gens ont regardé les pièces, au moins ? voulut savoir Rocky. Ou tout ça n'a servi à rien ?

Chess ne pouvait se résoudre à observer la foule. Il regarda Finn. Puis Kafi. Puis, la petite montagne de pièces par terre, sous l'écran.

Sauf que… le tas n'était plus là.

Les pièces avaient entièrement disparu.

Chapitre 51 : Emma

On a dû rater un truc, pensa Emma.

Engourdie, elle regarda le levier qui continuait sa rotation sur le mur face à Kona.

– Il faut que je le récupère, à ton avis ? s'enquit celle-ci. Que je l'arrache du mur avant que quelqu'un passe à travers ?

– On s'est tellement démenés pour trouver un endroit où le levier fonctionnerait ! protesta Emma. Si tu l'arraches, il ne marchera plus jamais ici…

Elle s'empressa de rejoindre son amie, comme si elle pouvait la protéger. Elle la saisit par les épaules et la fit reculer. Les filles se trouvaient à une dizaine de pas de la porte – une distance qu'elles pourraient franchir en courant, si besoin.

Normalement.

L'aile de l'ange, l'ange puis le mur se mirent à chatoyer. Soudain, un pan entier du mur sembla se dissoudre.

Je suis toujours groggy et prise de vertige quand je passe d'un monde à l'autre, songea Emma. *La personne qui va arriver sera dans le même état. On aura donc un avantage sur elle. On n'a qu'à attendre pour voir qui c'est.*

Pourtant, Emma devait reconnaître qu'à chaque traversée, elle se sentait un peu moins désorientée. Et si la personne qui allait apparaître était un ennemi qui, après avoir effectué maintes fois la traversée, n'en éprouvait plus aucune gêne ?

Le mur était maintenant presque transparent. C'était la première fois qu'Emma assistait à l'ouverture d'un passage entre les mondes. Jusque-là, elle avait toujours été prise dans les tourbillons générés par le levier. Elle avait toujours été celle qui arrivait, jamais celle qui attendait que quelqu'un arrive. C'était donc un spectacle étonnant : elle voyait l'autre monde comme dans un rêve nébuleux.

Ou plutôt un cauchemar.

Elle vit des gardes. Elle vit des gens assis à des tables qui hurlaient, hurlaient, hurlaient en tourbillonnant.

Elle vit aussi un grand écran de télévision placé en hauteur, au-dessus de la tête des gens.

Il n'y a jamais eu d'écran de télé dans notre Pendule-à-coucou, se dit Emma. *Qui est à l'origine de ce changement ? Le maire ? Est-ce qu'il y a aussi des grenades puantes là-bas, maintenant ? Toutes sortes d'armes pour manipuler les gens ?*

Elle avait envie de pleurer pour l'autre monde. Celui qui avait toujours été le meilleur des deux.

– On devrait filer, tu ne crois pas ? proposa Kona à côté d'elle.

Emma se précipitait déjà sur la porte. Kona et elle se déplaçaient comme une créature pourvue de quatre pattes, toutes deux propulsées par la même peur.

Puis, alors qu'elles se dépêchaient de sortir, Emma ne put s'empêcher de se retourner. Sa curiosité l'emporta : il fallait qu'elle sache à qui elles voulaient échapper.

Un homme se trouvait juste derrière elles, tout près de la porte. Il n'avait pas l'air étourdi, comme si les tourbillons n'avaient eu aucun effet sur lui. Il gratifia les filles d'un sourire paresseux.

– Bonjour, Emma. Bonjour, Kona. Je vous remercie de votre aide.

Son visage bronzé, son polo jaune fluo, son sourire trop sûr de lui… Rien n'allait. Car cet individu avait les mêmes traits qu'un homme apprécié d'Emma : M. Mayhew, le père de Natalie.

Sauf que ce n'était pas le père de Natalie.

C'était le maire.

Et cette fois, il ne lançait pas de grenades puantes. Il ne portait pas de masque à gaz. Il n'aboyait pas d'ordres.

Il ne faisait rien de tout ça…

Car il était persuadé qu'il avait déjà gagné.

Chapitre 52 : Finn

– Qu'est-ce qui s'est passé avec les pièces ? s'interrogea Finn en regardant en contrebas, comme son frère.

Il ne vit rien qu'une scène vide, au pied de l'écran.

– Elles sont parties où ?

– On les a perdues ! se lamenta Rocky.

Il jeta un bref coup d'œil par-dessus le bord de la passerelle et son visage prit une teinte verdâtre. Il fit un pas en arrière, serrant encore plus fort Kafi contre lui.

– Notre plan a échoué ! ajouta-t-il.

– Non, non, peut-être que…

Lana posa doucement une main dans le dos de Rocky. Elle saisit le bras de Finn.

– Laissez-moi réfléchir… Ça pourrait être bon signe. Ça pourrait vouloir dire que…

– Tu crois que toutes les pièces qu'on a fait tomber sont parties dans l'autre monde ? demanda Chess. Que les passages sont rouverts ? Alors le levier a peut-être aussi marché pour Emma et Kona ?

– Hourra ! cria Finn en sautillant sur place.

– Mais pourquoi… ? Si les pièces ont fonctionné, alors ça devrait…

Lana semblait avoir du mal à trouver ses mots. Elle reprit :

– J'ai lâché toutes les pièces qu'on avait. Donc…

– Oui, moi aussi ! l'interrompit Finn.

Il ramassa l'un des seaux vides et le retourna.

– Tu vois ? Il n'y a plus rien !

– OK, approuva Lana. Il y avait les pièces des autres, mais pas uniquement. J'ai aussi envoyé les miennes. Celles qui disaient : *TROUVE-NOUS*. D'autres qui disaient : *REMARQUE-NOUS*, *ENTENDS-NOUS*, *AIDE-NOUS* et *RACONTE NOTRE HISTOIRE*. La totalité. Pour la première fois. Vous ne comprenez pas ? J'ai envoyé dans l'autre monde tout ce que j'avais. Toutes mes suppliques ! Tous mes espoirs ! Toutes les histoires importantes qui me concernent !

– Et tu t'attendais à ce qu'il se passe quelque chose, répliqua Chess, comme s'il l'avait parfaitement comprise.

Lana acquiesça. Les coins de sa bouche frémirent. On aurait aussi dit que Kafi était sur le point de pleurer.

– Peut-être que… ça ne marche pas exactement comme tu le pensais, dit Finn.

Il regarda en direction de *La Pendule à coucou*, comme s'il s'attendait à voir un deuxième message en Morse d'Emma.

– Si les filles ont réussi à faire fonctionner le levier, tu vas pouvoir aller rendre visite à ton double dans l'autre monde. Tout va finir par s'arranger, d'une manière ou d'une autre. Tu verras.

Il était lui-même surpris par sa foi, alors que l'écran géant tonnait juste sous ses pieds. Mais au fond de lui, il avait l'impression que quelque chose venait de changer.

Il regarda Lana. Puis il cligna des yeux. Peut-être était-ce l'altitude qui lui montait à la tête – l'équivalent de sept étages, tout de même. Peut-être avait-il trop souvent fait l'aller-retour entre l'espoir généré par les pièces et le désespoir généré par les mauvaises odeurs et la télévision. Ou peut-être son corps lui disait-il que le boudoir qu'il avait mangé chez l'Autre-Natalie ne suffirait pas à sa survie.

Car soudain, Finn voyait double.

Il voyait Lana juste devant lui : les larmes qui tremblaient dans ses yeux, ses cheveux fins en bataille, sa mâchoire crispée par la tristesse.

Puis, juste à côté de Lana, se trouvait une autre version de la jeune fille. Elle avait les mêmes pommettes hautes, les mêmes yeux gris, bienveillants, et exactement les mêmes traits. Mais cette Lana-ci, bien qu'un peu impressionnée, débordait d'enthousiasme et de joie.

Elle avait aussi confiance en elle. Cette autre version de Lana paraissait pleine d'assurance, parfaitement à l'aise, totalement épanouie.

Même dans un monde complètement inconnu.

– Lana ! s'écria Finn, qui d'un coup avait compris. Ça a marché ! Tu as ta réponse ! Ton double est là !

Chapitre 53 : Chess

Pétrifié, Chess resta sans voix.

La deuxième version de Lana (l'Autre-Lana ?) tendit la main. Dans sa paume reposaient des pièces, comme si on les avait fusionnées pour former une sorte de baguette magique.

Ou plutôt… un levier ? rectifia-t-il dans sa tête.

– Merci de m'avoir confié ton histoire, déclara la nouvelle venue d'une voix douce. Je sais que la vie n'a pas été facile pour toi et qu'il t'a fallu beaucoup de courage pour oser t'exprimer. J'ai écouté chacune des pièces que tu m'as envoyées, ces dernières années. Mais j'ignorais que je pouvais intervenir, jusqu'à ce que je reçoive les dernières pièces, aujourd'hui.

– Je… J'ai toujours eu peur d'envoyer les dernières, balbutia Lana. J'avais peur que… ça ne fasse qu'empirer les choses.

– Comment tu es arrivée ici ? s'enquit Finn.

Il toucha le bras de l'Autre-Lana comme pour s'assurer qu'elle était bien réelle.

– Quand j'ai reçu la dernière pièce, j'ai su quoi faire, répondit la jeune fille, le regard pétillant de malice. Les pièces se sont emboîtées et… je ne sais pas si c'était nécessaire, mais en tout cas c'est ce que j'ai fait… je les ai tenues assemblées contre mon cœur, et j'ai dit à voix haute : « Oui, je vais t'aider, Lana-dans-l'autre-monde. » Et… me voilà !

– Les pièces sont des passerelles entre les mondes, affirma Lana.

Ses yeux brillants ne quittaient pas ceux de son double.

– Je comprends tout, maintenant, ajouta-t-elle. Elle et moi, on est comme des points d'attache de chaque côté de la passerelle.

Pourtant, ce n'est pas comme ça que fonctionne notre levier, songea Chess.

Soudain, lui aussi comprit. Il se rappela les explications de Gus, quand celui-ci avait raconté comment il avait fabriqué le levier des Greystone à partir des pièces que son amie Gina avait laissées à sa mort. Il avait ajouté sa propre touche finale à l'ensemble de pièces de la scientifique. Ainsi, les histoires que Gina avait à raconter lui avaient survécu.

Ça vaut aussi pour les histoires de papa, pensa Chess, le cœur battant plus fort. *Celles de maman, Finn et Emma. Et les miennes.*

Une fois que les pièces étaient assemblées, il leur fallait quelque chose qui existait dans les deux mondes. Les pièces que Lana et l'Autre-Lana partageaient trouvaient leur point d'ancrage dans des personnes qui existaient dans les deux mondes. Le levier que Chess, Emma et Finn avaient utilisé devait être attaché à des lieux qui existaient dans les deux mondes.

Il y avait peut-être des dizaines de manières d'utiliser les pièces, et celles-ci attendaient d'être découvertes, le tout étant gardé hautement secret.

Ça alors! s'étonna Chess. *Je suis capable de raisonner comme Emma, parfois. Quand je cesse de m'en croire incapable.*

– OK, ces pseudo-réunions familiales, c'est bien gentil, intervint Rocky. Mais en quoi peux-tu lui être utile ? Que pourrais-tu faire que la Lana de ce monde-ci n'ait pas déjà tenté ?

– On écoutera nos histoires respectives, répondit l'Autre-Lana d'un ton ferme. Elle me racontera tout. Et je ferai pareil.

– Mais à quoi ça nous avancera ? insista Rocky.

On aurait dit qu'il était à nouveau sous l'influence de la télévision. De son bras libre (celui qui ne tenait pas Kafi), il désigna la foule dans le stade.

– Tu n'as pas vu tous ces gens hypnotisés, en mode zombie ? Tu ne sais pas qu'on a affaire à un dictateur fou qui veut contrôler le mental des gens ?

– Je ne sais pas, Rocky, objecta Chess. Rappelle-toi Gus, comme il était terrifié quand il était avec nous. Tu ne crois pas que ça l'aiderait, de parler à quelqu'un qui ne vit pas constamment dans la peur, mais qui lui ressemble ? Son double à lui ?

– Son double, c'est ton père ! exulta Finn. Tu ne crois pas que ça aiderait Gus de parler à ton père ?

– Mon… père, répéta Rocky.

Il resta bouche bée un instant puis fourra Kafi dans les bras de Chess avant de se pencher prudemment au-dessus de la rambarde. Quelques secondes plus tard, il se précipitait dans l'escalier.

– Papa ! Papa ! Papa ! appela-t-il.

Kafi inclina la tête pour regarder Chess.

– Wocky pati ? demanda-t-elle. Wocky cotan ?

Chess tint fermement Kafi contre lui et se pencha à son tour. De la passerelle, il avait vue sur tout le stade. Curieusement, depuis la dernière fois qu'il avait regardé la foule, celle-ci semblait avoir doublé. Les gens étaient serrés les uns contre les autres, sans que personne n'ait l'air de se plaindre de cette nouvelle promiscuité. Au contraire, ils s'étreignaient, faisaient des checks, passaient un bras sur les épaules de leur voisin, dans un geste réconfortant.

Où que Chess pose les yeux, les gens allaient par paires.

Dupliqués.

– Lana ! s'écria Finn derrière lui. Il n'y a pas que ton double qui est venu ! On dirait que ceux de tous les gens du stade sont là pour les aider !

Chapitre 54 : Emma, toujours à *La Pendule à coucou* du monde parallèle

–Vous ne me faites pas peur, lança Emma au maire.

L'homme émit un rire sardonique.

– Emma, Emma, Emma, répliqua-t-il en secouant la tête. Toi et moi savons que c'est un mensonge. Tes parents auraient vraiment honte de toi. Je croyais que, dans ta famille, vous étiez tous partisans de la vérité.

D'un geste moqueur, il dessina des guillemets avec les doigts lorsqu'il ajouta :

– « Vérité », « justice », « honneur »... Rien de tout ça n'existe. Les gens de pouvoir, dont je fais partie, mettent ce qu'ils veulent derrière ces mots. Ne le sais-tu pas ?

– C'est *vous*, les menteurs, rétorqua courageusement Kona.

Elle laissa son bras crocheté à celui d'Emma. Les deux amies se tenaient épaule contre épaule, chacune puisant ses forces dans l'autre.

– Les maths, déclara Emma. Deux plus deux égale quatre. C'est un fait. C'est vrai. C'est scientifique. Une molécule d'eau est composée de deux atomes d'hydrogène et d'un atome d'oxygène. Ça aussi, c'est vrai.

Le maire se remit à rire.

– Ce sont des maths niveau maternelle, railla-t-il. De la science pour bébés ! Tu ne sais pas que même les maths et la science deviennent un peu… malléables… lorsqu'on atteint un certain niveau ? Évidemment que tu ne le sais pas. Tu n'as que dix ans. Tu n'es qu'une gamine.

Emma détestait quand on s'adressait à elle ainsi. Elle aurait voulu hurler : *Je connais la physique quantique ! Et l'expérience du chat de Schrödinger ! Ce n'est pas parce qu'une chose est complexe que c'est forcément un mensonge !*

Comme si elle avait lu dans ses pensées, Kona lui donna un coup de coude discret, et Emma se ravisa.

Finalement… c'est peut-être une bonne chose qu'il nous sous-estime, pensa-t-elle. *Peut-être qu'il n'utilise pas les grenades puantes ou les télés hypnotisantes contre nous parce qu'il considère que ce n'est pas nécessaire. Parce qu'il est aussi paresseux que son sourire.*

Emma regretta de ne pas s'être constitué un stock de grenades puantes, « parfumées » avec tout ce à quoi le maire était allergique.

Mais cela ne suffirait pas à le vaincre. Ce n'est pas en utilisant ses méthodes qu'on y arrivera.

Elle voulait croire qu'ils avaient encore une chance. Elle ne pouvait pas perdre cet espoir.

– Et la justice ? L'honneur ? reprit le maire en levant les yeux au ciel. Encore des concepts malléables. Tout ce qui me sera utile est juste. Tout ce que j'ai envie de faire est honorable. Je te garantis que c'est ce que tout le monde pense.

– Pas mes parents, cracha Emma au moment où Kona protestait : « Pas mon père. »

Le maire ricana, méprisant.

– Mon père est mort pour la vérité, la justice et l'honneur, poursuivit Emma. Ma mère et le père de Kona ont risqué leur vie et ont été emprisonnés parce qu'ils tentaient de secourir des enfants qu'ils ne connaissaient même pas. Parce qu'ils trouvaient inacceptable qu'une autre famille souffre des injustices de votre monde.

– C'est ton monde aussi, Emma.

Le maire affichait un sourire encore plus dédaigneux Son regard se posa sur Kona.

– Et toi, tu es là aussi, maintenant, ma petite. Je suppose que tu as choisi ton camp.

– Ce que nos parents ont accompli, dit Kona, ils ne l'ont pas fait uniquement pour la vérité, la justice et l'honneur.

Emma acheva son raisonnement pour elle :

– Ils ont aussi agi par amour. Tout ce que nos parents ont accompli, ils l'ont fait par amour. C'est aussi pour ça que nous sommes là.

Le maire secoua la tête, son expression était désormais diabolique.

– Si tes parents t'avaient véritablement aimée, Emma, ils se seraient contentés de suivre les règles. Ils seraient restés ici, sans ouvrir la bouche, et auraient fait ce que les dirigeants leur ordonnaient de faire. Ils auraient cru ce qu'on leur ordonnait de croire. Ton père serait encore en vie, s'il avait respecté les consignes.

Emma ne manquait pas de répliques qu'elle aurait voulu hurler à la face du maire, telles que : *Si mon père avait respecté les consignes, il n'aurait jamais pu se regarder en face !* Ou : *Qu'est-ce que vous y connaissez, à l'amour ? À la justice et à l'honneur ?* Ou encore : *Ne me dites pas que vous croyez à vos propres mensonges !*

Mais à cet instant, elle prit conscience du silence qui régnait derrière elle. Depuis le début, sans vraiment le vouloir, elle avait ignoré les bruits du stade, le ronronnement des énormes enceintes. Sauf que ces bruits avaient disparu.

Brièvement, tout parut suspendu, le silence attendant d'être rompu. Un bourdonnement résonna dans le stade, s'amplifiant peu à peu. Il ne venait pas d'un orateur transmettant un message à ceux qui se trouvaient à portée de voix, mais de dizaines (de centaines, de milliers ?) de voix qui parlaient toutes en même temps.

Le maire se pinça l'arête du nez.

– J'ai ordonné qu'on change de stratégie, dit-il. Maintenant que je suis de retour, je n'ai plus besoin d'employer les mêmes techniques.

– Vous mentez, affirma Emma alors que Kona demandait : « Il ment, non ? »

L'homme se retourna pour s'adresser à une file d'hommes en uniforme bleu foncé, juste derrière lui, qui sortaient du passage vers l'autre monde.

– Gardes ! aboya-t-il. Arrêtez ces gamines ! Ensuite, vous arrêterez toutes les personnes à l'intérieur du stade !

Chapitre 55 : Finn

Finn, Chess et les deux Lana s'empressèrent de suivre Rocky. Ils avaient descendu la moitié de l'escalier quand l'écran géant à côté d'eux se tut subitement.

– Qu'est-ce qui se passe ? s'étonna Finn.

Lana afficha un sourire qui métamorphosa son visage. Si l'Autre-Lana et elle avaient été habillées de la même façon (Lana était vêtue de vert, l'Autre-Lana portait une robe rose), Finn n'aurait pas pu les différencier. Elles affichaient le même air confiant, la même assurance.

– Les gens ne regardent plus l'écran, expliqua Lana. Au lieu de ça, ils parlent à leur double.

– C'est ce que Lana disait dans les messages qu'elle m'a envoyés, ajouta l'Autre-Lana. Plus les gens regardent la télé, plus la télé a de pouvoir. Donc quand les gens s'en désintéressent…

– … le pouvoir des télés, y compris l'écran géant, s'affaiblit, compléta Chess pour elle.

Plein d'espoir, il contempla le restaurant au loin, où Emma et Kona avaient utilisé le levier. Puis il demanda :

– Ça veut dire que le maire est moins fort, lui aussi ?

– Je l'espère bien ! s'exclama Lana avec un sourire de plus en plus épanoui.

L'espoir… se dit Finn.

Arrivés au pied de l'escalier, ils se faufilèrent dans la foule. Dans chaque paire que Finn voyait, il identifiait presque à coup sûr le double venu de l'autre monde : c'était l'adolescent en maillot de bain, pas celui en jogging gris terne. C'était la fille aux cheveux teints en rose, pas celle aux épaules voûtées qui se cachait sous sa capuche. C'était le vieux monsieur en tee-shirt *Athlète en fauteuil roulant*, pas celui recroquevillé à terre.

Il vit des médecins et des infirmiers en blouse ; des hommes et des femmes en blouson de cuir, qui apparemment venaient de quitter leurs motos. Un homme vêtu d'un sweat qui disait : *Père au foyer et fier de l'être*, avec, en plus petits caractères, dessous : *Toutes les taches sur ce sweat le prouvent…* Une femme en chaussures de bowling, une boule à la main. Quelqu'un en tenue de pompier. Des gens à la peau marron, à la peau noire, à la peau blanche.

On aurait dit que ces personnes très différentes les unes des autres avaient tout laissé tomber pour venir aider leur double, dès qu'elles avaient récupéré la totalité des pièces qui leur étaient destinées.

Des bribes de conversations fusaient partout autour de Finn, Chess et des deux Lana :

– … c’est là que j’ai décidé d’étudier la philosophie, car j’étais curieuse de…

– … en tant qu’enseignant, je trouve que le CM2 est le niveau le plus amusant…

– … l’entreprise que j’ai toujours rêvé de créer…

– … même si tout le monde me disait que je n’y arriverais pas, j’ai réussi…

Ça, c’étaient les gens qui venaient du monde meilleur. Ceux qui avaient l’air abattus et effrayés disaient des choses comme :

– … le jour le plus triste de ma vie…

– … si seulement j’avais eu le courage de…

– … ce que je regrette le plus…

À mesure que Finn et les autres avançaient, les mêmes questions revenaient dans les discussions. Les personnes du monde affreux s’étonnaient :

– Ah bon ? Pas croyable !

– Comment tu as fait ? J’ai toujours cru que c’était hors de ma portée…

– Moi, j’aurais été capable de le faire ?

– Est-il encore temps ?

Finn se retourna et tira Lana par le bras.

– C’est pas juste ! se plaignit-il. À cause des doubles, les gens de ton monde vont croire que c’est facile de changer. D’être comme eux, tout simplement. Mais toi, tu n’as pas eu la même chance que l’Autre-Lana. Tu n’aurais pas pu faire les mêmes choix.

Parce que ton double, lui, vivait dans un monde meilleur.

En disant ça, il ne pensait pas vraiment à Lana et à l'Autre-Lana ; plutôt à sa mère et à Mme Gustano, à sa famille et à celle de Rocky.

Ils avaient eu des vies très différentes, pas seulement parce que maman et Mme Gustano n'avaient pas épousé chacune une version du même homme.

Les Greystone avaient toujours été en danger. Ils avaient toujours été confrontés à des choix difficiles – même si Finn, Emma et Chess n'en avaient rien su pendant longtemps.

Tout se serait bien passé pour les Gustano si Mme Gustano n'avait pas été le double de maman.

Lana et l'Autre-Lana échangèrent un regard complice.

– Oh, Finn, dit Lana. Je ne souhaite pas avoir la même vie que mon double. Mais voir ce dont elle est capable, savoir qu'elle me comprend vraiment et réciproquement… ça m'aide à voir ce que moi, je peux faire. Ça m'aide à me convaincre que le changement est possible… pour moi et pour mon monde. Même si ça ne sera pas facile.

L'Autre-Lana montra la baguette qu'elle avait fabriquée avec les pièces envoyées par Lana.

– Lana peut choisir la manière dont elle veut raconter son histoire, déclara-t-elle. D'après ce qu'elle m'a dit jusqu'à présent, son histoire concerne surtout la confiance qu'elle a en l'avenir, pas seulement ses regrets par rapport au passé. L'histoire d'une personne ne s'arrête qu'avec sa mort.

– Et encore, pas exactement, objecta Chess.

Il désigna les gens autour d'eux.

– Tous ces gens venus ici grâce aux pièces… C'est aussi grâce à ce que mes parents et une femme nommée Gina ont entrepris il y a huit ans. Elle et mon père n'ont pas vécu assez longtemps pour savoir que les pièces ont fonctionné. Ma mère a cru pendant huit ans que leur plan avait échoué.

– Lana et bien d'autres personnes ont contribué à faire vivre le rêve de tes parents, enchaîna l'Autre-Lana.

Elle contempla son double avec admiration avant de poursuivre :

– Moi, je n'ai jamais connu de situation où il aurait fallu que je me montre courageuse, mais… si ce jour devait arriver, j'espère bien l'être autant que toi.

Il n'y a donc pas que les gens du monde mauvais qui ont des choses à apprendre de ceux du monde meilleur, pensa Finn. *Chacun apprend quelque chose de l'autre.*

Il n'était plus certain de savoir faire la différence entre les doubles. Il s'autorisa à se laisser un peu distraire par l'espoir et l'enthousiasme qui régnaient dans le stade. Après tout ce temps passé à baigner dans la terreur, il avait désormais l'impression de surfer sur une vague de joie.

Soudain, il entendit des cris venant d'un côté. Puis une voix familière amplifiée par un micro, voire un mégaphone.

– Vous avez bien entendu ! Ce sont les ordres ! Bouclez les issues ! Arrêtez tout le monde !

C'était le maire.

Le maire qui, visiblement, n'avait pas perdu tous ses pouvoirs.

Chapitre 56 : Chess

Sauve-toi! pensa Chess. *Emmène Finn et les autres loin d'ici! Avant que le passage soit condamné! Et… Oh… Comment je vais faire pour contacter Rocky et Gus, Emma et Kona, l'Autre-Natalie et la juge? Ou…*

C'était sans espoir : Chess ne voulait pas sauver seulement sa famille et ses amis, mais aussi toutes les personnes présentes dans le stade.

Tout le monde… quel que soit l'univers auquel ils appartenaient.

Sauf que cette fois-ci, on ne peut pas s'enfuir. On doit… s'unir.

Autour de lui, le bourdonnement des voix, initialement joyeux, se teinta d'angoisse et de perplexité.

Derrière lui, il entendit à nouveau la voix du présentateur télé, même si elle avait perdu de la puissance :

« La victoire sur les scélérats et les batailleurs de l'autre monde est maintenant totale. Nos vaillants dirigeants sont de retour. Pour célébrer leur triomphe, des fêtes se sont spontanément organisées à travers le pays… »

Chess se retourna et vit que l'écran géant s'était rallumé. Alors que le maire était en réalité juste en train d'arriver, sur les images on le voyait debout sur une scène, en plein cœur du stade. Tout sourires, l'homme faisait des signes à une foule en adoration qui l'acclamait sans relâche.

Autour de Chess, les enfants se tournèrent également vers l'écran.

C'en fut trop pour lui.

– C'est un mensonge ! s'époumona-t-il. Ce n'est pas ce qui est en train de se dérouler ici !

Au même instant, Finn se hissait sur la pointe des pieds et braillait :

– C'est même pas pour de vrai ! Ne regardez pas !

– Ne vous laissez pas influencer par ces images ! hurlèrent Lana et l'Autre-Lana à l'unisson.

Les gens à proximité cessèrent alors de scruter l'écran pour se concentrer sur Chess, Finn et les filles.

Contrairement à son frère, Chess détestait être au centre de l'attention. Et il avait horreur de prendre la parole en public.

Pourtant, il avait une voix.

Et il comptait bien en faire usage.

– Lana, tu sais comment fonctionnent les caméras, pas vrai ? lança-t-il d'un ton pressant. L'Autre-Lana, tu lui ressembles assez pour t'y connaître aussi ?

– Absolument ! répondirent en chœur les deux adolescentes.

– Alors, toutes les deux, essayez d'en trouver une quelque part, dit-il.

Son cœur battait la chamade. Comment allait-il expliquer son idée, vu le peu de temps dont il disposait ? Comment les autres réussiraient-ils à faire ce qu'il fallait avant que tout le monde soit de nouveau absorbé par l'écran ?

Avant que tous les gens (y compris les doubles) se retrouvent pris au piège ?

– Oh, je vois ce que tu as en tête, dit Lana.

L'Autre-Lana ajouta :

– Il faudra ensuite qu'on connecte notre caméra à l'écran géant pour qu'il diffuse nos images. On se retrouvera là-bas…

– Juste à côté du maire, compléta Finn.

Chess n'eut pas à expliquer quoi que ce soit – pas même à son petit frère. Tous ceux qui étaient avec lui avaient compris.

– Exactement. On va faire en sorte que le maire dise la vérité, déclara Chess. Au monde entier.

Chapitre 57 : Emma, toujours à *La Pendule à coucou* du monde parallèle

– Autant nous emmener au stade, Kona et moi, et nous arrêter en même temps que les autres, dit Emma au garde qui s'avançait pour menotter les deux amies.

Kona la regarda, l'air perplexe. D'un signe de tête, elle montra le restaurant derrière elles, avec son passage ouvert sur le monde meilleur. Emma savait que Kona se demandait : *Pourquoi s'éloigner du tunnel ? Il vaudrait mieux qu'on essaie de se donner les moyens de s'échapper et de retrouver ta mère et mon père !*

– Vous connaissez le conte *Les Habits neufs de l'empereur* ? demanda Emma, faisant comme si elle ne s'adressait qu'au garde et pas à Kona. La morale de l'histoire, c'est que la vérité sort toujours de la bouche des enfants, pas de celle des dirigeants.

Kona se mit à rire et s'empressa de simuler une quinte de toux. Emma vit que son amie avait compris : il fallait rester à proximité du maire pour saisir l'occasion de prouver qu'il mentait.

Toutefois, ce qui surprit Emma, ce fut la réaction du garde. Haussant les sourcils, celui-ci planta son regard dans le sien.

Puis il lui ôta les menottes.

– Allez, file, dit-il en la poussant légèrement. Va retrouver le maire, dans ce cas.

Une minute... Le garde connaît vraiment Les Habits neufs de l'empereur *?* s'étonna-t-elle. Elle aurait cru ce genre d'histoire censuré, dans ce monde. Elle pensait ne prendre aucun risque en s'adressant à Kona comme si c'était un code. *Mais est-ce réellement pour ça que le garde m'a libérée ? Parce qu'il veut que cet imposteur soit démasqué ?*

Elle observa les hommes qui se déversaient de *La Pendule à coucou*. C'étaient peut-être des policiers ou des soldats – elle n'aurait su dire ce que représentaient leurs différents uniformes bleu marine bordés d'orange. À l'évidence, ils étaient tous à la solde du maire ou des dirigeants de ce monde. La simple vue de leurs tenues lui faisait remonter d'horribles souvenirs du procès de sa mère, et du gala de charité organisé chez l'Autre-Natalie, qui s'était terminé par des coups de feu.

Toutefois, les hommes qui fourmillaient autour de Kona et elle paraissaient à présent plus... autonomes que les gardes, policiers et soldats qu'elle avait vus auparavant dans ce monde. Ils ne se précipitaient pas pour exécuter les ordres du maire en marquant un bref salut. Ils ne marchaient pas d'un pas cadencé, les yeux fixés droit devant eux. Ils jetaient des regards furtifs à la ronde. Certains allèrent jusqu'à chuchoter entre eux, même s'ils s'interrompirent lorsque Emma s'approcha.

Ont-ils décidé de renoncer à leur vœu d'obéissance ? se demanda-t-elle. *De cesser d'avoir peur, de dire stop au lavage de cerveau ?*

Pourtant, ils se dirigeaient toujours vers le stade. En plus des menottes, ils étaient armés : matraques et pistolets, glissés dans leurs étuis.

Après avoir passé son bras sous celui de Kona, Emma suivit les troupes.

Les filles arrivèrent au stade juste au moment où le maire s'approchait des marches qui permettaient d'accéder à la scène, sous l'écran géant. Un accompagnateur lui présenta un manteau officiel bleu marine, que le maire enfila et boutonna jusqu'au menton avant de s'engager sur les marches. Emma pensait que les gardes allaient les empêcher, Kona et elle, de monter sur la scène. Bizarrement, ils s'écartèrent pour les laisser passer.

Elles prirent la direction de la scène et se retrouvèrent à quelques pas du maire.

– Je crois que je préférais encore la passerelle, grommela Kona.

Être sur cette estrade immense était quelque peu vertigineux. Cette sensation était renforcée par la vision du maire qui, devant elles, avançait d'un air implacable tandis que l'écran affichait une version XXL du même homme qui souriait calmement, agitant la main.

C'est comme au procès de maman, pensa Emma, le cœur lourd. *La foule voit une version complètement différente de ce qui se passe réellement.*

Pourtant, le public ne réagissait pas de la même manière qu'au procès – ni même de la même manière qu'auparavant, quand les enfants avaient vidé leurs seaux. Penchés les uns vers les autres, les gens parlaient à voix basse, les sourcils froncés, les yeux plissés.

Emma sentit l'espoir renaître.

Kona et elle rattrapèrent le maire au moment où, de l'autre côté de la scène, un groupe se précipitait vers l'homme. Le cœur d'Emma se serra : c'étaient Chess, Finn et Kafi. Il y avait aussi Rocky et Gus, accompagnés d'un homme qui ressemblait trait pour trait à Gus. Était-ce M. Gustano ? Emma vit également deux paires de mères et filles parfaitement identiques : Natalie et Mme Morales, avec l'Autre-Natalie et la juge.

Pourtant, on avait laissé Natalie et sa mère dans le monde meilleur, songea-t-elle en s'efforçant de comprendre. *M. Gustano ne devrait pas être ici, lui non plus…*

Le maire se retourna pour jeter un regard noir à Emma et Kona, au moment où Emma réalisait que certaines personnes manquaient à l'appel.

Le regard du maire se voulait sans doute dur et intimidant – suffisamment pour réduire un enfant au silence.

Toutefois Emma en avait assez de se taire.

– Qu'avez-vous fait de ma mère et du père de Kona ? hurla-t-elle à l'intention du maire. Qu'avez-vous fait des autres Gustano ?

Ses propos résonnèrent comme un écho, à un volume sonore largement supérieur à la normale.

Emma remarqua alors, derrière ses frères et les autres, que Lana était accompagnée d'une jeune fille qui aurait pu être sa jumelle (l'Autre-Lana, sans doute ?). Toutes deux portaient à l'épaule des caméras professionnelles. Emma tourna la tête… et vit son propre visage. Sauf qu'il était haut comme un immeuble de sept étages et occupait la majeure partie de l'écran.

Les deux Lana s'assuraient que tout le monde dans le stade entende les questions d'Emma. Elles veillaient à ce que toutes les personnes présentes voient et entendent les réactions du maire.

Et si les images étaient diffusées au-delà du stade ?

Et si les gens des deux mondes les regardaient et les écoutaient ?

Chapitre 58 : Finn

Finn s'élança vers Emma et la serra dans ses bras.

– Tu es saine et sauve ! s'écria-t-il. J'avais peur que le maire t'ait attrapée !

Emma passa distraitement un bras autour de ses épaules. Mais son visage disait : « Euh, Finn ? Tu ne comprends pas ? On n'est pas franchement "sains et saufs", là. Le maire, ses gardes, la police et les soldats sont juste là. »

Mais devant ce spectacle adorable, on entendit résonner à travers le stade un « oooooh » collectif venant de la foule.

Du coin de l'œil, Finn vit de quoi Emma et lui avaient l'air sur l'écran géant : un petit garçon de huit ans, toujours vêtu de son pyjama Lego Batman, qui étreignait sa grande sœur dans son tee-shirt du club de maths et son short de gym. L'un et l'autre avaient encore des pièces scotchées à leurs poignets. Les cheveux de Finn formaient des épis sur l'arrière de son crâne et ceux d'Emma se hérissaient à l'avant.

Oui, ben désolé, mais on était un peu trop occupés ce matin pour avoir le temps de se coiffer, pensa Finn.

Cela dit, les gens les trouvaient mignons.

Finn avait l'habitude. Par contre, il n'avait pas l'habitude de se dire que ça pouvait être utile. Qu'être mignon pouvait être utilisé comme une arme.

Il se tourna vers le maire.

– Vous pourriez répondre à la question de ma sœur ? demanda-t-il.

Il ouvrait de grands yeux, espérant reproduire la même expression que lorsqu'il réclamait une glace à sa mère.

– On voudrait juste savoir où est notre maman, reprit-il. Et où est le papa de Kona. Et la maman, le frère et la sœur de Rocky. Parce que… vous les avez attaqués. Ça faisait vraiment trop peur.

Finn ne jouait plus la comédie. Il avait été terrifié par le maire et ses grenades puantes. Se tenir là, en présence de cet homme horrible assoiffé de pouvoir, avait toujours quelque chose de cauchemardesque.

Sans le bras rassurant d'Emma sur ses épaules, Finn aurait pu se mettre à pleurer.

D'ailleurs, ça ne serait peut-être pas grave si ça arrivait.

– Ces pauvres petits me brisent le cœur, répliqua le maire.

Il regarda la foule, comme s'il essayait de s'attirer sa compassion. Il semblait vouloir utiliser le côté mignon de Finn pour servir sa propre cause.

– Je suis désolé de devoir te l'annoncer, mon bonhomme, mais ta mère ainsi que les parents de tes petits camarades sont tous des criminels. Des rebelles. Des hors-la-loi. Des ennemis du peuple.

On aurait dit qu'il testait diverses insultes, pour voir laquelle déclencherait dans la foule le plus de haine envers la mère de Finn.

– Cela fait des années que Kate Greystone et Joe Deweese complotent avec l'ennemi, répandent des mensonges et fomentent une révolte. Ce sont eux qui ont incité les partisans de la guerre de l'autre monde à nous attaquer. Des va-t-en-guerre comme la famille Gustano. Donc, évidemment, nous les avons arrêtés ! Évidemment, nous allons devoir les punir, les condamner une bonne fois pour toutes. C'est à ce prix que nous préserverons la sécurité de notre monde.

– Mais tout ça, c'est faux ! explosa Finn.

Il entendit Emma et Kona protester en même temps que lui. À l'autre bout de la scène, il vit Chess, Rocky et Natalie faire de même.

– Ah oui, vraiment ? railla le maire avec mépris. Ta mère et Joe ne tentaient-ils pas de renverser notre gouvernement, peut-être ? Ne critiquaient-ils pas tout ce que nous entreprenions ?

Une minute… Cette partie-là était vraie. Comment le maire faisait-il pour retourner la situation à son avantage ?

– À vous entendre, on croirait que c'est mal qu'ils aient voulu combattre les injustices de votre monde ! se plaignit Emma.

– Ils ne cherchaient pas à faire de mal à qui que ce soit, ajouta Kona. Ils essayaient de se rendre utiles !

– Ouais ! approuva Finn.

Toutefois il avait prononcé ce mot trop faiblement.

Le maire tapota la tête de Finn, d'Emma et de Kona.

– Vous êtes trop jeunes pour comprendre, dit-il d'un ton outrageusement mielleux. Mais quand vous serez grands, je suis sûr que vous voudrez racheter les fautes de vos parents en prêtant allégeance à votre gouvernement et en servant fidèlement sa cause, chaque jour du reste de votre vie.

Finn n'avait jamais eu autant envie de frapper quelqu'un – même si ça n'aurait pas servi à grand-chose.

Désespéré, il contempla Gus, M. Gustano, la juge et Mme Morales de l'autre côté de la scène. C'étaient des adultes. Pourquoi ne réagissaient-ils pas ?

Gus transpirait et avait toujours l'air aussi paniqué. M. Gustano et Rocky étaient penchés vers lui, comme s'ils essayaient de le calmer.

OK, l'aide ne viendra pas de là, conclut Finn.

La juge et Mme Morales affichaient toutes les deux un visage dur comme la pierre. Elles regardaient le dos du maire comme si elles avaient des poignards dans les yeux.

– Madame la juge ! appela Finn. Adressez-vous à la foule ! Vous savez, vous, que le maire est un menteur !

La juge serra les dents. Les deux Lana orientèrent leurs caméras sur elle. Son beau visage, magnifié, apparut à l'écran derrière le maire.

– Les juges se doivent d'être impartiaux, déclara-t-elle. Il se pourrait que je sois désignée pour présider le procès de l'un de ces… accusés. Je ne peux donc faire aucun commentaire en public.

Cette fois, ce fut au tour de Finn de la regarder avec des poignards dans les yeux.

Pourtant, vous détestez le maire! aurait-il voulu protester. *Vous aussi, vous voulez changer le gouvernement! Vous travaillez en secret avec ma mère depuis des années! Le maire a tenté de vous tuer!*

– Elle doit se dire qu'on ne peut pas gagner, souffla Emma à l'oreille de Finn. Elle pense sans doute qu'elle doit garder ses opinions pour elle. Comme ça, elle conserve ses pouvoirs et peut continuer à œuvrer clandestinement pour le bien.

Mme Morales passa un bras autour de la juge, comme si, à l'instar de M. Gustano, elle avait besoin de réconforter son double. Mais elle inclina aussi légèrement la tête sur la droite, comme pour dire aux Lana de remettre Finn et Emma à l'écran.

C'était ridicule. Décidément, les adultes ne servaient à rien.

À moins que… Mme Morales pensait-elle que la foule serait plus réceptive aux propos d'Emma et de Finn plutôt qu'à ceux de la juge?

L'auditoire, complètement silencieux, semblait attendre la suite.

Cela rappela à Finn le moment où maman et Mme Gustano s'étaient dévisagées, chez lui. Elles étaient toutes les deux muettes de stupeur, jusqu'à ce que Finn propose d'aller à *La Pendule à coucou.*

Et maintenant, qu'est-ce qu'on fait ? se demanda-t-il.

Une telle responsabilité n'aurait pas dû reposer sur lui.

Les pièces étaient censées fonctionner. Mon apparition à la télé était censée fonctionner. Faire venir les doubles était censé fonctionner.

Pourtant, rien n'avait marché.

Ou plutôt… Non, tout avait contribué à améliorer la situation… pour une courte durée.

Finn songea à maman et à Gus lorsqu'ils avaient affirmé que la ruine de ce monde avait été provoquée par toutes sortes de petites et mauvaises décisions.

Il fallait peut-être beaucoup de petites et bonnes décisions pour arranger les choses.

Qu'est-ce qui pourrait arranger les choses, maintenant ? s'interrogea Finn. *Après les pièces, après les leviers, après la baguette fabriquée avec des pièces, après les doubles… Les doubles de ceux qui voulaient voir leur double ici…*

Soudain, il sut.

– Vous savez que vous aussi, vous avez un double dans l'autre monde ? dit-il au maire.

Il regarda la foule, derrière les nombreux gardes, soldats et agents de police. Des rangées et des rangées de personnes qui avaient demandé de l'aide à leurs doubles, et ces derniers qui avaient répondu à leur appel.

– Vous avez vu comme votre double est capable de vous comprendre. Qu'il sait qui vous êtes véritablement. Moi, je n'ai pas de vrai double, mais je suis entouré de personnes qui m'aiment et me comprennent parfaitement.

Il jeta un coup d'œil à Emma, Chess et Natalie. Puis son regard engloba aussi Kona, Rocky et Kafi. Ces enfants qui avaient enduré tant d'épreuves avec lui.

– Vous ne croyez pas que ça pourrait être utile de faire monter le double du maire sur scène ? Vous ne croyez pas que lui serait capable de nous dire si le maire ment ou pas ? Vous n'avez pas envie de savoir ce qu'il aurait à dire ?

Un instant, le public retint son souffle, toujours silencieux. Puis un chuchotement se fit entendre au fond du stade. Rapidement, il enfla en un rugissement. Les gens scandèrent :

– Qu'on fasse venir ! Le double du maire ! Qu'on fasse venir ! Le double du maire !

Le maire pâlit. Il se tourna vers son épouse, comme s'il attendait qu'elle lui dise quoi faire. Comme s'il pensait qu'elle allait le soutenir, comme elle l'avait toujours fait.

Cependant, la juge aboya aux forces armées qui faisaient face à la foule :

– Le maire a donné un ordre, non ? Alors ? Exécution !

Pourtant, le maire n'avait rien dit.

– À vos ordres, madame ! À vos ordres, monsieur ! brailla quelqu'un. Nous allons chercher votre double dans l'autre monde immédiatement !

Eux aussi mentaient en prétendant obéir à un ordre imaginaire. Étaient-ils dans le camp de la juge et pas dans celui du maire ?

Un grand nombre d'hommes en uniforme bleu se détachèrent du groupe et partirent en courant vers *La Pendule à coucou*.

Peut-être qu'ils ne mentaient plus vraiment.

Peut-être qu'ils agissaient exactement comme bon leur semblait.

Chapitre 59 : Chess

Natalie tendit le bras pour attraper la main de Chess.

– Mon père est quelqu'un de faible, chuchota-t-elle. Il cherche toujours à plaire. Et si le faire venir ici ne servait à rien ? Et si ça risquait juste de le mettre en danger, lui ?

Le cœur de Chess battait si vite que le garçon se demanda s'il n'allait pas éclater.

Natalie me tient la main, là, sur cette scène, devant des milliers de gens ! aurait-il voulu hurler.

Tant pis pour le public. Le simple contact physique avec Natalie suffisait à mettre Chess dans tous ses états.

Chez eux, il aurait profité de ce moment pour demander à la jeune fille : « Dis, ça te dirait, de sortir avec moi ? » Il n'aurait pensé à rien d'autre qu'au bonheur de sentir leurs doigts entremêlés ; à l'instant merveilleux où il avait plongé son regard dans les beaux yeux marron de Natalie.

Mais il se trouvait dans l'horrible monde où il était né, celui qu'il avait juré d'aider. Oui, c'était absolument génial de tenir la main de Natalie et de la regarder dans les yeux. Cependant il ne pouvait pas oublier les gens qui l'entouraient.

Il ne pouvait pas oublier son engagement.

– On va… trouver une solution, répliqua-t-il à voix basse. Tu ne trouves pas que c'est bon signe, que personne ne nous jette de grenades puantes ? Et que personne n'empêche les deux Lana de nous filmer ?

Natalie écarquilla les yeux.

– Je crois que le maire a peur de ne pas être obéi de ses gardes, s'il donne des ordres qui vont dans ce sens, dit-elle.

Soudain, une acclamation s'éleva à l'arrière de la foule. M. Mayhew, le père de Natalie, venait d'arriver.

Le public se tut pendant que les gardes l'escortaient jusqu'à la scène. Le polo jaune fluo qu'il portait était très semblable à celui que le maire avait mis pour se faire passer pour lui.

– Si vous avez touché à un cheveu de ma fille ou de mon ex-épouse, je vous… je vous… menaça M. Mayhew, la mâchoire crispée.

Natalie lâcha la main de Chess et se rua vers son père.

– On va bien, papa ! le rassura-t-elle. On va bien toutes les deux.

Le maire observa l'Autre-Natalie, sa fille. S'attendait-il à ce qu'elle l'étreigne, elle aussi ? La jeune fille leva le menton et, afin d'être entendue de tous, articula d'une voix sonore :

– Je ne suis pas ton instrument politique, papa !

Les tribunes furent parcourues d'un hoquet de stupeur.

– Ma fille ne manque pas d'humour, rétorqua le maire d'un ton désespéré.

Puis il regarda M. Mayhew avant d'ajouter :

– Vous qui avez une ado à la maison, vous comprenez.

– Ce que je comprends, c'est que ce matin, je jouais au golf avant qu'on me dérange ! se plaignit le père de Natalie. Des gardes ont arrêté toutes les personnes qui se trouvaient sur place et nous ont retenus en otage, avec ma fille, mon ex-femme et beaucoup d'autres gens innocents, dans un restaurant pour enfants. *La Pendule à coucou*, je crois. Tout à coup, ma fille et mon ex-femme se sont retrouvées avec des pièces de votre monde dans les mains et disaient : « Oh, il faut qu'on y aille, tout de suite ! » Là-dessus, elles ont disparu ! Puis on m'a forcé à venir ici, en passant par cet étrange tunnel. C'est tout ce que je comprends.

Il croisa le regard de son double et poursuivit après un moment de silence :

– Oh… Oui, effectivement. Je comprends. Je comprends tout à fait.

Chess avait déjà été témoin de la curieuse alchimie qui existait entre les doubles : avec les deux Natalie ; avec maman et Mme Gustano ; avec les deux Lana. Et aussi, indirectement, avec le stade entier, rempli de doubles. Cependant, il n'avait encore jamais assisté à la rencontre de deux doubles aussi différents sur le plan moral que le maire et M. Mayhew.

– Quoi, papa ? s'écria Natalie. Qu'est-ce que tu as compris ?

Mais son père secoua la tête.

– Ce que j'ai entendu est… privé, marmonna-t-il sans cesser de fixer le maire. Je ne peux pas trahir la confiance d'un autre homme.

Trahir la confiance d'un autre homme… songea Chess. *De quoi parle-t-il ? C'est pourtant la première fois qu'il voit le maire. À moins que je me trompe ?*

Soudain, tout s'éclaira.

– Il veut dire qu'il ne peut pas révéler ce que le maire lui a raconté à travers les pièces ! Le maire, qui faisait arrêter des gens pour avoir envoyé des pièces dans l'autre monde, faisait lui-même pareil ! Si ça s'appelle collaborer avec l'autre monde, alors le maire est coupable, lui aussi !

Chapitre 60 : Emma

Des cris et des hoquets de stupéfaction se répandirent à travers le stade. On entendit aussi des huées.

L'intégralité du public, y compris les gardes, policiers et soldats, huait le maire.

– On a gagné ! se réjouit Finn. Ils n'aiment plus le maire !

– C'est seulement ce que la foule pense en ce moment, nuança Emma. Les émotions, ça varie. Le public a besoin de preuves. De faits.

Elle vit M. Mayhew et le maire plonger leurs mains dans leurs poches en même temps. Chacun avait adopté la même posture défensive.

Ils ont tous les deux sur eux des pièces qu'ils voudraient protéger, pensa-t-elle. *M. Mayhew a celles envoyées par le maire. Le maire doit avoir celles qu'il a enregistrées mais qu'il a conservées.*

Si seulement elle parvenait à obliger l'un d'entre eux à faire entendre les enregistrements au stade entier !

Je ne réussirai jamais à prendre le dessus sur le maire, songea-t-elle. *Je n'ai que dix ans. Il est plus fort que moi et il a plus de pouvoir.*

Et si elle lui tendait un piège ?

Tout à coup, elle sut comment s'y prendre.

Les doigts tremblants, elle récupéra la pièce scotchée à son poignet. C'était celle qui n'avait pas été décodée – celle que Chess, Finn et elle avaient trouvée en appuyant sur l'aile de l'ange à *La Pendule à coucou*. Ne sachant toujours pas à qui elle était destinée, Emma rechignait à s'en séparer. Mais elle ne voyait pas quelle autre ruse elle aurait pu utiliser contre le maire.

– Cette pièce, elle est à vous ? demanda-t-elle d'un ton qu'elle espérait innocent, avant de lancer la pièce en direction du maire.

Surpris et paniqué, l'homme sortit ses mains de ses poches pour attraper l'objet.

Au même instant, deux pièces tombèrent de ses poches. Surpris, le maire tenta de les rattraper, en vain. Il rata aussi la pièce d'Emma.

La fillette se précipita à ses côtés. D'un geste vif, elle ramassa les trois pièces.

– Ces pièces m'appartiennent ! hurla le maire. Rends-les-moi !

Paraissant se rendre compte de ce qu'il venait de dire, il reporta aussitôt son attention sur le public.

– Je voulais dire…

– Bien sûr que je vais vous les rendre, l'interrompit Emma avec un sourire charmant.

Elle rempocha sa propre pièce et tendit les deux autres au maire. Puis elle fit semblant de trébucher, dans sa hâte de répondre aux exigences du maire.

Résultat, la pièce du dessus effleura le pouce du maire deux fois de suite.

Exactement comme lorsque Gus a activé ses pièces pour nous faire entendre ses messages, pensa Emma. *Oh, je vous en supplie, faites que je ne me sois pas trompée et que ce soit bien ainsi que ça fonctionne…*

La voix haute et claire du maire s'échappa alors du petit disque métallique.

« Je suis si fatigué de devoir mentir en permanence… Rien qu'une fois, j'aimerais confesser tous les crimes dont je suis coupable… »

Le maire s'empressa d'appuyer de nouveau sur la pièce pour la faire taire.

Un silence pesant s'abattit sur le stade.

Emma aurait pris beaucoup de plaisir à dire à ce moment-là : *Aha ! Je vous ai bien eu ! Voici la preuve que vous mentez depuis le début ! Et que vous êtes coupable ! Pourtant, vous voyez, je ne suis qu'une gamine de dix ans. Vous devez vous sentir bête, non ?*

Mais elle se contenta de se pencher vers le micro, entre le maire et M. Mayhew, et déclara :

– Eh bien allez-y, confessez-vous. Racontez à tout le monde ce sur quoi vous mentez depuis le début.

– Oh, non. Je vous jure que, si j'ai menti, ce n'était que pour de bonnes raisons, répliqua le maire, affolé, son regard allant de M. Mayhew à la foule. Mon peuple, chers habitants de cette ville formidable… Chaque fois que j'ai menti, c'était pour votre bien. De plus, il s'agissait de mensonges sans conséquences, destinés uniquement à soutenir le gouvernement. À préserver notre sécurité.

– Votre sécurité ? répéta Natalie avec mépris, s'avançant à son tour. Comment pouvez-vous parler de sécurité alors que vous vous êtes arrangé pour que des hommes armés interviennent lors du gala de charité organisé chez vous, il y a une semaine ? Qui cherchiez-vous à assassiner ? Votre belle-mère, votre femme et votre fille ?

– Non, non… Je ne voulais la mort de personne ! se défendit le maire en jetant des regards à la ronde, comme s'il s'attendait à ce que M. Mayhew ou le public interviennent en sa faveur. Ce que tu évoques, ce n'était… qu'une mise en scène politique ! Je voulais juste renforcer mon pouvoir ! Car les gens ont besoin de moi en tant que dirigeant !

Le silence de la foule n'était plus le même, à présent. Emma remarqua que certaines personnes passaient un bras autour des épaules de leur voisin. Nombre de ces paires étaient des doubles. Les yeux plissés, Emma les observa avec émerveillement, allant de la foule pleine de doubles aux deux Natalie, aux deux Lana, à Mme Morales et la juge, à Gus et M. Gustano.

– Grâce aux pièces, les doubles sont venus ici, lui chuchota Finn à l'oreille. Quand un double a reçu un ensemble de pièces, ou plutôt une pièce de chaque sorte, elles se transforment en un genre de baguette magique. Emma, tu aurais adoré voir ça !

– Je parie que ce n'est pas de la magie, qu'on peut l'expliquer scientifiquement, rétorqua discrètement Emma. D'une manière ou d'une autre.

Puis elle remarqua que, dans la foule, les étreintes n'étaient pas limitées aux doubles identiques. Toutes les paires s'assemblaient par groupes de quatre, six, huit, dix, douze ou vingt.

Partout, les gens se rapprochaient, prêts à entendre ce que le maire avait à dire ensuite.

– C'est pourtant vous qui avez organisé l'assassinat de ma grand-mère, n'est-ce pas ? demanda Natalie en regardant le maire d'un œil féroce. Dans l'autre monde.

– Ce… Ce n'était qu'un accident ! protesta l'homme. Nous travaillions sur les liens qui existent entre les doubles des deux mondes. Ce n'était pas censé se passer ainsi ! Elle était… un dommage collatéral ! Parce que nous savions que l'autre monde allait nous attaquer. Gardes, soldats, dites-leur, vous !

M. Mayhew, l'Autre-Natalie et les deux versions de Mme Morales se précipitèrent sur Natalie pour la prendre dans leurs bras. Dans le stade, au-delà, des murmures agitaient la foule. Emma perçut les mêmes mots répétés à plusieurs reprises : « Quel garde… Quel soldat… Qui dira la vérité ? »

Soudain, une voix féminine solitaire s'éleva d'un rang qu'Emma ne voyait pas :

– Ce n'est pas l'autre monde qui nous a attaqués. C'est le contraire.

Puis une autre voix, qui ressemblait exactement à la première, ajouta :

– Je peux vous garantir qu'elle dit la vérité. Je suis son double.

Voilà pourquoi les doubles sont là, pensa Emma. *« Aidez-nous à raconter notre histoire. » Parce que ce sont eux qui connaissent la vérité.*

Emma se tourna vers le père de Natalie.

– M. Mayhew, pouvez-vous vous porter garant de ce qu'affirme le maire ? l'interrogea-t-elle. Est-ce qu'il y a une once de vérité dans ses propos ?

– Ce que je peux dire… c'est que c'est ce qu'il veut croire, répondit M. Mayhew. Il a proféré tellement de mensonges qu'il devient de plus en plus difficile pour lui de faire la distinction entre ce qui est vrai et ce qui ne l'est pas.

– Et vous allez ensuite me reprocher l'enlèvement des enfants Gustano, n'est-ce pas ? demanda le maire. Ça, c'était justifié ! Nous avons seulement commis une petite erreur de rien du tout en nous trompant de cible…

– Comment osez-vous ? explosa M. Gustano. Comment pouvez-vous prétendre que cette affaire était anodine ? Comme si mes enfants, ma famille n'avaient pas été traumatisés !

–Vous ne voyez pas ce qu'il y avait de mal à nous enlever, Chess, Finn et moi ? voulut savoir Emma, incrédule.

–Ta mère représentait une lourde menace pour notre monde, se justifia le maire. Elle a encouragé l'insurrection ; elle a répandu des mensonges à n'en plus finir…

– Non, elle voulait que les gens aient le droit de connaître et dire la vérité ! s'offusqua Finn. On dirait que c'était aussi ce que vous vouliez, quand vous avez enregistré vos messages pour les envoyer à M. Mayhew.

– Non, non ! Si je les ai enregistrés, c'était pour… pour…

Le maire grimaça et serra les poings. Puis il ouvrit de grands yeux et agita les bras, comme pour faire disparaître les accusations qui pesaient sur lui.

– … faire des tests ! Voilà ! J'ai feint la solitude. J'ai fait semblant d'avoir des remords. Et je n'avais jamais envoyé de pièces jusqu'à aujourd'hui, ce qui était… également un test. Mes pièces à moi ne menaçaient pas le gouvernement. D'ailleurs, je n'en ai pas envoyé assez pour changer quoi que ce soit !

Sauf que si, pensa Emma. *Même s'il n'en a envoyé qu'une ou deux, ça a suffi pour que M. Mayhew connaisse une partie de son histoire.*

Chess s'avança en vacillant. Rien qu'à l'expression de son visage, Emma sut ce que son frère allait dire.

– Et notre père ? demanda-t-il d'une voix que la douleur rendait sourde. C'est vous qui avez tué Andrew Greystone ? Vous qui avez ordonné sa mort ? Et aussi celle de Gina ? Gina, la physicienne… Gina…

– Chiukov, compléta doucement Gus derrière eux. Gina Chiukov.

Le maire jeta des regards affolés à la ronde, comme s'il cherchait quelqu'un pour répondre à sa place. Ses yeux se posèrent sur le visage de M. Mayhew.

– Toi, dis-leur ! supplia-t-il. Tu me comprends. On est pareils, tous les deux. Je ne suis pas doué… enfin, nous ne sommes pas doués pour nous rebeller. Nous n'aimons pas prendre de décisions difficiles. Tout ce que j'ai fait, c'était suivre les ordres. Exécuter les consignes de mes supérieurs, au parti. Le gouverneur. Le Président. Ce sont eux, les vrais responsables !

– Vous… Vous…

Chess s'étouffait avec ses propres mots. Il balança les bras, comme s'il allait frapper le maire.

Emma et Finn se précipitèrent vers lui pour le retenir. Il eut l'impression que, pour une fois, c'étaient eux qui prenaient soin de lui et non l'inverse.

– C'est donc vrai que vous avez tué notre père et Gina ? demanda Emma d'une voix aussi étranglée que celle de son aîné. Et la grand-mère de Natalie ? Vous êtes coupable de ces trois assassinats ?

– Non ! rugit le maire.

Une fois de plus, il regarda autour de lui, à la recherche d'un visage amical, de quelqu'un qui pourrait tout expliquer à sa place. Mais M. Mayhew ne disait rien, aussi impassible que les autres. Personne ne bougeait. Le maire passa une main tremblante sur son front et poursuivit :

– Pour le reste… Oui, c'est bien moi. C'est moi qui ai commis ces erreurs. Cela dit, je n'ai jamais tué personne volontairement. Je n'ai jamais intentionnellement donné l'ordre d'éliminer qui que ce soit. C'est la limite que je me suis promis de ne jamais franchir.

– Vous vous êtes contenté de faire en sorte que les gens préfèrent mourir, dit Lana derrière sa caméra.

À ces mots, le maire grimaça sans toutefois la contredire. Il se concentra de nouveau sur Chess, Emma et Finn.

– Il faut me croire, supplia-t-il. Andrew Greystone était mon ami. Je l'appréciais. Je lui faisais confiance. Je savais que lui et votre mère diraient toujours la vérité. C'était rarissime, même il y a huit ans. Je savais que certains les détestaient pour ça. À l'époque, je me situais tout en bas de l'échelle du parti, et je n'étais pas au courant du complot qui visait à les tuer. Eux et Gina Chiukov. Et ça, c'est la vérité absolue.

– Pourtant, tu as tiré profit de la mort de cet homme, résonna une voix derrière eux. Tu t'en es servi.

C'était la juge. Elle avait décidé d'intervenir à son tour.

Doit-on en conclure que, selon elle, notre camp est en train de gagner? s'interrogea Emma.

Mais le public se mit à huer la juge aussi.

– Non! brailla Finn dans le micro. En fait, elle est gentille! Elle faisait juste semblant d'être méchante pour pouvoir organiser la fuite des gens en danger, sans que personne ne le sache!

– Si j'hésitais encore à révéler mes secrets, voilà qui règle la question, commenta la juge en gratifiant Finn d'un sourire ironique.

L'un des gardes qui se tenaient devant le public cria :

– C'est vrai! J'ai travaillé avec elle!

Puis d'autres répétèrent la même chose. La foule aurait pu reprendre ces affirmations mais, d'un geste, la juge demanda le silence.

– Moi aussi, j'ai commis des erreurs, avoua-t-elle. J'aurais pu m'insurger dès le début, au lieu d'attendre que la situation devienne trop dangereuse pour m'exprimer ouvertement. C'était tellement plus facile de pointer du doigt les erreurs de mon mari. Des erreurs qui se sont transformées en crimes abjects.

Elle planta son regard sévère dans les yeux du maire.

– À l'époque, les gens te respectaient. Tu avais le choix. Tu aurais pu exiger une enquête sur la mort d'Andrew Greystone. On t'aurait écouté. Tu aurais pu aider Kate Greystone à dénoncer la corruption qui pourrissait la tête du parti. Tu aurais pu contribuer à mettre les vrais coupables en prison. Mais tu as choisi de mentir et de protéger les crimes des autres. Ensuite, tu as privilégié ta carrière…

– Je n'avais pas le choix ! objecta le maire. Je t'assure !

– C'est faux, assena M. Mayhew en se plaçant aux côtés de la juge. Vous aviez le choix. Seulement, vous aviez trop peur pour le voir. Aujourd'hui encore, vous avez le choix.

C'est presque comme si M. Mayhew était la conscience du maire, se dit Emma. *Parce qu'il le comprend parfaitement ; parce qu'ils se ressemblent énormément…*

Le maire s'effondra sur scène. Il sanglotait.

– Je suis désolé ! s'écria-t-il. Pardon !

Chess, toujours furieux, resta impassible.

– Ça ne change… grommela-t-il.

Ça ne change rien ? Ça ne change pas tout ? s'interrogea Emma. Elle ne savait pas ce que son frère avait eu l'intention de dire.

Juste à ce moment-là, la foule ondula en bordure du stade, autour de l'entrée par laquelle les gardes et M. Mayhew étaient arrivés. Puis elle se scinda pour laisser passer un petit groupe de nouveaux venus.

C'était maman. Avec Joe, Mme Gustano, l'Autre-Emma et l'Autre-Finn.

Au début, ils se déplaçaient furtivement, comme s'ils se préparaient à courir se cacher en cas de besoin. Cependant, voyant les gens s'écarter sur leur passage, ils adoptèrent une démarche plus assurée, le dos droit, l'allure fière.

– Kate Greystone ! Joe Deweese ! Kate ! Joe ! Kate ! Joe ! scanda le public.

Puis, dans tout le stade, les doubles venus de l'autre monde brandirent leurs baguettes de pièces fusionnées. Le soleil se reflétait sur chacune, les unes après les autres. On aurait dit des centaines de torches levées en l'honneur de maman, Joe et tout ce qu'ils avaient accompli.

Peut-être en l'honneur de Gina Chiukov et de papa, aussi.

Sitôt montée sur la scène, maman courut étreindre Chess, Emma et Finn. Joe enlaça Kona, puis il prit Kafi des bras de Chess pour la serrer contre lui. Kate Gustano et ses deux cadets, à quelques pas derrière, s'empressèrent de rejoindre Rocky et son père.

La foule se mit alors à scander :

– Merci ! Merci ! Merci !

Les gardes, les policiers et les soldats participaient, eux aussi, prouvant ainsi qu'ils se ralliaient au camp des opprimés.

Tout le monde se rangeait du côté de maman, de Joe et de la vérité. Pas du côté du maire, qui voulait contrôler les deux mondes avec ses mensonges.

Maman se pencha vers le micro en riant.

– Vous n'avez pas à nous remercier !

Emma observa le visage de sa mère. Pour la première fois depuis des semaines (voire de toute la vie d'Emma), maman avait l'air épanouie et joyeuse, sans la moindre trace de peur. Puis Emma comprit qu'elle non plus n'avait plus rien à craindre. Devant le visage de sa mère, les acclamations de la foule et les baguettes qui brillaient dans le soleil, elle eut l'impression d'avoir résolu le code le plus simple, lu le message le moins crypté, découvert la vérité la plus évidente.

– Aucun d'entre nous n'a besoin d'être remercié ! affirma Emma dans le micro, aux côtés de sa mère. Maintenant qu'on s'est tous retrouvés, on est en sécurité, et vous aussi. On connaît la vérité. Fini les mensonges !

À son tour, Finn se pencha vers le micro. Comme d'habitude, il voulait avoir le dernier mot. Mais Chess se pencha en même temps que lui.

À cet instant, Emma comprit ce que son grand frère s'apprêtait à dire quelques minutes auparavant : « Ça ne change pas le passé. » Cela dit, tout ce qu'ils avaient entrepris les préparait à un avenir meilleur. Chess, sa famille et ses amis allaient pouvoir reprendre le cours de leur vie. Ils avaient arrangé les choses autant qu'ils le pouvaient.

Pour les deux mondes.

Chapitre 61 : Tout le monde, ce soir-là

Les Greystone étaient enfin de retour chez eux. Une fois de plus.

Mais cette fois, ils avaient de la compagnie.

La maison où vivaient Natalie et sa mère avait été si endommagée par l'attaque du maire que maman leur avait proposé de passer la nuit chez elle.

– Oh, non, je ne voudrais pas… avait commencé à protester Mme Morales, tandis que maman avait aussitôt insisté en répliquant : « Tu plaisantes ? Après tout ce que tu as fait pour nous ? »

Bien entendu, Mme Morales et sa fille auraient pu loger à l'hôtel. Toutefois, après avoir été séparés si longtemps, Natalie et les enfants Greystone avaient beaucoup de choses à se dire.

Surtout Natalie et Chess.

Avec l'aide de Gus, les Gustano au complet avaient pu s'expliquer auprès de la police locale, dans le monde meilleur. Les accusations contre M. Gustano avaient été levées. Les agents de police se réjouissaient simplement de voir la famille réunie.

Cela avait pris tellement de temps que les Gustano aussi logeaient chez les Greystone avant de reprendre l'avion pour l'Arizona, le lendemain matin.

La famille Deweese allait rester également. La mère de Kona et Kafi s'était empressée de rejoindre les siens dès qu'elle les avait sus en danger.

Même M. Mayhew était venu participer aux réjouissances – et pour ramener le chat Rocket.

À présent, tous les adultes étaient occupés à la gestion de la commande des pizzas.

– Je prends quoi ? demanda maman, ses doigts suspendus au-dessus du clavier de l'ordinateur portable. Oh, peu importe, on doit fêter ça ! Prenons-en une de chaque.

– C'est vrai ? s'émerveilla Finn. Demande-leur d'en inventer de nouvelles. De la pizza aux cornichons ! Ou au succotash !

Soudain, tous les téléphones de la pièce tintèrent en même temps.

– Alerte info, lut Joe sur son écran. Une délégation pacifique a signé un traité entre les deux mondes, visant à mettre fin aux hostilités.

Kona se pencha par-dessus son épaule.

– Les représentants de ce monde ont accepté d'aider le monde parallèle à poursuivre les dirigeants corrompus et à les traduire en justice, annonça-t-elle. Ils vont aussi procéder à de nouvelles élections.

Elle leva les yeux du téléphone et sourit.

– Avec plus d'un parti politique ! précisa-t-elle.

Avec des cris de joie, les adultes se prirent dans les bras.

– La vidéo où on voit Emma faire en sorte que le maire enclenche sa propre pièce est officiellement devenue virale dans les deux mondes ! rapporta Natalie, d'après son portable.

– Quoi, c'était dans le bulletin d'information ? s'étonna Mme Morales.

– Non. C'est grâce à nous. L'Autre-Natalie, les deux Lana et moi, on a passé l'après-midi à comparer les vues.

– Vous avez réussi à vous contacter par téléphone alors que vous n'êtes pas dans le même monde ? demanda Joe, incrédule.

– Ben oui, répondit l'adolescente en haussant les épaules. Maintenant, on est toutes amies. Il fallait bien qu'on trouve un moyen de communiquer !

Pendant qu'elle montrait son appareil à Joe et lui expliquait comment les quatre filles s'y étaient prises, Chess alla voir sa mère.

– On n'est plus obligés de se cacher, dit-il. Du coup... est-ce que moi aussi je pourrais avoir un téléphone ? Je le paierai avec mon argent. Je ferai toutes les tâches ménagères que tu me demanderas. Je le rangerai au moment de faire mes devoirs. Je...

– D'accord, l'interrompit sa mère en riant. Oui, Chess, tu pourras en avoir un.

– Sauf que maintenant, il va passer son temps à envoyer des textos à Natalie ! se plaignit Finn. Il écrira tout le temps : *Natalie, tu veux sortir avec moi ? O ou N ?*

Gêné, Chess se pétrifia et rougit. Natalie se désintéressa de son téléphone et regarda le garçon dans les yeux.

Elle aussi était rouge pivoine.

– Non, Finn, rétorqua Chess. Ce serait malpoli de poser la question par texto. Je le ferais de vive voix.

– Alors vas-y, demande-lui ! l'encouragea Emma.

– C'est pas vos oignons ! s'offusqua son grand frère.

Quand bien même, Natalie acquiesçait déjà.

Tout le monde éclata de rire et les acclama.

Les pizzas furent livrées avec de la salade, des gressins, des ailerons de poulet, des cookies aux pépites de chocolat et de la glace. Maman avait vraiment acheté tout ce qui était proposé sur la carte. Chacun mangea jusqu'à avoir le ventre plein. Finn commença son repas à la table des enfants, dans le salon. L'Autre-Finn et lui découvrirent qu'ils se complétaient parfaitement pour le partage de la pizza hawaiienne : Finn aimait le jambon mais pas l'ananas, tandis que l'Autre-Finn aimait l'ananas mais pas le jambon. Natalie ainsi qu'Emma et Finn Gustano racontèrent l'horrible expérience d'avoir été retenus à *La Pendule à coucou*, incapables de faire autre chose que regarder la télévision hypnotisante pendant des heures. Les Greystone, Rocky et Kona firent le récit de leurs aventures dans le monde parallèle.

Cependant, Finn ne tarda pas à retourner dans la cuisine, où les adultes mangeaient au milieu des cartons de pizzas.

Maman et Joe parlaient des procès qui auraient lieu dans l'autre monde pour tous les dirigeants qui, en mentant au peuple, l'avaient trahi et manipulé de bien des manières.

– Les juges et jurés devront prendre leur temps pour s'assurer que justice soit rendue, disait maman quand Finn se blottit contre elle pour la serrer dans ses bras.

– Il faudra aussi de bons journalistes pour la couverture médiatique de ces procès, enchaîna Joe. Pour que les gens sachent que tout a été jugé de façon équitable. Je suis prêt à aider. Je peux faire l'aller-retour dans l'autre monde tous les jours. Et toi, Kate ?

– J'aimerais beaucoup, mais…

Maman baissa les yeux sur Finn, qui l'enlaçait toujours par la taille.

– C'est un peu plus difficile pour moi.

– Tu veux dire à cause de Chess, Emma et moi ? s'enquit Finn.

Il déglutit. Puis il s'obligea à desserrer ses bras pour s'écarter légèrement.

– Mais maman ! Tu peux passer par le tunnel de *La Pendule à coucou* et faire des allers-retours, toi aussi. Si Chess est assez grand pour avoir un téléphone et une copine, il l'est aussi pour nous surveiller, Emma et moi, après l'école !

– Quant à moi, je peux toujours passer donner un coup de main, s'ils ont besoin de quelque chose, proposa Mme Morales.

– Moi aussi, ajouta M. Mayhew. Ça me manque de ne plus avoir vos enfants à la maison tous les après-midi, après les cours. Finn et moi, on doit encore s'entraîner au base-ball pendant quelques séances !

Le sourire aux lèvres, maman leva les mains en l'air comme si elle capitulait.

– Bon, je suis en minorité ! Alors, c'est d'accord.

Quand Finn retourna dans le salon, il vit que les autres enfants se ruaient vers l'escalier du sous-sol.

– Qu'est-ce qui se passe ? demanda-t-il.

– C'est Natalie et les Gustano ! répondit Emma. Ils ont dit… Oh, viens avec nous, tu verras !

– J'ai ressenti la même chose quand j'ai commencé à recevoir les pièces de l'autre monde… celles de l'Autre-Natalie, expliqua Natalie en ouvrant la porte du sous-sol. Mais cette fois…

– Cette fois, ça serait peut-être plus simple qu'elle t'envoie un texto plutôt qu'une pièce, non ? la questionna Finn.

– On pense que ça vient de quelqu'un d'autre ! lui dit Emma en l'entraînant.

Lorsqu'ils arrivèrent dans le sous-sol, Kona posa Kafi sur la moquette. À quatre pattes, la petite se dirigea immédiatement vers le Gouffre sans fin, qu'elle traversa pour aller dans la pièce secrète, derrière.

– Acore, babilla-t-elle en s'asseyant sur sa couche, à côté d'une petite sculpture sur l'encadrement de la porte, qu'aucun des enfants Greystone n'avait remarquée jusqu'à présent.

C'était un ange avec des ailes impressionnantes. Comme sous le bureau de la juge Morales. Comme à *La Pendule à coucou* – dans les deux mondes.

– Pourquoi vous ne nous avez pas dit qu'il y avait cette sculpture chez vous aussi ? s'étonna Kona.

– Parce qu'elle n'y était pas avant ! répliqua Emma. Je le jure, c'est la première fois que je la vois.

Soudain, le doute l'assaillit. Était-il possible qu'ils soient passés devant à maintes reprises sans jamais la remarquer ?

– Je sens que c'est à moi d'appuyer dessus la première, déclara Natalie.

Elle s'exécuta. Une pièce roula dans sa paume.

– À notre tour, chuchota Rocky.

Les trois enfants Gustano appuyèrent en même temps sur l'aile de l'ange.

Eux aussi reçurent une pièce.

Les deux disques contenaient le même genre de code que celui qui figurait sur la pièce trouvée par les Greystone au restaurant et celle découverte par Kona et Kafi dans le Kentucky (ou le Tennessee).

– Oooh, souffla Kona. Dis, Kafi, quand tu as trouvé notre pièce, tu as appuyé sur l'aile d'un ange, toi aussi ? Sur l'aire d'autoroute, je ne sais plus où ?

Kafi hocha la tête d'un air solennel, comme si elle comprenait vraiment.

– Ce qui est étrange, c'est que ces pièces ne changent pas, fit remarquer Natalie en appuyant sur la sienne à plusieurs reprises.

Chacun leur tour, les Gustano firent de même avec la leur. Après avoir envoyé un rapide texto tapé avec un pouce, Natalie annonça :

– L'Autre-Natalie dit qu'elle ne m'a pas envoyé de pièce. En fait…

Elle attendit que le message suivant apparaisse sur son écran. Puis elle plissa les yeux et secoua la tête.

– Elle veut savoir si moi, je viens de lui en envoyer une. Lana et l'Autre-Lana se posent la même question.

Bizarre que tout ça arrive en même temps, pensa Emma.

Brusquement, elle eut une idée.

– Et si on appuyait tous sur nos pièces pile au même moment ? proposa-t-elle.

Rocky haussa les épaules.

– On peut toujours essayer.

Natalie écrivit la consigne à l'Autre-Natalie et aux deux Lana. Les enfants se mirent d'accord sur un compte à rebours de dix secondes. Ils comptèrent ensemble les dernières secondes :

– Cinq… quatre… trois… deux… un…

Ils appuyèrent tous sur leur pièce. Sitôt qu'ils eurent retiré leur doigt, ils émirent simultanément un hoquet de stupeur.

Sur chaque pièce, le code étrange avait disparu pour afficher quasiment le même message : soit *ÉQUIPE DE SECOURS INTERMONDE*, soit *S'IL TE PLAÎT, REJOINS L'ÉQUIPE DE SECOURS INTERMONDE.*

– Appuyez encore ! cria Finn.

Il ne fut pas le seul à le faire : tous les autres (y compris Kafi, peut-être) eurent la même réaction que lui. Finn était juste celui qui avait parlé le plus fort.

Au début, il ne se passa rien.

Puis l'air devant eux parut chatoyer et s'ouvrir. Ce n'était pas comme lorsque Kona et Emma avaient vu le tunnel apparaître entre les mondes, mais plutôt comme se retrouver devant un miroir dont ils avaient jusque-là ignoré la présence. Sauf que c'était un miroir infini. Soudain, ils virent une interminable file composée de centaines de Chess, d'Emma et de Finn ; de centaines de Natalie, Lana, Kona et Kafi ; et aussi de centaines d'enfants Gustano. Voire de milliers de répliques.

Il y en avait trop pour pouvoir les compter.

– Ohhh… souffla Emma. Ce n'est pas seulement un monde parallèle qui est désormais visible, mais tous les autres ! C'est évident qu'il existe plus de deux mondes ! Bien entendu !

Les mots *REJOINS-NOUS* scintillèrent en travers du miroir, suivis de la phrase : *CAR PARFOIS, QUELQU'UN A BESOIN D'ÊTRE ÉPAULÉ ET IL N'Y A QUE TOI QUI PUISSES L'AIDER*. Suivie de : *PARFOIS, C'EST UN MONDE ENTIER QUI A BESOIN D'AIDE.* Et puis : *ON SAIT QUE TU EN ES CAPABLE.*

Enfin : *ON FERA PEUT-ÊTRE APPEL À TOI ENCORE ET ENCORE.*

Là-dessus, le miroir s'effaça.

Plus tard, les enfants débattraient de la nature exacte de ce qu'ils avaient vu. Chess était persuadé que, sur certaines images, papa l'avait regardé, rayonnant de fierté – sauf que c'étaient d'autres versions de papa, vivantes et en bonne santé, aux côtés de leurs propres enfants. Et Chess ne souffrit pas devant cette vision. Il pensa seulement : *Je suis content que, quelque part, il y ait une fin heureuse.*

C'était exactement ce qu'il pensait lorsqu'il voyait Rocky avec M. Gustano.

De son côté, Emma était convaincue que c'était Gina Chiukov (ou une version de celle-ci) qui avait écrit *REJOINS-NOUS* sur le miroir. Elle pensait également que cette Gina Chiukov avait un petit canif, de ceux qu'on aurait pu utiliser pour sculpter un ange sur une surface plane en bois, peut-être dans plusieurs mondes. Ce n'était pas une preuve irréfutable, mais Emma aimait beaucoup cette théorie pour expliquer l'origine de ces anges sculptés.

Et Finn ? Finn soutint que chaque réplique de lui-même avait un épi différent dans les cheveux. Selon lui, ce détail lui permettrait de distinguer les versions de lui-même s'il devait aller visiter d'autres mondes.

– Et si on regardait ça encore une fois ? proposa Kona.

Hélas, ils eurent beau essayer de faire réapparaître les images, ils n'obtinrent rien hormis les inscriptions qui disaient : *ÉQUIPE DE SECOURS INTERMONDE.*

– Ne nous appelez pas, c'est nous qui vous rappellerons. Voilà sûrement ce que ça veut dire, suggéra Natalie.

– Ça doit être des adultes qui gèrent tout ça, grommela Finn d'un ton dégoûté. Le genre d'adultes qui disent : « Repose-toi, parce que demain, ça va être une grosse journée. » Et : « Calme-toi. » Et aussi : « Tu pourras faire ça quand tu seras plus grand. Sois patient. »

– Vous ne trouvez pas ça génial, de savoir que d'autres mondes existent ? s'enthousiasma l'Autre-Emma. D'autres mondes où tout est possible ?

– Et d'avoir sûrement l'occasion d'en voir beaucoup plus ? ajouta Kona. Et que nos aventures ne soient pas terminées ?

– Moi, je vais me préparer, déclara Emma. J'ai trop hâte ! Je vais me renseigner à fond sur les mondes parallèles. Sur la psychologie et la politique, aussi ; tout ce qui pourrait aller de travers dans un autre monde, et qu'on pourrait aider à améliorer…

– Vouloir tout savoir… Ça ne te changera pas tellement de ce que tu fais d'habitude, Emma ! plaisanta Finn.

– Je… Oh, tu as raison, répliqua sa sœur. Je me demande si je suis comme ça dans tous les mondes…

Quelque part, songea Chess, *il y a un Chess qui est aussi enthousiaste qu'Emma et Finn face aux possibilités d'aller dans d'autres mondes autant de fois que nécessaire. Quelque part, il y a un Chess qui ne se demande pas s'il doit encore proposer en privé à Natalie de sortir avec lui, ou si c'est déjà d'accord. Quelque part, il y a un Chess qui n'est pas systématiquement effrayé par la nouveauté.*

Curieusement, le simple fait de penser à ces autres versions de lui-même l'apaisa. Il se sentit plus sûr de lui quant à sa place dans le monde. Natalie l'aiderait à y voir plus clair. Ce n'était pas comme s'il était l'ancien Chess, celui qui était terrifié à l'idée de parler à une fille autre qu'Emma. Celui qui était terrifié par tout ou presque.

Si on doit venir en aide à l'un de ces autres mondes, ça ira, se rassura-t-il. *À nous tous, on forme une super équipe. Et plus on sera nombreux, mieux ce sera.*

Plus de mondes, ça signifiait simplement plus de possibilités.

À cet instant, Chess ne vit que d'heureux présages dans leur avenir à tous.

Remerciements

L'écriture d'un roman est toujours un voyage. L'écriture d'une série s'apparente plutôt à une odyssée. Ma gratitude envers toute l'aide que j'ai reçue en chemin pour *La Disparition des enfants Greystone* n'en est que renforcée.

Dès le premier tome, j'ai été comblée par l'accueil que Katherine Tegen, mon éditrice, et toute l'équipe de HarperCollins ont réservé aux Greystone et à leurs amis dans notre monde. (Euh… celui-ci. Le vrai.) Ce troisième opus en particulier a été nettement amélioré grâce aux questions que Katherine m'a posées au moment de la révision du texte – étape durant laquelle j'ai apprécié le tact, l'estime et la prévenance dont elle a fait preuve. Je remercie également Suzanne Murphy, Mark Rifkin, Kathryn Silsand, Sara Schonfeld, Nellie Kurtzman, Ann Dye, Audrey Diestelkamp, Robby Imfeld, Maggie Searcy, Audrey Steuerwald, Aubrey Churchward, Barbara Fitzsimmons, Aurora Parlagreco, Joel Tippie, Molly Fehr, Patty Rosati, Allison Brown, Andrea Pappenheimer, Karhy Faber et Kerry Moynagh. Je suis aussi profondément reconnaissante envers Anne

Lambelet pour ses superbes illustrations de couverture et à chaque ouverture de chapitre.

Quand j'ai pris la décision de faire revenir les Gustano dans ce tome, je voulais qu'on m'aide à définir ce qu'ils sauraient et ce qu'ils ignoreraient à propos du kidnapping qui a servi de point de départ à la trilogie. Cela m'a également amenée à réfléchir à la façon dont la police aurait enquêté sur une telle affaire. J'ai donc décidé de la soumettre à ma cousine Karima Tahir, sergente dans la police de Los Angeles (sans préciser qu'un monde parallèle était impliqué). Le fait qu'elle ne m'ait pas ri au nez en m'entendant parler de détails complètement saugrenus témoigne de son professionnalisme. Elle m'a expliqué sans hésiter comment la police s'y prendrait. (Faut-il y voir la preuve qu'après des années d'expérience, ma cousine a dû être confrontée à une réalité tout aussi saugrenue ?) Je la remercie infiniment pour sa patience, son éclairage et ses questions d'une logique imparable – qui m'ont fait rire, moi. Finalement, les seuls policiers qui figurent dans ce tome sont ceux du monde parallèle. Dans ce contexte, ils sont trop ignorants pour parvenir à la bonne conclusion. Mais l'aide de Karima m'a été extrêmement précieuse dans le travail préparatoire. Elle m'a aussi inspiré certains rebondissements.

Merci à ma sœur, son mari et leurs filles (Janet, Robert, Will, Jenna et Meg Terrell) d'avoir veillé à l'authenticité des expressions dans les dialogues entre les enfants.

Je voue une reconnaissance éternelle à toute ma famille, en particulier à mon mari, Doug, pour tout le soutien et les encouragements. Je n'oublie pas non plus mes amis issus des deux groupes d'écrivains de Columbus : Jody Casella, Julia DeVillers, Linda Gerber, Lisa Klein, Erin McCahan, Jenny Patton, Edith Pattou, Nancy Roe Pimm, Natalie D. Richards et Linda Stanek. À chaque fois que je m'embarque dans l'écriture d'un roman, vous êtes comme mes compagnons de voyage.

Cette fois-ci, je réserve mes avant-derniers remerciements à Tracey Adams, mon agent, car lorsqu'un voyage se termine, cela m'évoque toujours son commencement. C'est encore plus vrai quand le voyage se transforme en odyssée. *La Disparition des enfants Greystone* est la septième série sur laquelle j'ai travaillé, et les trois romans qui la composent sont mes quarante-troisième, quarante-cinquième et quarante-sixième livres. Pourtant, à bien des égards, cette trilogie a marqué pour moi un nouveau départ. Je me souviens qu'à l'automne 2016, j'avais envoyé à Tracey une liste de pistes pour un prochain roman. Je ne la remercierai jamais assez d'avoir su se focaliser sur mon ébauche d'histoire qui parlait d'un enlèvement et de deux fratries de trois enfants ayant beaucoup trop de points communs. Je l'avais décrite comme n'étant qu'une « demi-idée ». Mais Tracey, confiante, m'a assuré : « C'est la bonne. »

Elle avait raison. Et sa confiance a déteint sur moi.

Ce que je souhaite à tous mes lecteurs, c'est d'être entourés d'une merveilleuse famille, d'amis formidables et de personnes prêtes à les aider dans tous les voyages et toutes les odyssées qu'ils entreprendront. Comme les enfants Greystone l'ont été.

Enfin, et surtout, un grand merci à VOUS d'avoir lu ce livre.

Achevé d'imprimer au 3e trimestre 2021
par Grafica Veneta en Italie.